DROEMER

VINCENT KLIESCH

Nach einer Idee von
SEBASTIAN FITZEK

TODESRAUSCHEN

AURIS

THRILLER

DROEMER

Besuchen Sie uns im Internet:
www.droemer.de

Aus Verantwortung für die Umwelt hat sich die Verlagsgruppe Droemer Knaur zu einer nachhaltigen Buchproduktion verpflichtet. Der bewusste Umgang mit unseren Ressourcen, der Schutz unseres Klimas und der Natur gehören zu unseren obersten Unternehmenszielen. Gemeinsam mit unseren Partnern und Lieferanten setzen wir uns für eine klimaneutrale Buchproduktion ein, die den Erwerb von Klimazertifikaten zur Kompensation des CO_2-Ausstoßes einschließt. Weitere Informationen finden Sie unter: www.klimaneutralerverlag.de

FSC www.fsc.org
MIX
Papier aus verantwortungsvollen Quellen
FSC® C083411

Originalausgabe März 2021
Droemer Taschenbuch

Ein Projekt der AVA International GmbH
Autoren- und Verlagsagentur
www.ava-international.de
Redaktion: Regine Weisbrod
Covergestaltung: ZERO Werbeagentur, München
Coverabbildung: ANTHONY PAZ / shutterstock.com
Satz: Adobe InDesign im Verlag
Druck und Bindung: CPI books GmbH, Leck
ISBN 978-3-426-30840-0

2 4 5 3 1

PROLOG

Ich bin schuld am Tod meines Bruders.
Ich bin schuld daran, dass ein Verbrecher freigesprochen wurde.
Ich bitte alle Menschen, denen ich etwas bedeute, um Verzeihung! Falls es da überhaupt noch irgendeinen geben sollte. Aber weder werde ich die Konsequenzen meines Verhaltens noch länger ertragen, noch werde ich es dazu kommen lassen, durch meine Fehlentscheidungen weiteres Unheil über andere zu bringen.
Ich werde heute freiwillig aus dem Leben scheiden, und zwar in der festen Überzeugung, damit die einzige Entscheidung meines unseligen Lebens zu treffen, die mehr Nutzen als Schaden über diejenigen bringen wird, die ich liebe.
Bitte verzeiht mir. Alles!
Jula

KAPITEL 1

JULA

Der Mann schien sie vom Unterleib aufwärts in zwei Teile reißen zu wollen, und gleichzeitig versetzte der Schmerz sie an einen anderen Ort. Jula war nicht länger in Buenos Aires auf dem Friedhof *La Recoleta,* betrachtete nicht länger die eindrucksvollen Grabstätten argentinischer Prominenter in der warmen Sommernacht, kurz nachdem sich ihr Bruder Moritz von ihr verabschiedet hatte, weil er früher zurück ins Hotel wollte. *Hätte ich ihn doch nur begleitet …* Jetzt trieb Jula in einem Meer aus Schmerzen auf einen dunklen Abgrund zu. Der Mann, der ihr Gesicht in die Erde drückte, während er sie brutal vergewaltigte, roch nach Schweiß und Urin, und er war doppelt so schwer wie sie. Mindestens!

»Frau Ansorge?«

Jula schlug die Augen auf und sah Antonio Verón in die Augen. Der Mitarbeiter der deutschen Botschaft hatte sie hier auf dem Polizeirevier im Zentrum von Buenos Aires nun schon seit einer gefühlten Ewigkeit zu dem Überfall befragt, doch nun sagte er etwas, das Jula wünschen ließ, sie wäre auf diesem Friedhof einfach gestorben.

»Wir wissen, wer Sie vergewaltigt hat. Wir haben den Täter, er hat alles gestanden.«

»Wer?«

In diesem Augenblick hatte Jula wirklich die Hoffnung, man habe den Täter gefunden und würde ihn seiner gerechten Strafe zuführen. Falls es für das, was er ihr angetan hatte, überhaupt eine gerechte Strafe gab. Doch stattdessen sagte dieser Antonio nur: »Es war Ihr Bruder! Er hat alles gestanden und sich vor einer Stunde in seiner Zelle erhängt.«

Jula schüttelte den Kopf. »Nein, nein, nein ... das ist unmöglich!«

»Jula?« Die Stimme war ihr vertraut.

Sie schüttelte weiterhin den Kopf und reagierte nicht auf ihren Namen, obwohl die Rufe immer lauter wurden. *Und obwohl sich die Stimme des Rufers verändert hat.*

»Jula! Jula, hey!«

Nein, es war nicht die Stimme von Antonio Verón, sondern die von ...

»Paul?«

Jula schlug die Augen auf, diesmal richtig, nicht nur im Traum, und sah direkt in das sorgenvolle Gesicht ihres Ex-Freunds. *Verdammt, bin ich schon wieder weggetreten?*

»Geht es dir nicht gut? Ich war doch nur kurz auf der Toilette.« Paul setzte sich wieder zu Jula an den Tisch. Ihre Blicke flogen unwillkürlich über seine neue, akkurate Frisur und sein fast schon elegantes Outfit. Der einst wildlockige, bunt und unkonventionell gekleidete Paul hatte sich in den letzten Wochen verändert, nicht nur äußerlich. *Um mir zu gefallen, um mich zurückzugewinnen. Aber dafür habe ich gerade wirklich keinen Nerv.*

»Sorry.« Sie nickte hastig und fuhr sich verlegen mit der Hand durch die Haare. »Ich habe gestern wohl einfach zu lange gearbeitet. Das war ein kleiner Tagtraum.«

Albtraum trifft es wohl eher.

Jula wusste nicht, warum sie ausgerechnet in letzter Zeit so wenig Schlaf fand und wenn, dann zu den unmöglichsten Uhrzeiten und Gelegenheiten. So wie jetzt, bei diesem Mittagessen mit ihrem Verflossenen. Dass die kurzen Schlafintervalle mit Flashbacks gefüllt waren, die von dem handelten, was ihr damals in Argentinien widerfahren war und was sie nun schon seit Jahren traumatisierte, war hingegen gar nicht so selten. Vermutlich hingen sowohl ihre Schlafstörungen wie auch ihre Albträume damit zusammen, dass Jula heute einen der schlimmsten Tage ihres Lebens erwartete.

»Sie werden diesen Dreckskerl Hegel freisprechen!« Jula gähnte und starrte auf die Scheibe des frischen Baguettes auf ihrem Vorspeisenteller, die sie, kurz bevor Paul auf der Toilette verschwunden war, mit Butter bestrichen hatte.

»Jetzt warte es doch erst mal ab.« Paul griff nach ihrer Hand, doch Jula zog sie weg.

Ein weiteres Mal fuhr sie sich durch die Haare und schloss die Augen. So als könne sie dem Mittagessen mit ihrem Ex-Freund dadurch für einen kurzen Moment entfliehen. *Verdammt, das ist mir heute echt alles zu viel. Er meint es ja gut, aber ich bin wirklich nicht in Stimmung für Friede, Freude, Eierkuchen.* Natürlich war es eine nette Geste von Paul gewesen, Jula vor der Urteilsverkündung im Landgericht Berlin noch in das kleine Restaurant in der Nähe des Berliner Funkturms einzuladen. In das Lokal, in dem die beiden damals bei ihrem ersten *echten* Date gegessen hatten. Damals hatte allerdings ringsherum reges Treiben geherrscht, während es jetzt, um die Mittagszeit, noch vollkommen leer war. Einzig Jula und

Paul waren anwesend und bereiteten dem netten, aber etwas zu servilen Kellner eine zwar wenig einträgliche, dafür aber umso entspanntere Schicht. Früher hatte das Restaurant mit den authentisch italienischen Spezialitäten erst ab dem frühen Abend geöffnet. Es schien sich unter den Gästen noch nicht herumgesprochen zu haben, dass es nun bereits mittags seine Türen aufschloss. Wie auch immer, Jula hatte andere Sorgen, als sich über die unternehmerischen Entscheidungen des Gastwirts Gedanken zu machen.

»Da gibt es nichts abzuwarten. Hegel ist einer der klügsten Köpfe Deutschlands. Er hat seine Fähigkeiten genutzt, um das perfekte Verbrechen zu begehen.«

»Indem er wie ein Wahnsinniger auf seine Frau eingestochen hat?«

»Indem er ein für seine Intelligenz so stümperhaftes Verbrechen begangen hat, dass so eine blöde True-Crime-Podcasterin wie ich ihm auf den Leim gegangen ist. Ich, Jula Ansorge, getrieben von dem Ziel, meinen Bruder von dem Vorwurf der Vergewaltigung seiner eigenen Schwester reinzuwaschen, habe allen Ernstes versucht, einen Justizirrtum an Matthias Hegel nachzuweisen.«

»Bist du dir denn wirklich sicher, dass er schuldig ist?« Paul legte die Stirn in Falten.

»Allerdings, und das habe ich ihm auch auf den Kopf zugesagt. Matthias Hegel, Deutschlands begnadetster akustischer Profiler, ist ein Mörder! Er hat seine Frau umgebracht, weil sie mit der Information an die Öffentlichkeit gehen wollte, dass Hegel ihre angeblich leibliche Tochter Mathilda von einem Kinderhändlerring namens Remus gekauft hat. Aber alle Welt glaubt jetzt, Hegel wäre selbst ein Opfer von Remus. Und ich blöde Kuh habe für diese Lüge auch noch die Beweise gesammelt, die Hegel für mich platziert hatte. Verstehst du die Ironie des Schicksals? Ich, die Frau, die Justizirrtümer verhindern wollte, habe selbst für einen gesorgt!«

Jula spürte, wie ihre Wangen rot wurden. Vor Wut, aber auch vor Scham.

»Jula?«

Paul sah schon wieder auf seine Uhr, bestimmt zum zwanzigsten Mal, seit sie das Lokal betreten hatten. *Ich glaube fast, er ist wegen der Urteilsverkündung nervöser als ich.*

»Können wir einen Moment mal über etwas anderes als Hegel reden?« Er griff erneut nach Julas Hand, und nun ließ sie ihn gewähren. Etwas in seiner Körperhaltung veränderte sich, und auch seine Stimme klang weicher, als er fortfuhr: »Es gibt da noch einen anderen Grund, weswegen ich dich hierher eingeladen habe. Ich möchte dir etwas sagen.«

Jula musterte ihren Ex-Freund mit Skepsis. *Was kommt denn jetzt bitte? Fängt er schon wieder damit an, dass er mich zurückhaben will? Ja, er hat an sich gearbeitet, und so wirklich sauer bin ich eigentlich auch nicht mehr darüber, dass er damals mein Handy ausspioniert hat. Und ja, er gibt mir noch immer Halt, ist jederzeit für mich da, erträgt meine Launen, bleibt beständig und hat sogar an seinem Aussehen gearbeitet. Aber bitte, Paul, komm mir jetzt nicht mit Liebesavancen. Blöder Zeitpunkt, ich habe gerade echt keinen Nerv dafür!*

»Paul, das ist jetzt wirklich …«

Weiter kam sie nicht, denn ihr Ex-Freund fiel Jula ins Wort: »Ich habe ein Angebot vom Sender bekommen. 101.5 expandiert, sie haben neue Frequenzen erworben.«

Jula horchte auf. Auch sie hatte eine Zeit lang als moderierende Redakteurin für den Berliner Radiosender gearbeitet. Dort hatten sie einander kennengelernt. Doch während Paul als Chef der Nachrichtenabteilung im Sender Karriere gemacht hatte, war Jula von ihrer Chefin allen Ernstes dazu aufgefordert worden, einen nächtlichen Sextalk zu moderieren. *Sie haben die schönste Stimme im ganzen Sender, ich finde das Format auch nicht toll, aber es wird Quote bringen.* Genau! Was konnte man einer Frau wie Jula schon für ein besseres Angebot unterbreiten, als nachts mit notgeilen Typen über deren Sexfantasien zu plaudern? Einer Frau, die vergewaltigt worden war. So brutal, dass sie noch immer unter chronischen Rückenschmerzen litt und bereits in einen Kampfmodus verfiel, wenn sie es nur im Dunkeln knirschen hörte. *Ihren bisherigen Programmplatz werde ich Rudy Constantin geben, er ist nun mal der beliebteste Sprecher des Senders. Sex oder Selters!* Jula schüttelte sich.

»Ist was?« Paul sah Jula sorgenvoll an.

»Schon okay, ich hatte nur schon wieder so einen kleinen Flashback. Also, was für ein Angebot hat dir der Sender denn gemacht?«

Pauls Miene erhellte sich schlagartig. »Die wollen mich zum Chefredakteur ihrer neuen Außenstelle in Bayern machen! Ich könnte mir da ein eigenes Team aufbauen, Formate entwickeln, und natürlich würde ich auch viel mehr verdienen als bisher!« Paul strahlte, doch Jula sah den Zweifel, der sich seinem Lächeln beigemischt hatte.

»Du bist unsicher, ob du das machen sollst?«

»Na ja, es wäre schon echt weit weg von Berlin. Und damit eben auch von dir. Und ich hätte kaum Zeit, zu

Besuch herzukommen, gerade im ersten Jahr nicht. Da werde ich vermutlich dauernd im Sender sein müssen.«

»Und was willst du mir jetzt damit sagen?« Im Grunde hätte sich Jula die Antwort auf ihre Frage ebenso gut auch selbst geben können.

»Ach, Jula, du hast doch sowieso die Schnauze voll von Berlin, das sagst du immer wieder. Der Lärm, die Hektik, die Unpersönlichkeit. Alle sind gereizt, Stau, keine Parkplätze, unbezahlbare Mieten, schlechte Luft, Kriminalität.«

Jula lehnte sich zurück, verschränkte die Arme vor der Brust und musterte Paul, als sei er ein Lausebengel, der ihr einen Streich spielen wollte. »Das meinst du doch jetzt nicht ernst? Du willst, dass ich mit dir nach Bayern gehe? Was soll ich denn da machen? Mein Jodeldiplom? Damit ich was in der Hand habe, falls mal was ist?«

»Jetzt warte doch erst mal ab!« Paul hob wie zur Beschwichtigung die Hände. »Es wäre ja nicht nur wegen uns beiden privat. Du wolltest doch deinen True-Crime-Podcast schon immer übers Radio machen, mit eigener Sendung. Und wenn ich Chefredakteur bin, kann ich dich in mein Team holen!«

»Paul, das ist ja lieb gemeint. Aber das war, bevor der Fall Hegel meinem Podcast über zwei Millionen Follower eingebracht hat! So viele Leute werden mir im Senderadius von *101.5 Kuhdorf* wohl kaum zuhören!«

»Also, es gibt da auch noch einen anderen Grund, aus dem ich dich gern nach Bayern mitnehmen würde.« Paul setzte dieses Lächeln auf, mit dem er Jula schon während ihrer Beziehung immer um den Finger gewickelt hatte. »Es geht nämlich auch darum, dass ich …«

»Was macht ihr denn hier?« Der grelle Ruf schallte lautstark von der Eingangstür her.

Sowohl Jula als auch Paul wandten sich um.

»Das gibt's ja nicht! Was für ein Zufall!«

Jula traute ihren Augen nicht. Wie groß war wohl die Wahrscheinlichkeit gewesen, dass ausgerechnet jetzt, um diese mittägliche Uhrzeit, Rudy Constantin und seine Dauerverlobte Cassy hier in dieses kleine Restaurant am Funkturm kommen würden? Rudy, der Starmoderator von 101.5, der üblicherweise nicht vor dem Mittagsläuten wach war.

»Hatte ich euch erzählt, dass ich heute mit Jula herkommen will?« Paul schien ebenso verblüfft.

Rudy lachte auf und breitete die Arme aus, als wolle er die ganze Welt damit umarmen. »Als würden wir euer Techtelmechtel sprengen wollen! Du hast nur erzählt, dass die hier jetzt schon früher aufmachen, und da dachten wir uns, probieren wir den Mittagstisch doch mal aus.« Rudy grinste mindestens so breit wie während seiner Sendungen, wenn er wieder mal mit Hohn und Spott über alles herzog, was die tagesaktuelle Presse so an skurrilen Neuigkeiten zu bieten hatte.

»Das hier ist kein *Techtelmechtel.*« Jula richtete sich auf. »Was ist das überhaupt für ein bescheuertes Wort?«

»Schon gut, wir haben nichts gesehen!« Rudy hielt sich demonstrativ die Hände vor die Augen. »Wir setzen uns ganz nach hinten in die Ecke!«

Cassy fasste Rudy am Handgelenk und sah Jula mit verständnisvollem Blick an. »Entschuldigt, dass wir hier so reinplatzen. Wir lassen euch beide jetzt mal lieber in Ruhe, ihr seid ja sicher hier, weil ihr was besprechen wollt.«

Damit zog Cassy ihren Freund zu einem Tisch weiter hinten im Lokal. Jula sah den beiden kopfschüttelnd nach. *Wie abstrus kann dieser Tag eigentlich noch werden?*, fragte sie sich. Sie konnte nicht ahnen, dass sie schon wenige Sekunden später eine Antwort auf ihre Frage erhalten sollte – als nämlich die Tür aufsprang, ein maskierter Mann in das Restaurant stürmte, eine Waffe zog und schrie:

»Ein Mucks, und ich knalle euch alle ab!«

KAPITEL 2

Was?!« Paul, der dem Eindringling mit dem Rücken zugewandt saß, drehte sich schlagartig um.

»Bleib auf deinem beschissenen Stuhl sitzen, sonst blase ich dir die Rübe weg!«

Jula spürte, wie es in ihr hochkroch. *Das ist nicht Buenos Aires. Du bist nicht auf diesem Friedhof. Und du wirst dich nicht ein weiteres Mal in die Opferrolle drängen lassen. Bleibe ruhig, warte ab – und mach keinen Fehler!* Mit starrem Blick, ruhigem Atem und angespanntem Körper sah sie zu dem Kerl hinüber. Zitternd und keuchend stand er da, untermalt von italienischen Schlagern aus den Achtzigerjahren, inmitten des kleinen Lokals zwischen Bildern von italienischen Landschaften und mehr oder minder geschmackvollen Deko-Elementen auf dem polierten Parkettboden. Wie ein Uhrenpendel schwenkte er mit seiner Pistole zwischen den vier Gästen und dem Kellner hin und her.

»Was wollen Sie denn von uns?« Paul sprach so ruhig, als sei der Mann ein Sprengsatz, der bei der kleinsten Erschütterung explodieren würde.

»Ich will für euch tanzen! Mann, was ist das denn bitte für eine bescheuerte Frage? Her mit eurem Geld, Wertsachen, Schmuck!«

Endlich bewegte sich der Kerl. Er warf dem Kellner durch die Sehschlitze in seiner Kapuze einen bösen Blick zu, woraufhin dieser die Hände noch etwas höher hob und einen Schritt von dem Telefon wegtrat, neben dem er zufällig gerade gestanden hatte. Jula nahm den Gestank von kaltem Zigarettenrauch und Schweiß wahr, als der Kerl in seiner speckigen Jacke und den hochgekrempelten Jeans mit den aufgeschrammten Knien an ihr vorüberging und zielstrebig auf Rudy Constantin und Cassy zulief.

»Geld, Uhren, Ringe!« Er herrschte die beiden so entschlossen an, dass sie unverzüglich die geforderten Gegenstände auf dem Tisch zusammentrugen.

»Können wir irgendwas tun?«, flüsterte Jula.

»Bitte?«, fragte Paul mit starrem Blick nach.

Okay, Paul wird uns nicht retten, er sitzt da wie eine Marmorstatue. Nur dass Marmorstatuen nicht zittern. Ich kann es ihm nicht verdenken, es ist sein erster Überfall. Bleib ganz ruhig, Jula. Panik hilft nicht. Rudy hat Geld wie Heu, dem tut es nicht weh, wenn ihm seine Uhr geraubt wird. Und Cassys Schmuck ist bestimmt versichert. Ich glaube allerdings nicht, dass Paul was Wertvolles bei sich hat, und ich habe vielleicht fünfzig Euro im Portemonnaie. Hoffen wir, dass das diesen Kerl nicht sauer macht.

»Wenn hier auch nur irgendeiner eine falsche Bewegung macht, lege ich jeden in diesem Raum um!« Der Typ sah kurz zu Jula und Paul hinüber und richtete dann seine Pistole auf Cassy. »Her mit deinen Ringen!«

Sie zog ihren Ring vom Finger und deutete auf Jula. »Gehen Sie doch bitte zu der anderen Frau! Da können Sie sicher mehr holen!«

Das hat sie nicht gesagt! Jula spürte zu ihrer eigenen Verwunderung, dass die Fassungslosigkeit über die Äußerung von Rudys Verlobter sie weit mehr beeindruckte, als es die Angst vor dem Kerl mit der Waffe in der Hand tat. Sie war Cassy bisher nur wenige Male begegnet, meist auf den Weihnachtsfeiern von 101.5. Die studierte Wirtschaftswissenschaftlerin hatte ihr gefallen, und sie hatte sich gefragt, wie der Hallodri Rudy zu so einer klugen und humorvollen Frau gekommen war. Und jetzt das? Sicher, sie alle hatten Angst, aber eine derart unfassbare Rückgratlosigkeit? *Wie man sich doch in Menschen täuschen kann. Aber diese Erfahrung mache ich ja nun weiß Gott nicht zum ersten Mal.*

»Dann wollen wir doch mal gucken!« Tatsächlich ließ der maskierte Kerl von Cassy ab und ging zielstrebig auf Jula zu. »Los, gib deine Ringe her, sonst knalle ich deinen Mann ab!« Er richtete den Lauf seiner Waffe auf Paul.

»Ich bin nicht ihr Mann!«, sagte Paul.

Hat er das gerade wirklich gesagt? Sind jetzt alle komplett bescheuert geworden? Was ist das denn hier für eine Nummer? Erst fällt mir Cassy in den Rücken, dann bekommt Paul kein Wort raus, und jetzt nervt er den Typen mit der Waffe, indem er ihm grundlos widerspricht. Jula sah auf ihre Hände. Nicht, dass sie nicht gewusst hätte, welcher Anblick sie dort erwartete. Es war lediglich ein Reflex. *Jetzt wird es ernst. Und wie es aussieht, wird mir hier wohl keiner helfen.*

»Okay, ich gebe dir meine Ringe.« Jula sprach fast freundlich und ließ den vollen Klang ihrer warmen, weichen Stimme auf den Mann wirken.

»Aber du hast ja gar keine!« Der Kerl mit der Waffe sah ebenfalls auf ihre Hände, an denen tatsächlich kein Schmuck prangte.

»Doch, hier!«

Damit hob Jula die linke Hand und hielt sie dem Kerl direkt vor die Augen. Nachdem dieser jetzt nur noch eingeschränkte Sicht hatte, griff sie blitzschnell mit der rechten Hand nach dem Lauf seiner Pistole und drückte ihn nach oben, sodass ein etwaiger Schuss nur in die Decke einschlagen würde. Dann drehte sie die Waffe so ruckartig herum, dass es dem Kerl das Handgelenk verdrehte und er mit einem lauten Aufschrei von der Pistole abließ. Jula schleuderte die Waffe in Richtung des verdutzten Kellners, sprang auf, bekam die Pfeffermühle vom Tisch zu fassen und schlug sie dem Kerl gegen den Schädel. Mit einem hellen Aufschrei fasste sich der Überrumpelte an die getroffene Stelle, sank wimmernd zu Boden und hielt sich schützend die Hände vors Gesicht.

»So hast du dir das nicht vorgestellt, was?« Es platzte regelrecht aus Jula heraus.

Der Schrecken, der Zorn, die Fassungslosigkeit über das Verhalten der anderen und der Mut ihrer Verzweiflung hatten Jula vollen Zugriff auf alles ermöglicht, was sie in dem Selbstverteidigungskurs nach ihrer Vergewaltigung in Buenos Aires gelernt hatte. Entschlossen drehte sie dem Kerl den rechten Arm auf den Rücken und setzte sich so auf ihn, dass der Angreifer sich nicht mehr bewegen konnte. Dann sah sie zu Paul, der dem Schauspiel mit weit aufgerissenen Augen folgte.

»Los, ruf die Polizei!«

Jula war rot angelaufen und Schweiß trat ihr auf die Stirn. Sie bemerkte, dass sich etwas in Pauls Blick veränderte, was sie nicht zu deuten wusste. Jedenfalls traf Paul keinerlei Anstalten, nach seinem Handy zu greifen, und auch keiner der anderen Anwesenden zeigte irgendeine Regung, Jula zu Hilfe eilen zu wollen.

»Ich weiß nicht, wie ich es dir sagen soll.« Paul klang, als habe er eine schlechte Nachricht zu überbringen.

»Wie du mir WAS sagen sollst?« Jula drückte den wimmernden Eindringling noch etwas fester zu Boden. »Warum rufst du nicht die Polizei?«

Paul erhob sich von seinem Stuhl, kniete sich neben den Angreifer auf den Boden und sah Jula fast mitleidsvoll in die Augen, bevor er ruhig und beschwörend sagte: »Ich werde jetzt nicht die Polizei rufen, Jula. Niemand wird hier die Polizei rufen!«

KAPITEL 3

Es kam Jula so vor, als stehe plötzlich ein klirrendes Surren im Raum. Ein verschlagener Unterton, der sich über die nach wie vor unbeeindruckt von der Musikanlage schallenden Italo-Schlager legte und sich wie ein Wurm in ihren Gehörgang zu bohren schien. Eine subtile Frequenz, die vermutlich nur in ihrer Einbildung existierte und ihr dennoch wie die Ankündigung eines bislang noch nicht greifbaren Übels erschien.

»Was ist dein Scheißproblem?«

Noch immer kniete Paul neben dem wimmernden Kerl in Julas Griff und weder Cassy noch Rudy oder der Kellner zeigten irgendwelche Regungen, ihr zu Hilfe eilen zu wollen.

»Lass bitte den Mann los!« Paul griff vorsichtig nach Julas Hand und versuchte, sie von dem am Boden Liegenden wegzuziehen. »Es ist nicht so, wie es scheint.«

Das klirrende Geräusch in Julas Kopf schien stärker zu werden. Die absurde Situation verunsicherte sie, das Dudeln der Schlager, der Geruch von Brot und Butter, der vom Tisch zu ihr herüberzog, die Blicke der regungslos Umherstehenden, die ihr mit einem Mal wie Wachsfiguren vorkamen. Jula spürte plötzlich dieses Grummeln im Bauch, das immer nur dann auftrat, wenn sie meinte, einer Verschwörung zum Opfer gefallen zu sein. Sie sah zu dem Kellner hinüber, der mitleidsvoll das Gesicht verzog, während die Pistole des Verbrechers noch immer vor ihm auf dem Boden lag. *Die Waffe hat sich komisch angefühlt. So leicht*. Ihr Blick ging zu Cassy und Rudy. Beide standen wie angewurzelt neben ihrem Tisch und sahen zu Jula herüber, als wollten ihre Blicke sie vor irgendetwas warnen.

»Okay, was wird hier gespielt?« Jula lockerte den Griff, mit dem sie den Angreifer auf dem Boden fixierte.

»Das war alles komplett anders geplant. Es tut mir leid, das ist voll in die Hose gegangen …«

Paul neigte sich behutsam zu dem Mann auf dem Boden und zog ihm die Maske vom Kopf. Jula entglitten die Gesichtszüge.

»Das ist doch Charly!«

Was zum Teufel hatte Karl Lindackers, die gute Seele vom 101.5-Empfangstresen, unter dieser verfluchten Maske verloren? Dieser liebenswerte Kerl, der entweder Witze erzählte, Kaffee kochte, Fotos von seinen Kindern herumzeigte oder jedem Kollegen im Sender seine Hilfe anbot, der auch nur entfernt den Eindruck erweckte, sie zu benötigen. Diese Seele von Mensch, herzlich, offen, immer mit einem guten Ratschlag, tatkräftiger Hilfe oder einfach nur einem Schokoriegel zur Stelle, wenn er gebraucht wurde. Charly, dessen größter Traum es war, irgendwann einmal mit einem Wohnmobil durch Europa zu reisen, der an keinem Obdachlosen vorbeigehen konnte, ohne ihm ein paar Euro zu schenken, und der vermutlich mehr Spinnen und Käfer bedächtig und respektvoll aus seinem Haus in den Garten getragen hatte als irgendein anderer Mensch auf dem gesamten Planeten vor ihm.

»Wäre es okay, wenn du mich wieder loslässt?« Karl sah Jula flehend an.

Sofort entließ sie ihn aus ihrem Griff.

»Würde mir bitte mal irgendjemand erklären, was dieses Theater hier soll?« Jula griff ihre Serviette vom Tisch und tupfte Karl damit auf die Stelle, an der sie ihm den Schlag mit der Pfeffermühle verpasst hatte. Er blutete nicht, ein blauer Fleck würde ihn aber vermutlich noch einige Tage an seinen *Überfall* erinnern.

»Charly sollte mich für deinen Ehemann halten und ich sollte sagen, dass wir nicht verheiratet sind.« Paul klang wie ein kleiner Junge, der sich beim Äpfelklauen hatte erwischen lassen. »Dann sollte er deine Ringe verlangen und du solltest sagen, dass du keine Ringe hast.«

Jula begann zu verstehen. Sie sah im Rund zu den anderen Anwesenden, bevor sie sich wieder Paul zuwandte, der nach wie vor ihr gegenüber auf dem Boden kniete.

»Du sagst jetzt bitte nicht, dass dieser Überfall ein …« Sie zögerte, ihren Satz zu beenden.

»Doch!« Paul griff in die Innentasche seines Sakkos. »Charly sollte dich fragen, wie es sein kann, dass du keinen Ring hast, und warum ich nicht dein Mann bin, obwohl ich doch so gut zu dir passe. Dann wollte ich sagen, dass ich helfen kann. In beiden Fällen.«

Paul zog die Ringschachtel eines namhaften Juweliers aus der Innentasche seines Sakkos und öffnete sie. Ein in Platin gefasster Diamant von vermutlich einem Karat funkelte Jula entgegen. Sie sah zu Rudy und Cassy hinüber.

»So viel also zu dem *Zufall*, dass ihr hier aufgetaucht seid!«

»Hier ist gar nichts Zufall!« Cassy lächelte Jula verunsichert zu. »Das Lokal hat nicht wirklich neuerdings schon um diese Zeit geöffnet. Paul hat es extra für diese kleine Inszenierung gemietet.«

Rudy legte die linke Hand auf Cassys Schulter und fügte hinzu: »Wir hatten uns das etwas anders vorgestellt. Ehrlich, als Paul mir von seiner Idee für diesen Heiratsantrag erzählt hat, klang es ganz witzig …«

»Witzig?« Jula richtete ihren Blick wieder auf Paul, der noch immer mit der geöffneten Ringschachtel vor ihr hockte, als handele es sich um eine Stellprobe für die Inszenierung eines Laientheaters. »Du verdammter Idiot hast wirklich gedacht, eine Frau, die überfallen und vergewaltigt wurde, könnte sich möglicherweise darüber freuen, wenn der Mann, von dem sie sich getrennt hat und den sie gerade mal eben wieder ein bisschen mehr in ihr Leben lassen wollte, ihr mit einem scheinbaren Raubüberfall einen beschissenen Heiratsantrag macht? Wenige Minuten nachdem du mir erzählt hast, dass du nach Bayern versetzt wirst und mich mitnehmen möchtest? *Das* war deine Idee?«

»Na ja.« Paul senkte die Schachtel mit dem Ring darin. »Wenn du es so formulierst, klingt es tatsächlich nicht mehr ganz so witzig wie neulich Nacht mit Rudy und Charly in der Kneipe.«

»Werde ich hier noch gebraucht?« Karl lag noch immer zwischen Jula und Paul auf dem kalten Fußboden.

Jula reichte ihm die Hand und zog ihn vom Boden hoch. »Tut mir leid, dass ich dich so angegriffen habe, Charly. Und sorry, dass Paul ein Idiot ist! Geht es dir gut?«

»Schon okay.« Karl lächelte, auch, wenn es ihm noch schwerzufallen schien. »Eine Stunde mit den Kindern im Garten toben ist härter! Ich bin wohl einfach nicht zum Gangster geboren.«

»Also gut.« Jula sah auf die Uhr. »Hier sind wir ja wohl

durch. Ich fahre jetzt ins Landgericht und höre mir Hegels Urteil an. Wenn du nachkommen willst, Paul, dann mach es, aber ich fahre allein hin. Und jetzt steck endlich diesen Ring weg!«

Sie griff ihre Jacke von der Stuhllehne und ging, ohne die anderen eines weiteren Blickes zu würdigen, zum Ausgang.

»Äh, Jula!«, rief Paul ihr nach. »Da ist noch was …«

Doch zu spät! Sie hatte den Ausgang bereits erreicht, die Klinke hinuntergedrückt und die Tür kräftig aufgestoßen. PAFF!

»Was, zur Hölle …?!« Jula stand fassungslos und wie eingefroren im Türrahmen, nachdem irgendetwas ihr Gesicht getroffen hatte.

»Alles Gute zur Verlobung, Sis!«

Julas vierzehnjähriger Halbbruder Elyas stand – wie immer in zu weite Hosen, zu wuchtige Turnschuhe und ein für seine schmale Brust viel zu weit ausgeschnittenes Shirt gekleidet – auf dem Bürgersteig vor dem Restaurant und sah breit grinsend dabei zu, wie die bunten Flitter aus der Konfettikanone an seiner Schwester hinunterglitten. Jula drehte sich noch einmal zu Paul um und sah durch die Tür hindurch, wie dieser verschämt den Kopf senkte. Dann sah sie Elyas mit einem Blick an, der nicht falsch zu verstehen war.

»Keine Hochzeit?«, fragte der Junge.

Jula wischte sich mit der flachen Hand etwas Konfetti von ihrer Kleidung, während sie Elyas tief in die Augen sah und entgegnete: »Solltest du jemals irgendwem einen Heiratsantrag machen wollen, dann frag bitte niemals – wirklich niemals! – Paul um Rat!«

KAPITEL 4

LANDGERICHT BERLIN-MOABIT

Das Gericht zieht sich zur Beratung zurück.« Die Richterin sah auf ihre Armbanduhr. »In etwa einer halben Stunde werde ich das Urteil verkünden.«

Eine halbe Stunde! Mehr Zeit schien sie nicht zu benötigen, um gemeinsam mit ihrem Richterkollegen den beiden Schöffen zu erklären, welche Entscheidung diese abzunicken hatten. Jula sah zu Matthias Hegel hinüber. Die anwesenden JVA-Beamten traten an ihn heran, um ihn bis zur Verkündung des Urteils aus dem Saal zu bringen. Sein Anwalt schien darum zu bitten, Hegel im Raum zu lassen, doch das Kopfschütteln der Beamten war eindeutig. Und dann geschah es: Hegel sah zu Jula hinüber,, und ihre Blicke trafen sich. Quer durch den stickigen Raum, der voller Menschen war. *Okay, cool bleiben! Nicht wegsehen! Halte seinem Blick stand!* Jula versuchte, sich keine innere Regung anmerken zu lassen, doch sie zweifelte daran, dass es ihr gelungen war. Noch immer sah Hegel ihr direkt in die Augen, während der JVA-Beamte ihn offenbar offenbar aufforderte, mit ihm den Saal zu verlassen.

Wie unbedeutend der Trubel um sie herum jetzt war. Die Journalisten, die zu ihren Handys griffen, um in ihren jeweiligen Redaktionen das Bevorstehen des Urteils anzukündigen. Die erzürnten Gespräche der Angehörigen von Peer Kalinsky, Hegels ehemals bestem Freund und Komplizen, der den genialen Mordplan praktischerweise nicht überlebt hatte. Das Spekulieren und Fachsimpeln der Menge, die sich in den Verhandlungssaal gezwängt hatte.

»Was für ein Urteil erwarten Sie denn, Frau Ansorge?«, fragte schon wieder eine Reporterin, die an Jula herangetreten war.

»Lassen Sie mich bitte in Ruhe, ich rede nicht mit Ihnen!« Jula sah die Frau mit dem Mikrofon in der Hand nicht einmal an.

Natürlich waren die Journalisten auch an Jula interessiert. An der Geschichte der Frau, die Hegel zur Freiheit verholfen hatte, nur, um ihn danach selbst als schuldig zu bezeichnen. Doch sie hatte auf ihrem Podcast bereits so ausführlich darüber berichtet, dass ihr der ganz große Ansturm der Reporter mittlerweile erspart blieb. Auch, weil sie bereits an den vorangegangenen Verhandlungstagen deutlich gemacht hatte, dass sie keine Interviews geben würde. *Dieses Mal hat Hegel die Öffentlichkeit nicht ausschließen lassen wie bei seinem ersten Prozess. Dieses Mal wollte er, dass es alle miterleben. Wie er sich als Opfer einer Intrige darstellt, als geschundener Mann, dem Unrecht widerfahren ist und der den Mord an seiner Frau nur gestanden hat, weil er seine unschuldige kleine Tochter schützen wollte. Die arme Mathilda. Sie weiß nicht, dass Hegel nicht ihr Vater ist. Dass er sie von einem Kinderhändlerring gekauft hat, als sie noch ein Baby war. Ich kann meine Beweise dazu einfach noch nicht öffentlich machen, die Kleine hat doch mit alldem gar nichts zu tun. Aber wenn dieses Schwein hier als freier Mann rausgeht, dann …*

»Unser Mandant möchte nach der Urteilsverkündung mit Ihnen sprechen.«

Jula schrak aus ihren Gedanken auf. Der Assistent von Hegels Rechtsanwalt Dr. Varbelow war von der Seite an sie herangetreten. Ein gut aussehender junger Mann, etwa Anfang zwanzig, vermutlich Jurastudent mit Nebenfach Speichellecken. Wie ein Pfau hatte er an der Seite von Hegels Anwalt gesessen, sich Notizen gemacht, durch die gegelten Haare gestrichen, Unterlagen herausgesucht und sich irgendwelche Dinge ins Ohr tuscheln lassen.

»Sie sind sich ziemlich sicher, dass er dazu Gelegenheit haben wird, was?« Jula wandte den Blick von Hegel ab und sah den Jüngling an.

»Professor Hegel sagt, er habe bei Ihrem letzten Aufeinandertreffen eine Vereinbarung mit Ihnen getroffen, zu der er nach wie vor stehe.«

Der Schönling ließ sich nicht aus der Fassung bringen, das musste Jula ihm lassen. Vermutlich hieß er *Maximilian von Irgendwas* oder *Frederik zu Dingsbums* und war mit einem goldenen Löffel im Mund zur Welt gekommen, aber das konnte sie ihm nun wirklich nicht zum Vorwurf machen. Jula flüsterte, sodass die Umstehenden es nicht hören konnten: »Herr Hegel hat bei unserem letzten Gespräch gefordert, dass ich ihm mit meiner Aussage zur Freiheit verhelfen soll. Als Gegenleistung wollte er mir Informationen über meinen Bruder Moritz geben.« Sie sah den Assistenten an, als sei er ein begriffsstutziger Schülerpraktikant. »An diese Vereinbarung habe ich mich nicht gehalten, sie ist also hinfällig.«

Der junge Mann verzog die ebenmäßig geformten Lippen zu einem dezenten Lächeln und zuckte mit den Schultern: »Das ist eine Frage der Interpretation! Sie haben so voreingenommen ausgesagt, dass die Richterin auf Ihre Angaben gar keine Verurteilung stützen könnte. Professor Hegel wird nach der Verhandlung auf Sie warten. Den genauen Ort teile ich Ihnen nach dem Urteilsspruch mit. Er lässt ausrichten: Es geht um Moritz!«

Damit wandte er sich ab und ließ Jula wie eben das dumme Kind auf der harten Zuschauerbank sitzen, für das sie diesen Schmierlappen Sekunden zuvor noch selbst gehalten hatte. *Es geht um Moritz!* Julas Atem beschleunigte sich.

Eine Stimme durchschnitt den Raum, die lautstark in die Menge der Journalisten und Schaulustigen rief: »Bitte Platz nehmen zur Urteilsverkündung!«

Jula sah ruckartig zu Hegel hinüber, der gerade im Begriff gewesen war, den Saal zu verlassen. Dieses Mal erwiderte er den Blick nicht.

»Ein Urteil nach weniger als zehn Minuten?« Einer der Journalisten auf der Bank hinter Jula sprach offenbar zu einem Kollegen. »Dann ist ja alles klar!«

Und während die Zuschauer eilig zu ihren Plätzen zurückströmten und Hegel mit zufriedenem Lächeln wieder neben seinem Anwalt Platz nahm, ging Jula nur ein einziger Satz durch den Kopf. *Er lässt ausrichten: Es geht um Moritz! Was wird er mir erzählen? Und will ich es wirklich wissen? Egal, es führt sowieso kein Weg zurück.*

KAPITEL 5

Jula, es tut mir alles so leid!«

Ja, genau! Das war es, was sie jetzt gebraucht hatte. Einen reumütigen Paul, der vor der Tür des Verhandlungssaals darauf gewartet hatte, dass sie endlich rauskommen würde. Nur, um ihr die vollkommen überraschende Erkenntnis mitzuteilen, dass sein spektakulär behämmerter Heiratsantrag wohl doch nicht so eine tolle Idee gewesen war.

»Ich habe jetzt wirklich keinen Nerv für dich!«

Jula wollte Paul links liegen lassen, als sie einen Stoß verspürte, der sie direkt in seine Arme fallen ließ. Einer der Journalisten aus der Masse der Prozesszuschauer, die wild durcheinanderredend wie ein Fischschwarm durch die dafür viel zu schmale Tür aus dem Saal strömten, hatte augenscheinlich nicht damit gerechnet, dass Jula plötzlich stehen bleiben würde. Paul fing sie auf, und obwohl es Julas erster Impuls war, sich sofort wieder aus seinen Armen zu lösen, spürte sie doch, dass etwas sie hielt. *Ist es der vertraute Duft? Oder die Wärme? Ich habe keine Ahnung. Dieser ganze Tag ist einfach eine Katastrophe!* Jula spürte, wie das Starksein schwach wurde, und Tränen schossen ihr in die Augen.

»Im Zweifel für den Angeklagten!« Sie umfasste Paul sogar noch ein bisschen fester. »Die Richterin sagt, sie könne nicht ausschließen, dass Hegel wirklich erpresst wurde. Weil viel zu vieles dafür spricht! Und ich hatte keine andere Wahl, als das auch noch mit meiner Aussage zu untermauern. Hegels Plan ist aufgegangen, er wurde freigesprochen! Für den Mord an seiner Frau kann er jetzt nie wieder angeklagt werden!«

»Frau Ansorge, was sagen Sie zu dem Urteil?« Schon wieder hielt ein Reporter Jula ein Mikrofon unter die Nase.

»Meine Verlobte wird nicht mit Ihnen reden. Was sie der Öffentlichkeit in dieser Angelegenheit zu sagen hat, das sagt sie über ihren Podcast!« Paul sah auch die anderen Reporter im Rund grimmig an, die damit zu liebäugeln schienen, sich ein weiteres Mal einen Korb von Jula einzufangen.

Endlich verteidigt er mich mal! Jetzt trat der Tumult der wild durcheinanderschreienden, telefonierenden und Fotos machenden Journalisten und Schaulustigen in den Hintergrund. Ihr Tosen verlor sich in Julas Tränen.

»Ach, Julchen.« Paul sprach jetzt so sanft, wie er es in ihrer Zeit als Paar immer vor dem Einschlafen getan hatte. »So war es immer, und so wird es immer sein: Die Klugen und Reichen kommen am Ende davon. Weil sie das System nicht nur verstehen, sondern es sich auch leisten können.«

»Hast du das aus der *Dreigroschenoper?*« Jula schmunzelte, wenn auch nur kurz, und löste sich schließlich aus Pauls Armen. »Und: Ich bin nicht deine Verlobte!«

»In einer halben Stunde, Wilsnacker Straße, bei dem Löwendenkmal!«

Was hat dich so lange aufgehalten, Leontin Graf von Leckmich? Dr. Varbelows jugendlicher Assistent hatte sich seinen Weg durch die Menge zu Jula gebahnt und war von hinten an sie herangetreten. Hegel selbst war sofort nach dem Urteilsspruch gemeinsam mit seinem Anwalt verschwunden.

»Sie wissen, dass dieser Kerl seine Frau ermordet hat, oder?« Jula wandte sich zu dem jungen Mann um, zog die Nase hoch, streckte das Kreuz durch und spürte einen stechenden Schmerz dabei.

»Ich weiß, dass Professor Hegel mit Ihnen über Ihren Bruder Moritz sprechen möchte.« Der junge Kerl hob den linken Arm und sah auf seine ebenso teure wie geschmackvolle Armbanduhr. »In neunundzwanzig Minuten. Und ich weiß, dass Sie ihn mit Behauptungen über die Abstammung seiner Tochter unter Druck zu setzen versuchen. Sie denken, Sie hätten Professor Hegel in der Hand, oder? Wissen Sie, das haben schon ganz andere vor Ihnen gedacht, und nicht alle davon sind heute noch am Leben.«

Hatte dieser Schmierlappen von einem Elitespross das gerade wirklich gesagt? Jula verschlug es für eine Sekunde die Sprache, wenn auch nicht länger.

»Jetzt pass mal auf, du Wicht!« Sie trat ganz nah an den jungen Kerl heran und sah ihm fest in die Augen. »Ihr mögt ja über mich gelacht haben. Über die dumme Jula, die euren besten Mandanten aus dem Knast geholt hat, indem sie versucht hat, ihn genau da hinzubringen. Und ich weiß auch nicht, wer von euch in dieser Geschichte welchen Part übernommen hat. Außer Kaffeekochen, das dürfte wohl deine Aufgabe gewesen sein, *Karl-Wilhelm Prinz von Nervmichnicht!* Aber wenn Hegel mir in – Moment! – achtundzwanzig Minuten bei dem dämlichen Löwen in der verschissenen Wilsnacker Straße nicht sagt, wo ich meinen Bruder finde, dann nützt ihm alles nichts mehr! Nicht sein Geld, nicht sein Gehör und ganz sicher auch nicht sein Anwalt!«

KAPITEL 6

Kampf der Gerechtigkeit gegen Falschheit und Lüge! Ich hoffe, meine Wahl des Treffpunkts gefällt Ihnen.« Hegel deutete eine gespreizte Verneigung an.

Jula rang sich ein Schmunzeln ab und sah sich ein weiteres Mal um. Noch immer herrschte gähnende Leere in der Seitenstraße des Landgerichts Moabit, offenbar war Jula wirklich keiner der Reporter zu dem konspirativen Treffen gefolgt. Nachdem sie mit Paul die Absprache getroffen hatte, dass er sie zunächst allein vorgehen lassen und ihr dann nach einigen Minuten folgen solle, war es Jula gelungen, unbemerkt zu dem Seiteneingang des Gerichtskomplexes in der Wilsnacker Straße zu gelangen. Von diesem erstaunlich opulenten Löwendenkmal hatte Jula noch nie zuvor etwas gehört oder gesehen. Kurz ging ihr durch den Kopf, dass es einen prominenteren Platz in einer Stadt verdient hatte, in der ohnehin an jeder Ecke irgendein Denkmal stand. Nicht, dass es ihren persönlichen Geschmack getroffen hätte, doch es war aufwendig und detailverliebt gefertigt und von einer Symbolik, die Jula durchaus gefiel. Es zeigte einen stolzen Löwen mit seinen zwei Jungen, der im Kampf mit aufgerissenem Maul und erhobener Pranke eine bösartige Schlange zu Boden drückte, die offenbar eines der Löwenkinder zu fressen versuchte.

»Sie finden das hier alles wahnsinnig witzig, oder?« Jula sah zu Dr. Varbelow hinüber, der etwa zwanzig Meter entfernt gegen seinen Mercedes S-Klasse gelehnt an der Fahrbahn stand und allem Anschein nach in irgendeiner Gerichtsakte las.

»Ich habe Wort gehalten, deswegen stehen wir jetzt hier.« Hegel löste sich von der Statue und trat an Jula heran. »Ich bin frei, mein altes Leben kann endlich weitergehen, und ich beabsichtige, es an der Seite meiner geliebten Tochter Mathilda zu verbringen.«

Eine Duftwolke seines edlen Parfums erreichte Jula, während sie die Muskeln anspannte und Hegel fest in die Augen sah. »Juristisch gesehen kann man Sie für den Mord an Ihrer Frau nicht mehr haftbar machen. Aber ich kann Sie immer noch moralisch zerstören. Ich kann an die Presse gehen und öffentlich machen, dass Sie Mathilda über einen Kinderhändlerring gekauft haben. Wie Sie wissen, reicht ein Gerücht, um Karrieren zu beenden. Aber Sie sind ja schon stinkreich, das Ende Ihrer Karriere würden Sie also vermutlich gerade noch in Kauf nehmen.«

»Ich gebe zu, ich habe dieses Szenario durchgespielt.« Hegel verzog keine Miene.

Jula trat näher an das Denkmal und legte die Hand auf den Kopf des zweiten Löwenbabys. »Oder ich gehe direkt zu Ihrer Tochter Mathilda.« Sie blinzelte nicht einmal. »Wie hart würde sie die Wahrheit treffen? Ich vermute, Mathildas Welt würde zusammenbrechen! Die Kleine ist zehn Jahre alt, wie sollte sie Ihnen nach so einer Lüge jemals wieder vertrauen können?«

Etwas veränderte sich an Hegel. Nicht seine sichere Körperhaltung, nicht sein wacher Blick. Es war etwas, das kaum zu greifen war. Jula meinte, dass der Glanz in seinen Augen matter wurde, der Hochmut in seiner Haltung wankte, sein Mut an Kraft verlor.

»Mathilda würde ein weiteres Trauma erleiden, und

noch eines wird ihre kleine Seele nicht überstehen.« Hegels Stimme klang fast so, als ginge sie in Deckung. »Sie musste schon den Tod ihrer Mutter verkraften. Aber wenn sie jetzt auch noch erfährt, dass ihre leiblichen Eltern sie für ein paar Euro an Kinderhändler verkauft haben? Das wird ihr ganzes Leben verändern, und nicht zum Guten! Ich bitte Sie zu schweigen und sie nicht mit unbewiesenen Gerüchten zu zerstören.«

Unbewiesen. Von wegen.

»Das Letzte, was ich tun möchte, ist, die Kleine dafür zu bestrafen, dass Sie ein verfluchter Mistkerl sind.«

»Und dafür sollen Sie zum Dank die Informationen bekommen, die ich Ihnen versprochen habe.«

Was ist damals in Buenos Aires mit Moritz passiert? Warum hat mein Bruder diese Lügen verbreiten lassen, warum hat er uns alle glauben lassen, er sei tot? Und wo finde ich ihn?

Das Knattern eines Mopeds unterbrach die beiden in ihrer Aussprache. Hegel sah in die Richtung, aus der das Geräusch kam, und auch Jula drehte sich um. Ein Lieferfahrer, unter dessen Helm ein wallender Vollbart hervorragte, stieg schnaubend von seinem schwachmotorigen Vehikel, griff unter Ächzen und Stöhnen mehrere Pizzakartons aus der eigens dafür angebrachten Warmhaltebox und machte sich mit zügigen Schritten und missmutigem Gesichtsausdruck auf den Weg in das Gerichtsgebäude. Hegel wartete einige Sekunden lang, bevor er wieder Jula ansah.

»Eines müssen Sie wissen: Es gibt einen Grund, warum ich Sie nicht schon früher eingeweiht habe. Wenn ich Ihnen jetzt sage, was mit Moritz geschehen ist, dann werden nicht nur Sie sterben. Man wird jeden Menschen töten, der Ihnen jemals etwas bedeutet hat.«

KAPITEL 7

Ein kleiner Vogel landete auf dem Kopf des Löwen. *Das ist ein Sperling! Wie seltsam. Meine Mutter hat immer Spatz gesagt, mein Vater Sperling. Warum heißt dieser Vogel dann für mich Sperling? Mein Vater war mir doch sonst kein Vorbild, an dem ich mich orientiert hätte.*

»Ist alles in Ordnung mit Ihnen?« Hegel klang wie ein Notarzt, der eine Frau ansprach, die mitten auf der Straße zusammengebrochen war. »Geht es Ihnen nicht gut?«

Wieder so ein Tagtraum.

»Doch, doch. Alles okay!« Jula schrak aus ihrer gedanklichen Flucht auf. »Wo ist Moritz? Und wer ist hinter ihm her?«

Hegel sah sich ein weiteres Mal um und auch Jula vergewisserte sich, dass niemand in Hörweite war.

»Ihr Bruder hat damals in Buenos Aires nicht deswegen jede Nacht die Unterkunft mit Ihnen gewechselt, weil er Hoteltester war. Das war nur seine Ausrede dafür, wenn auch eine plausible. Er war in Argentinien, um sich mit Leuten zu treffen, die es nicht mögen, wenn man ihre Namen kennt. Mit Leuten, die es nicht mögen, wenn man sich von ihnen abwenden will.«

Konnte das wirklich sein? War es möglich, dass Jula es übersehen hatte? Dass sie es vielleicht einfach nicht hatte sehen *wollen?* Nicht ein einziges Mal hatten sie ihre Koffer ausgepackt, nirgendwo. *Die dürfen nicht wissen, dass ich Hoteltester bin, also verhalte dich wie ein ganz nor-*

maler Tourist! Moritz hatte tatsächlich alles in seiner Macht Stehende getan, um nicht aufzufallen. Sogar dieser nächtliche Besuch auf dem Friedhof fügte sich jetzt ins Bild. Ja, *La Recoleta* war kein abgelegener, einsamer Ort, sondern eine Touristenattraktion, mitten im Stadtzentrum gelegen. Aber dort waren sie eben immer noch weit weniger auf dem Präsentierteller, als sie es in einer Shoppingmall gewesen wären.

»In was war Moritz verwickelt?« Jula spürte keine Angst, keine Sorgen, keine Schmerzen mehr. Genau genommen spürte sie gerade gar nichts.

»Er hatte sich mit einer Organisation eingelassen, die Sie kennen. Mit einer Organisation, die weltweit agiert und ihre Finger in allem hat, was illegal und einträglich ist. Eine Organisation, der selbst Menschen angehören, von denen wir es niemals glauben würden.«

Jula konnte es jetzt sehen, ganz plötzlich. Vielleicht roch oder schmeckte sie es auch, ahnte es nur oder filterte es aus irgendeiner Schwingung in der Luft heraus. Was auch immer. Jedenfalls musste Hegel es nicht aussprechen.

»Remus?« Sie fror und ihre Haut wurde blass.

»Ja!« Hegel stand neben der Löwenstatue, als sei er zu einem Teil von ihr geworden. »Moritz hat eine Zeit lang Drogen verkauft. Zuerst harmloses Zeug, vorwiegend Marihuana. Aber er ist tiefer und tiefer in die Sache hineingerutscht. Irgendwann hatte er Speed, Kokain, Ecstasy und Cristal Meth im Angebot. Der Rubikon war überschritten, die hatten ihn in der Hand. Sie wissen ja selbst, wie klug Moritz ist, und das hat man auch bei Remus erkannt. Er ist aufgestiegen, weg vom Dealen auf der Straße oder in Clubs hin zur Organisation des Vertriebs. Er war der perfekte Mann für diese Leute. Ein blonder, sportlicher Vorstadtjunge aus bürgerlichem Haus. Und mit einer Familie, über die man ihn jederzeit unter Druck setzen konnte, falls er auch nur auf den Gedanken kommen sollte, aussteigen zu wollen. Und dann, eines Tages, ist ihm das Schlimmste passiert, was einem Remus-Mitglied passieren kann.«

Warum wich Julas Blick jetzt auf das blöde Moped von diesem Pizzaboten aus? Warum war der Typ noch nicht aus dem Gericht zurückgekommen, der sollte doch längst wieder weggefahren sein? *Nicht abdriften, Jula! Keine Fluchtreaktionen! Du musst dranbleiben!*

»Was meinen Sie? Was ist ihm so Schlimmes passiert?« Sie sah wieder zu Hegel.

»Er wurde den Bossen vorgestellt! Remus hat unzählige Zellen, überall auf der Welt. Niemand kennt viele Mitglieder, nur jeweils die, die er kennen muss. Aber es gibt auch die, die an der Spitze sitzen. Und das sind keine verschlagen dreinblickenden, Zigarre rauchenden Gangster in irgendwelchen Hütten in Kolumbien. Diejenigen, die Remus kontrollieren, sind die Leute, die das Geld waschen können. Und wir reden hier von Milliarden, die wäscht man nicht einfach mit einem Spätkauf am Kottbusser Tor! Die Bosse sind Politiker, Banker, Unternehmer. Sogar Prominente. Keine Irren mit Narben im Gesicht. Jeder kann dazugehören, sogar Sie oder ich!«

»Warum hat man Moritz so nah an die Bosse rangelassen?« Jula hätte nicht sagen können, ob dieses Gespräch erst eine Minute dauerte oder bereits zwei Stunden.

»Er hat Charme. Er ist klug und hat so gar nichts von einem stereotypen Verbrecher. Er sollte nach ganz oben aufsteigen. Nicht von heute auf morgen, aber Schritt für Schritt, Jahr für Jahr.«

»Und dann?«

Hegels Gesicht schien Bedauern ausdrücken zu wollen. »Dann hat er entschieden, dass er diesen Weg nicht gehen wird. Ja, er hatte sich verführen lassen. Aber er ist nun mal kein Verbrecher. Moritz wollte aussteigen.«

»Und da war es zu spät …«

»Längst! Sie haben ihm gedroht, so massiv, dass er nur noch eine Chance gesehen hat, da rauszukommen: Er wollte auspacken, als Kronzeuge! Die Staatsanwaltschaft hat ihm einen Deal vorgeschlagen. Moritz sollte straffrei ausgehen und mit einer neuen Identität in den Zeugenschutz aufgenommen werden.«

»Aber die von Remus haben Wind davon bekommen?« Julas Stimme wurde brüchig.

»Sie haben ihm gedroht! Entweder er nimmt sich das Leben, oder sie töten jeden Menschen, den er liebt. Deswegen ist er nach Argentinien geflogen. Und deswegen hat er Sie mitgenommen. Er wollte Sie in seiner Nähe haben, damit er auf Sie aufpassen kann. Die Behörden in Buenos Aires arbeiten im Fall Remus eng mit den deutschen zusammen. Er sollte dort Schutz bekommen. Immer wieder hat er seinen Aufenthaltsort geändert, auch in Absprache mit den argentinischen Behörden. Aber irgendwann haben die von Remus ihn trotzdem gefunden. Und jetzt, liebe Jula, müssen Sie sehr stark sein!«

Noch nie zuvor hatte Hegel in Julas Ohren so mitfühlend, sorgenvoll und väterlich geklungen wie jetzt. So als sei alles Böse, Verschlagene und Heimtückische von ihm abgefallen, griff er ihre Hand und umfasste sie mit sanftem Druck.

»Die Vergewaltigung …« Julas Stimme brach, und Tränen liefen ihr aus den Augen.

»Ja.« Hegel flüsterte fast. »Das war eine letzte Warnung an Moritz. Sie waren kein Zufallsopfer, Sie waren auch nicht zur falschen Zeit am falschen Ort. Wäre es nicht auf dem Friedhof passiert, dann irgendwo anders, nur etwas später. Sie sollten leiden, damit Moritz sich das Leben nimmt. Und das hat er dann auch getan. Jedenfalls zum Schein.«

Jula wusste nicht, ob sie das hier alles träumte oder ob es gerade wirklich geschah. Sie sah ihre Hand an und stellte fest, dass sie fünf Finger daran zählen konnte. *Im Traum kann man nicht zählen, dieses Zentrum des Gehirns ist dann ausgeschaltet. Du träumst nicht, das passiert hier gerade wirklich!*

»Er musste uns alle glauben lassen, er habe sich das Leben genommen, damit Remus seiner Familie nichts antut.« Jula fühlte sich so leicht, als wäre ihr Körper ein mit Helium gefüllter Hohlraum.

»Die Argentinier haben in Zusammenarbeit mit dem BKA Moritz' Selbstmord inszeniert und ihn ins Zeugenschutzprogramm geschickt. Aber so leicht lässt man sich bei Remus nicht täuschen. Sie haben alles versucht, um herauszufinden, ob Moritz wirklich tot ist. Deswegen durfte niemand wissen, dass er noch lebt, nicht einmal Sie.«

»Aber das bedeutet dann ja …« Jula brach ihren Satz ab.

»Leider ja! Es war nicht sehr hilfreich, dass Sie jahrelang behauptet haben, er lebe noch. Ihre medialen Unternehmungen, der Podcast, die Öffentlichkeit. Als ich Ihnen neulich seine Nummer gegeben habe, dachte ich, dass

Moritz Ihnen das alles erklären würde. Dass Sie endlich aufhören würden, ihn und sich selbst zu gefährden, indem Sie einfach nicht damit aufhören, öffentlich an seinem Tod zu zweifeln. Leider ist das komplett nach hinten losgegangen und dafür möchte ich Sie um Verzeihung bitten.«

Komplett nach hinten losgegangen. Ja, so konnte man es wohl ausdrücken. Nicht besonders elaboriert, vielleicht ein wenig zu salopp, doch so treffend, wie es treffender nicht sein konnte. Komplett nach hinten losgegangen! Jula horchte tief in sich hinein. Noch hatte es nicht begonnen. Noch defilierte nicht jedes einzelne Ereignis seit dieser Nacht in Buenos Aires an ihrer Erinnerung vorbei. Doch schon sehr bald würde es passieren, und jedes davon würde ihr zurufen: *Wenn du mich mit deinem jetzigen Wissen noch einmal betrachtest, dann sieht plötzlich alles ganz anders aus, oder? Und ja, das ist hier wirklich absoluter Irrsinn! Aber wenn alle rationalen Erklärungen ausscheiden, dann muss wohl eine von den irrationalen richtig sein.*

»Woher wussten Sie es?« Jula sah Hegel aus tränennassen Augen heraus an. »Warum waren Sie im Besitz dieser Informationen?«

»Sie wissen doch, meine Freundin Johanna hat im Zeugenschutz gearbeitet. Ich kannte den Fall Ihres Bruders, ich war damals sogar als Gutachter dabei, als es darum ging, die Glaubhaftigkeit seiner Aussage zu analysieren. Ich kannte Sie und Ihre Geschichte schon, bevor Sie sich das erste Mal mit einer Interviewanfrage an meinen Anwalt gewandt haben. Und ich hätte viel darum gegeben, wenn die Dinge anders gekommen wären!«

Nicht jetzt. Es war noch nicht die Zeit, darüber nachzudenken. Darüber, was das alles zu bedeuten hatte, welche Fäden Hegel gesponnen hatte, wie verzweigt das Labyrinth der Lügen war. Der Lügen von Hegel, Moritz und den Behörden.

»Wie kann ich Moritz finden?«

Hegel atmete tief durch und setzte sich auf den Sockel des Denkmals. Offenbar gedankenlos fuhr er sich mit der Hand durchs Gesicht. Dann sah er zu Jula und antwortete: »Zunächst mal, wundern Sie sich bitte nicht, wenn Sie ihn nicht sofort erkennen. Er ist nicht mehr der Moritz, den Sie kannten, er musste immer wieder sein Aussehen verändern.«

»Das ist mir egal. Also, wann und wo kann ich ihn treffen?«

Hegel zuckte mit den Schultern und seine Mimik schien Ratlosigkeit ausdrücken zu wollen, als er sagte: »Hat er es Ihnen denn noch nicht gesagt?«

»Wie meinen Sie das?«

Hegel zog sein Handy hervor und zeigte Jula das Display. »Moritz hat mir eine Voicemail geschickt. Hören Sie mal!« Er trat näher an Jula heran und startete die Aufnahme auf seinem Handy.

»Matthias, ich bin's!«

»Oh Gott!« Jula musste mit sich kämpfen, um nicht zusammenzusacken.

Das war er, eindeutig! Die Aufzeichnung ging weiter:

»Ich will Jula treffen, unbedingt! Aber das geht jetzt noch nicht. Erst, wenn ich ausgesagt habe! Wenn die höchsten Bosse von Remus im Gefängnis sitzen. Vorher kann ich mich nicht aus der Deckung trauen! Ich schicke Jula eine separate Sprachnachricht, in der ich ihr Zeit und Treffpunkt nenne. Und in der ich ihr mitteile, wo ich mich

in Berlin verstecke. Aber bis zum Prozess muss ich untergetaucht bleiben. Remus sucht nämlich nicht nur mit seinen eigenen Leuten nach mir. Ich habe erfahren, dass sie auch unter unabhängigen Auftragskillern ein Kopfgeld auf mich ausgesetzt haben!«

»Das kann doch gar nicht …« Jula riss ihr Handy aus der Tasche und kontrollierte blitzschnell jede App, über die man ihr eine Sprachnachricht senden konnte.

»Und, hat er Ihnen seinen Aufenthaltsort und den Treffpunkt übermittelt?«

Jula suchte fieberhaft weiter, in jedem Ordner, auf jedem ihrer Social-Media-Profile und in ihrem Maileingang. Schließlich hob sie ihren Blick zu Hegel, und so als bedeute es alles Unheil dieser Welt, sah sie ihn an und antwortete:

»Nein! Hier ist gar nichts!«

KAPITEL 8

PAUL

»Sollte ich jemals jemanden ermorden, dann engagiere ich Sie als meinen Anwalt!«

Dr. Varbelow sah ruckartig von seiner Akte auf und wandte sich zu Paul um, der von der gegenüberliegenden Straßenseite an ihn herangetreten war.

»Dann legen Sie schon mal ein Sparkonto an!« Er lächelte verschmitzt. »Wissen Sie, was man in Juristenkreisen sagt? Die eigentliche Strafe ist die Rechnung vom Anwalt! Sie sind der Verlobte von Frau Ansorge, nicht wahr?«

Paul wippte mit dem Kopf. »Das würde sie bestimmt anders formulieren.«

»Ihre Freundin hat sehr viel erlitten, um meinem Mandanten zu helfen.« Varbelows Gesichtsausdruck wurde ernster. »Und ihre Zweifel an der Wahrheit lassen sie immer noch leiden. Aber Professor Hegel ist ihr wirklich sehr dankbar für alles, was sie für ihn getan hat. Und er bedauert es sehr, dass Frau Ansorge seinetwegen so viel durchmachen musste.«

»Wohl gesprochen!« Paul nickte anerkennend, wenn auch mit einer Note von Ironie. »Sie wären bestimmt ein guter Hochzeitsredner! Falls sich die Dinge gut für mich und Jula fügen, würde ich Sie gern engagieren.«

»Nach dem, was sie für meinen Mandanten getan hat,

würde ich jederzeit auf Frau Ansorges Hochzeit reden! Dass das dann allerdings auch gleichzeitig IHRE Hochzeit wäre, kann ich natürlich nicht garantieren …«

Paul rang sich ein Lächeln ab und sah zu Jula hinüber, die außer Hörweite bei dem Löwendenkmal stand und ebenso gestenreich wie emotional aufgewühlt mit Hegel zu diskutieren schien.

»Was machen die beiden da? Erzählt Hegel ihr endlich, wo ihr Bruder ist? Und vor wem er sich versteckt?«

Varbelow zuckte nicht einmal mit der Wimper. »Kein Kommentar! Mein Mandant und Frau Ansorge haben sich zu einer Besprechung unter vier Augen zurückgezogen, mehr kann ich dazu nicht sagen. Und ich muss dann jetzt auch noch ein paar organisatorische Dinge besprechen, Sie entschuldigen mich sicher.« Der Rechtsanwalt zog sein Handy hervor, wählte eine Nummer, wandte sich ab und ging ein Stück weiter den Bürgersteig hinauf.

Paul versuchte, etwas aus Julas und Hegels Lippenbewegungen zu lesen, doch dazu war er weder ausgebildet, noch waren diese auf die Entfernung deutlich genug zu erkennen. Wie gut, dachte er, dass Jula bei allem Zorn über seinen äußerst speziellen Heiratsantrag doch noch zur Vernunft gekommen war. Paul hatte Jula so, wie sie es ihm aufgetragen hatte, zunächst allein zu dem Treffpunkt vorgehen lassen, um ihr Minuten später in diskretem Abstand zu folgen. Mit Hegel war nicht zu spaßen, daran hatte Jula keine Zweifel. Und obwohl Pauls Aktion in dem italienischen Restaurant sie nicht eben mit Glück erfüllt hatte, war sie dem Anschein nach doch ganz zufrieden mit der Vorstellung gewesen, dass ein Vertrauter in ihrer Nähe sein würde, um auf sie aufzupassen. Paul sah noch einmal zu Varbelow, der sich ein gutes Stück weit von ihm entfernt hatte, um ungestört telefonieren zu können. Paul konnte sich ein Lächeln nicht verkneifen. Alle Journalisten und Reporter hatten die Ersten sein wollen, die mit dem freigesprochenen Professor ein Interview führen durften. Und dennoch hatte keiner, aber auch wirklich nicht ein einziger von ihnen darauf spekuliert, dass Hegel nur Minuten nach seinem Freispruch einfach zu einem nicht gerade schwer zu findenden Seiteneingang auf die Straße hinausspazieren würde. *Was erzählt Hegel Jula da wohl gerade? Er steht da wie ein Bestatter, mit versteinerten Gesichtszügen und blasser Haut. Und Jula scheint bis zu den Haarspitzen mit Adrenalin vollgepumpt zu sein. Sie blinzelt kaum, starrt ihm durchgehend in die Augen und hat die Hände zu Fäusten geballt.* Wieder warf Paul einen Kontrollblick zu Gunnar Varbelow, der sein Telefonat zwischenzeitlich beendet hatte und nun etwas in ein Notizbuch schrieb.

»Und, läuft alles?«, rief er zu Varbelow hinüber.

»Bei mir läuft immer alles!«

Paul nickte ergeben, als er das Aufheulen eines offenbar nicht übermäßig starken Motors vernahm. Er sah in die Richtung, aus der ein weißer Kastenwagen mit deutlich überhöhter Geschwindigkeit auf sie zuraste. Auch Varbelow schien der reifenquietschende Wagen mit dem laut grollenden Motor nicht entgangen zu sein.

»Hey, langsam!« Der Anwalt versuchte, den aus irgendeinem Grund maskierten Fahrer durch Winken auf dessen weit überhöhte Geschwindigkeit aufmerksam zu machen.

»Was zur Hölle macht dieser Kerl da?« Paul sah mit erstauntem Blick zu Varbelow hinüber.

Doch der Kastenwagen beschleunigte seine Fahrt sogar noch, bis ihn nur noch wenige Meter von Pauls Position trennten. Kurz bevor der Fahrer das Löwendenkmal erreicht hatte, trat er die Bremsen so stark durch, dass die Hinterachse des Fahrzeugs kurz ins Schlingern geriet. Paul sah zu Jula und Hegel hinüber, die so in ihr Gespräch eingetaucht waren, dass sie von dem Fahrzeug offenbar keine Notiz genommen hatten. Jetzt wurde vom Inneren der Ladefläche die Schiebetür aufgezogen. Ein großer, bulliger Mann, das Gesicht bedeckt mit einer Skimaske, stieg aus dem Wagen und strebte ebenso zügig wie entschlossen auf Jula und Hegel zu.

»Was machen Sie da?« Varbelow ließ seinen Notizblock fallen und sah zu dem Kerl mit der Maske hinüber.

Obwohl der Angesprochene seinen Blick fest auf Jula und Hegel gerichtet hatte, schien er den Rechtsanwalt bemerkt zu haben. Er blieb stehen, griff unter seine Jacke und zog eine Pistole hervor. Paul starrte auf die Waffe, als ein Ruf ihn aus seinen Gedanken riss.

»Ist das dein Ernst, Paul? Du hast wirklich noch so eine Scheißnummer vorbereitet?«

Jula hatte so laut und zornig gerufen, dass sie trotz der Entfernung deutlich für Paul zu verstehen gewesen war. Er sah zu ihr hinüber.

»Jula, ich habe damit nichts …«

Weiter kam er nicht.

»Das ist eine Falle!« Dr. Varbelow rief mit aller Kraft in Hegels Richtung.

Dann ging alles sehr schnell: Varbelow sprintete auf den maskierten Kerl zu, dieser hob seine Waffe, zielte und feuerte zwei Schüsse auf den Anwalt ab. Varbelow stürzte noch aus seinem Sprint heraus, prallte aufs Bordsteinpflaster und überschlug sich, bevor er schließlich regungslos liegen blieb. Paul sah wieder zu Jula und Hegel. Der Professor schob sich mit seinem Körper zwischen Jula und den Angreifer, woraufhin der maskierte Kerl seine Waffe auf Hegel richtete. Dieser griff beherzt nach der Pistole, als sich direkt neben seinem Kopf ein Schuss löste. Hegel fasste sich mit einem Aufschrei ans rechte Ohr und sackte hilflos zusammen.

»Einsteigen! Beide! Sofort!« Der Angreifer sprach sehr laut, mit südamerikanischem Akzent, und seine Stimme war dunkel und kraftvoll.

Paul, der wie angewurzelt auf dem Bürgersteig stand, blickte noch einmal zu Gunnar Varbelow hinüber, unter dessen regungslosem Körper sich bereits eine Blutlache bildete. Ohne sich von seiner Position wegzubewegen, bemerkte er, wie Hegel sich unter Schmerzen aufrichtete, sich die Hände gegen das rechte Ohr presste und irgendetwas zu dem Angreifer sagte, das Paul nicht verstehen konnte. Der bullige Kerl presste ihm den Pistolenlauf auf die Stirn. Hegel nickte vorsichtig, während Jula bedächtig aus seiner Deckung heraustrat und ebenfalls die Hände hob.

Jetzt drehte sich der Kerl mit der Maske in seine Richtung um. Pauls Blick traf den des Maskierten, woraufhin der bullige Kerl die Waffe hob und ohne zu zögern auf ihn feuerte. Paul warf sich zu Boden und kroch hinter ein auf der Fahrbahn geparktes Auto. Er spähte vorsichtig aus seiner Deckung in Richtung des Angreifers, doch nichts und niemand schien sich auf ihn zuzubewegen. Bald darauf heulte der Motor des Kastenwagens wieder auf, und dessen Brummen entfernte sich schnell, bis es Sekunden später gänzlich verhallt war. Erst jetzt, als es wieder ruhig in der Wilsnacker Straße geworden war, spürte Paul ein Pochen, das sich von seiner Hüfte her über den ganzen Körper auszubreiten schien. Er sah an sich hinab.

»Scheiße!«, entfuhr es ihm. »Dieser dämliche Drecksack hat mich getroffen!«

Dann sank Paul in sich zusammen.

KAPITEL 9

ERNESTO SANCHEZ

Es war noch einmal still geworden, bevor der Trubel, der dem Schießen folgen würde, begann. Sanchez trat langsam, aber sicheren Schrittes aus dem Nebeneingang. Es war regnerisch, und die Luft roch frischer, als man es zu dieser Jahreszeit in Berlin erwarten würde. Sanchez hatte es nicht besonders eilig, und die Sohlen seiner Turnschuhe verursachten so gut wie keine Geräusche auf dem Bordstein neben dem Löwendenkmal. Er sah zu dem Mann hinüber, der reglos in seinem Blut auf dem Bürgersteig lag. *Sieht nicht gut aus.* Er hob den Blick und ging ein paar Schritte in die Richtung, in die der andere Kerl gelaufen war, nachdem man auf ihn geschossen hatte.

»Wat is'n da unten los?«

Sanchez sah auf. Eine beleibte Dame reiferen Alters stand in einen Hauskittel gekleidet auf ihrem Balkon, die Hände in die Hüften gestützt, und schien eher gereizt als verängstigt.

»Bitte rufe Hilfe! Männer tot!« Sanchez sprach trotz seines südamerikanischen Akzentes unmissverständlich, wenn auch ohne emotionale Wallung.

»Dit is ja 'n dollet Ding! War'n Sie dit?« Die Frau regte sich nicht.

»Ich bin nur Pizzabote!« Er deutete auf sein Moped,

das noch immer auf dem Vorplatz des Gerichtsgebäudes geparkt stand.

»Ick rufe ma bessa die Polente! Besser is dit!«

Die Frau ging ebenso behäbig wie entschlossen in ihre Wohnung zurück. Es würde jetzt nicht mehr lange dauern, bis der Platz von Rettungswagen und Polizeieinsatzfahrzeugen gesäumt sein würde. Sanchez stieg auf sein Moped, ließ den Motor an und sah sich ein letztes Mal um. Außer der älteren Frau vom Balkon schien ihn noch niemand bemerkt zu haben. Er griff nach seinem Smartphone und rief ein Video auf. Es war klug von ihm gewesen, dachte er, dass er sich für das Smartphone mit der höchstmöglichen Bildauflösung entschieden hatte. So waren die Bilder des Überfalls trotz der Entfernung, aus der heraus er sie gefilmt hatte, dank der Zoomfunktion scharf und gut zu erkennen.

»Verflucht …« Er flüsterte seine Worte in den Wind, der sie unbelauscht davontrug.

Doch Sanchez wusste sehr genau, dass noch nichts verloren war. Ja, die Leute von Remus waren schnell gewesen. Aber noch immer verlief alles für ihn nach Plan, wenn es nun auch sein Plan B sein würde, zu dem er übergehen musste. Sanchez drückte seinen Schnurrbart noch einmal fest und rückte den umgeschnallten Schmerbauch zurecht. Dann fuhr er los und er wusste auch schon sehr genau, wohin.

KAPITEL 10

JULA

Alles in Jula schien Karussell zu fahren. Gedanken, Gefühle, alles drehte sich so schnell im Kreis, dass ihr fast schwindelig wurde. Und sosehr sie sich auch darauf zu fokussieren versuchte, zu funktionieren, aufmerksam zu bleiben und ihre Situation zu analysieren, so schnell schlug ihr das Herz in der Brust. *Die Ladefläche ist komplett abgedunkelt und diese stinkenden Masken haben sie uns auch noch aufgesetzt.*

»Du impotenter Penner bist so dumm und hässlich, dass sich sogar deine Mutter für dich schämt!« Jula spie ihre Worte zornig in die Dunkelheit. »Hätte sie dich nach der Geburt mal lieber im Biomüll entsorgt, da wäre der Menschheit einiges erspart geblieben!«

Zunächst blieb es still. Erst nach einigen Sekunden erklang eine vertraute Stimme in direkter Nähe von Julas Ohr: »Was sollte das denn bitte werden?« Hegel klang seltsam. Anders.

»Ich wollte herausfinden, ob wir hier hinten allein sind. Und auf so eine Provokation wäre der Kerl garantiert eingegangen.«

»Vermutlich schon.« Ein Ächzen war von Hegel zu vernehmen. »Und mit ein bisschen Pech hätte er Ihnen vielleicht sogar noch ein Ohr dafür abgeschnitten. Der Kerl hat die Ladefläche verlassen, bevor die Tür zugeschoben wurde und wir losgefahren sind. Er ist auf den Straßenasphalt gesprungen, das Geräusch konnte ich hören. Wir sind allein hier hinten.«

Jula hatte Hegel noch niemals so erlebt. Er sprach tonlos und atmete schwer.

»Der Kerl hat Sie verletzt, oder?«

»Dieser Idiot hat direkt neben meinem Ohr seine Waffe abgefeuert. Ich höre nur noch mit links und im rechten Ohr pfeift es so laut, dass ich fast irre werde. Aber wir können trotzdem reden, die werden das vorn in der Fahrerkabine nicht mitbekommen. Diese Ladefläche ist schallisoliert, das kann ich sogar mit nur einem Ohr erkennen. Abgesehen von der stumpfen Akustik und der Tatsache, dass wir praktisch keine Geräusche von draußen hören können, spüren Sie bestimmt auch den Schaumstoff, auf dem wir liegen. Den haben die wohl kaum zu unserer Bequemlichkeit verlegt, sondern zur Isolierung. Das wurde hier offenbar alles ziemlich professionell gemacht. Dieses Fahrzeug wird vermutlich nicht zum ersten Mal für eine Entführung genutzt. Es tut mir leid, Jula, aber wir befinden uns angesichts der Umstände vermutlich gerade in den Händen von Remus!«

Wie nüchtern er das alles analysierte, trotz seiner Schmerzen. So als wären sie beide von zwei Kindern im Indianerkostüm mit einem Stück Strippe im häuslichen Garten an den Apfelbaum gebunden worden und harrten nun des Augenblicks, in dem der Nachwuchs damit beginnen würde, tosend und gackernd um sie herum zu tanzen und sie mit Wasserbomben zu bewerfen.

Jula wandte den Kopf in Hegels Richtung, wenn sie ihn auch nicht sehen konnte. »Paul muss das Kennzeichen gesehen haben! Die Polizei ist bestimmt schon hinter uns her.«

Jula ruckelte vorsichtig an den Handschellen, die dieser widerlich stinkende Kerl ihr angelegt hatte, nachdem er ihr und Hegel die Masken übergezogen und sie dazu gezwungen hatte, die Ladefläche zu besteigen.

»Sie hoffen auf Ihren Freund Paul?« In Hegels Stimme hatte sich zu den Schmerzen nun auch noch Sorge beigemischt. »Aber dieser Kerl hat doch auf ihn geschossen.«

Noch nie zuvor hatte Jula den sonst so gebieterischen, stets überlegen auftretenden Hegel so sprechen gehört. Ja, offenbar litt er unter Ohrenschmerzen, aber das war es nicht. Es kam Jula eher so vor, als sei auf einmal so etwas wie Menschlichkeit in ihn gefahren.

»Aber Paul ist ja sofort in Deckung gegangen!« Jula bemerkte selbst, dass sie unsicher sprach.

Hegel lachte heiser auf, doch nichts Fröhliches wollte aus seinem Lachen klingen. »Ein schlechter Schütze scheint mir der Kerl nicht zu sein. Sie haben sicher gesehen, was er mit meinem Rechtsanwalt gemacht hat?«

Die Bilder kehrten mit grausamer Wucht vor Julas geistiges Auge zurück. *Warum ist er bloß auf diesen Typen zugerannt? Er muss doch die Pistole gesehen haben. Er ist ihm direkt in die Kugeln gelaufen.*

»Varbelow hat das bestimmt überlebt!« Es kam Jula vor, als höre sie sich selbst beim Sprechen zu, und es erschien ihr selbst kindisch. »Ich meine, dieser Kerl hat ja schon aus einer ziemlich großen Entfernung auf ihn geschossen.«

»Ganz sicher!« Bitterer Zynismus klang aus Hegels Worten. »Gunnar wird bestimmt bald wieder auf den Beinen sein. Also, falls er kugelsichere Organe und zehn bis zwölf Liter Blut im Körper hat. Vielleicht ist er ja zusammen mit Ihrem Paul hinter diesem Wagen hergerannt und die beiden befreien uns an der nächsten Ampel.«

Das Düstere in Hegels Worten ließ Jula frösteln.

»Sie denken doch nicht …?« Ihre Stimme wurde brüchig, und sie verschluckte einzelne Laute.

Hegel antwortete nicht sofort. Erst als er immer noch gequält, aber dennoch mit deutlich sanfterer Stimme wieder zu sprechen begann, erkannte Jula, dass er seine flapsigen Worte anscheinend bereute.

»Es tut mir leid, das sagen zu müssen. Aber Ihr Freund Paul hat alles mit angesehen!«

»Aber …« Jula musste schlucken.

Noch immer drückten die Ketten um ihre Handgelenke, noch immer pochte ihr Herz wie wild, und noch immer gingen ihr die Dinge durch den Kopf, die Hegel ihr erst vor wenigen Minuten über Moritz erzählt hatte. Doch jetzt war es ein ganz anderes Gefühl, das von ihr Besitz ergriffen hatte. Die Sorge um einen Menschen, den sie noch wenige Stunden zuvor zum Teufel gewünscht hatte. Noch einmal stieß Hegel vor Schmerzen einen tiefen Atemstoß aus, bevor er sagte:

»Diese Leute sind leider nicht zimperlich, wie Sie gesehen haben. Es ist schrecklich, aber ich kann mir kaum vorstellen, dass diese Killer Ihren Freund Paul einfach so zurückgelassen haben. Remus hält nicht viel von Zeugen.«

KAPITEL 11

Es war, als zöge sich alles in Jula zusammen. So als vermochten es Hegels Worte, jegliche Hoffnung aus dem Körper entweichen zu lassen wie Luft aus einem Reifen. Und mit der Hoffnung wich auch die Zuversicht, dass dieser Albtraum vielleicht schon an der nächsten Kreuzung durch ein Aufgebot der Berliner Polizei beendet werden würde. Wieder und wieder schossen ihr die Bilder dieses Überfalls durch den Kopf. *Warum habe ich nicht schneller reagiert? Meine Instinkte hätten doch viel besser funktionieren müssen!* Sicher, das Gespräch mit Hegel war aufwühlend gewesen. So sehr, dass Jula die Welt um sich herum nahezu ausgeblendet hatte. Was war schon die Welt gegen die Wahrheit über Moritz' Schicksal ? Jula hatte zunächst nicht einmal wahrgenommen, dass Paul zwischenzeitlich eingetroffen war, und auch das Heranrasen dieses dämlichen Kastenwagens war ihr nicht aufgefallen. Nicht einmal den Kerl mit der Maske und der Pistole hatte Jula rechtzeitig bemerkt, um ihm vielleicht noch entkommen zu können. *Aber selbst wenn ich ihn früh genug gesehen hätte, wäre ich vermutlich nicht weggerannt. Weil ich viel zu lange gedacht hätte, dass es wieder so ein dämlicher Scherz von Paul ist. Paul …*

»Wir müssen ruhig bleiben! Also, wir schaukeln hier mit gleichmäßiger Geschwindigkeit ganz gemütlich durch Moabit.« Julas Atem hatte sich etwas beruhigt. Fast so, als sei eine Hoffnung in ihr zerbrochen und habe ihr somit die Kraft gegeben, sich auf Neues zu fokussieren. »Ich höre keine Sirenen und diese Typen fahren auch nicht gerade so, als ob sie irgendwelchen Verfolgern entkommen müssten.«

Jula schüttelte sich, als könne sie damit die Erkenntnis aus sich hinausschleudern, dass sie seit ihrer Verschleppung ganz offensichtlich vollkommen ungehindert durch die Gegend gefahren wurden. Mitten durch einen belebten Stadtbezirk voller Ampeln und Staus, direkt in der Berliner City. Sie atmete tief durch und versuchte, sich innerlich zu ordnen und den konstruktiven Teil ihres Denkens zurück vor die noch immer in ihr dröhnende Angst zu schieben.

»Ich kenne mich ziemlich gut in Berlin aus.«

»Was meinen Sie?« Es klang, als versuche Hegel sich vom Boden aufzurichten, zumindest das kleine Stück, das die kurzen Ketten zuließen.

»Nachdem wir losgefahren sind, haben wir uns erst mal geradeaus bewegt. Wir sind dann nach rechts abgebogen, ziemlich sicher in die Perleberger Straße. Seitdem fahren wir durchgehend geradeaus. Wir sind also im Moment auf dem Weg in Richtung Mitte.«

Ein heiseres Lachen erklang von Hegel, erstarb jedoch sofort wieder, als er sagte: »Hätte dieser Idiot meine Ohren nicht verletzt und wäre diese Ladefläche nicht so gut schallisoliert, könnte ich an den Reifengeräuschen nachvollziehen, wann und wohin wir abbiegen. Bei jeder Rechts- und Linkskurve erhöht oder verringert sich der Anpressdruck des Gummis auf dem Asphalt. Und zwar in Relation zum Referenzgeräusch beim Geradeausfahren. Da geht es um spektrale Energieverteilung, aber für die wissenschaftlichen Details fehlt mir gerade der Nerv.

Ausgehend von dem Entführungsort, könnte ich also am Geräusch der Reifen hören, wie wir abgebogen sind, und daraus herleiten, wo wir am Ende der Fahrt ankommen. Aber selbst wenn wir mit vereinten Kräften wirklich nachvollziehen könnten, wo diese Leute uns hinbringen, würde uns das auch nicht helfen.«

»Nicht?« Jula schloss die Augen, sie konnte unter der Haube ohnehin nichts sehen.

»Was sollte es uns nützen, unseren Aufenthaltsort zu kennen, wenn wir keine Möglichkeit haben, ihn jemandem mitzuteilen oder zu entkommen?«

Jula schwieg. Ja, natürlich, Hegel hatte recht. Aber was sollte die Konsequenz daraus sein? Dass sie sich einfach so ihrem Schicksal ergeben würde?

»Wie konnte das mit dieser Entführung so schnell gehen? Woher wussten die von unserem Treffpunkt in dieser Nebenstraße? Wem haben Sie davon erzählt?«

Hegel schwieg. Offenbar dachte er nach, was unter Schmerzen anscheinend nicht so einfach für ihn war.

»Meinem Anwalt, seinem Assistenten und Ihnen. Sonst niemandem.«

»Okay.« Auch Jula fokussierte sich. »Ich habe es nur Paul erzählt.«

»Dann ist die Liste der Mitwisser tatsächlich kurz. Aber das hilft uns nicht viel weiter.«

»Warum?«

»Weil ich Idiot die ganze Zeit über mein Handy in der Tasche hatte. Und Sie hatten Ihres vermutlich auch immer dabei, oder?«

»Sie meinen …? Aber das kann doch nicht sein.«

Jula verstummte, denn sie wusste, dass es sehr gut sein konnte. Für einen Profi war es ein Leichtes, das Mikrofon eines Handys anzuzapfen und abzuhören. So als trüge man zu jeder Zeit eine Wanze in seiner Tasche mit sich herum, auf die jeder Mensch auf dem Planeten zugreifen konnte, wenn er nur wusste, wie es ging. Jula selbst arbeitete gelegentlich mit einem Hacker zusammen. Er nannte sich Hadrian, und sie hatte ihn noch nie persönlich gesprochen oder gesehen. Jula wusste noch nicht einmal sicher, ob Hadrian ein Mann war. Sie vermutete es einfach wegen des Namens und weil Computernerds in Film und Fernsehen fast immer männlich dargestellt wurden. Schon mehrfach hatte ihr Hadrian bei ihren Recherchen geholfen und ihr öfter als nur ein Mal den Hals gerettet, doch auch bei Remus gab es zweifellos Experten, die Hegels oder auch ihr Handy anzapfen konnten. *Ab jetzt nicht mehr. Die haben uns die Handys abgenommen und weggeworfen. Wenn man die verfluchten Überwachungsmöglichkeiten mal brauchen könnte …* Und so rollte der Wagen mit den beiden Geiseln darin immer weiter voran, ungehindert und mit ungewissem Ziel.

»Das hier ist noch lange nicht unser Ende.« Hegel klang fast so, als glaube er seine Worte. »Die wollen Moritz, nicht uns. Solange sie ihn nicht haben, steht Remus vor der Zersprengung. Wenn die uns töten, haben sie niemanden mehr, der ihnen sagen könnte, was sie wissen wollen.«

»Aber ich habe keine Ahnung, wo er ist! Hegel, seien Sie jetzt ehrlich: Wissen Sie, wo sich Moritz gerade aufhält?«

»Er ist extrem vorsichtig! Ich kenne nicht mal den Treffpunkt, den er Ihnen mitteilen wollte. Und wenn Sie diese Sprachnachricht von ihm wirklich nicht bekommen haben, können die das auch aus Ihnen nicht rauspressen.«

Wie unwirklich das alles war. Fast so wie in einem Live-Rollenspiel. So als sei Jula Teilnehmer einer Action-Gameshow, in der es darum ging, sich mit Geschick und List aus einer simulierten Gefahrensituation zu befreien. Nur dass hier rein gar nichts simuliert war. *Wer füttert jetzt eigentlich Wallraff?* Ausgerechnet jetzt musste Jula an ihren Perserkater denken, der in ihrer Dachgeschosswohnung in Berlin-Wedding auf die Rückkehr seines Frauchens wartete. *Bleib hier! Nicht die Nerven verlieren!* Jula schien es eisig den Rücken herunterzulaufen, als ihr etwas bewusst wurde.

»Die werden uns nicht glauben, dass wir nichts wissen. Sie werden uns foltern, und weil wir ihnen nicht sagen können, was sie wissen wollen, werden sie damit nicht aufhören. Ich schätze, wir sind am Arsch!«

KAPITEL 12

ELYAS

»Ja, Mann! Die haben den Sack echt freigesprochen!« Elyas wechselte sein Handy von einem Ohr zum anderen und trat gegen sein verfilztes Sofa, dessen Zustand vermutlich durch keinerlei Misshandlung noch schlechter werden konnte. »Und Jula geht nicht an ihr Telefon. Ich wette, die schlägt gerade das halbe Gericht kurz und klein.«

Elyas' Leben war durch das Auftauchen von Jula komplett auf den Kopf gestellt worden. Dass sein Vater Benno neben seiner eigentlichen Familie eine heimliche Beziehung zu seiner Mutter gehabt hatte, wusste der Junge von Anfang an. Und seltsamerweise war ihm das die ersten zehn Jahre seines Lebens auch gar nicht verwunderlich oder absurd vorgekommen. Er hatte es eben schlicht nicht anders gekannt. Doch die heimliche *Zweitfrau* hatte Benno Ansorge nicht ewig vor seiner ersten Familie verbergen können. Im Zuge des angeblichen Selbstmords von Moritz war es schließlich aufgeflogen, absolut alles. So hatte Elyas mit einem Schlag eine Halbschwester und einen mutmaßlich toten Halbbruder gehabt. Und wenn das Leben im Getto von Neukölln Elyas auch schon in jungen Jahren so einiges abverlangt hatte, waren das Dealen mit Drogen, Schlägereien unter rivalisierenden Gangs oder regelmäßige Aufenthalte auf Polizeiwachen nicht mehr als ein Warm-up für das gewesen, was mit Jula in sein Leben kommen sollte. Er war entführt und fast erhängt worden, hatte mit der Geschichte darüber eine veritable Rapper-Karriere auf YouTube gestartet und seiner Schwester mindestens so oft das Leben retten müssen wie sie ihm. Doch all dieser Wahnsinn hatte nichts daran ändern können, dass Jula für ihn zur wichtigsten Bezugsperson auf der Welt geworden war, wenn er ihr das auch niemals so gesagt hätte. Denn sie war in seiner ganzen Familie der einzige Mensch, der an der Misere der Doppelbeziehung ihres gemeinsamen Vaters ebenso wenig Schuld trug wie er. Elyas und Jula waren, wenn auch formal nur Halbgeschwister, wie Zwillinge im Geiste, und es gab nichts, was er nicht für sie tun oder erdulden würde.

»Das kann ich mir gut vorstellen!« Friedrich klang anerkennend. »Außerdem wird deine Sister safe gerade von den ganzen Presseheinis vollgelabert. Ich wette, ihr Podcast kriegt dadurch noch mal eine halbe Million Follower mehr! Und Hegel ist nicht der erste Gangster, der mit einem Freispruch davonkommt.«

Friedrich hatte leicht reden. Für ihn, den stinkreichen Unternehmersohn, war ohnehin das ganze Leben wie eine Spielwiese, auf der das Schlimmste, was einem passieren konnte, ein Problem war, das sich nur noch mit dem Geld seines Vaters Ernst von Würzburg lösen ließ. Obwohl der Achtzehnjährige trotz des Wohlstandes, in dem er aufgewachsen war, nicht den Blick für das Leben derer verloren hatte, denen es weniger gut ergangen war als ihm. Auch, wenn er das harte Leben auf den Straßen in den Problembezirken Berlins auf eine seltsam skurrile Vorstadtjungen-Art sozialromantisch zu verklären neigte und sich sogar selbst gern als das inszenierte, was er sich unter einem *Gangsterrapper* vorstellte. Das hatte ihn mit Elyas zusammengeführt. Die beiden hatten sich auf einem Hip-Hop-Battle kennengelernt, wo Friedrich nach Künstlern gesucht hatte, deren authentische Rap-Songs er in seinem sündhaft teuren Tonstudio im Keller der väterlichen Villa in Berlin-Zehlendorf produzieren konnte.

»Ich habe einfach irgendwie kein gutes Gefühl.« Elyas ließ sich wieder auf sein Sofa sinken.

An der Stelle der Sitzfläche, auf der er nächtelang seine Spiele zockte, war der Bezug fast vollständig abgewetzt, und eine tiefe Kuhle hatte sich gebildet. Und das, obwohl der Vierzehnjährige wahrhaftig kein Schwergewicht war.

»Deine Schwester ist hart im Nehmen, die kommt schon klar!«

»Alter, so geil finde ich die ganze Nummer nicht. Erst diese Scheiße mit dem Heiratsantrag heute, dann der Freispruch. Du weißt doch, wie Jula sich immer aufregt, wenn nicht alles läuft, wie sie es will. Ich schätze, viel übler kann der Tag für sie nicht werden.« Ein Tonsignal in der Leitung bedeutete Elyas, dass ein Anrufer versuchte, ihn auf seinem Handy zu erreichen. »Warte mal, hier will einer was. Vielleicht ist es Jula, ich ruf dich gleich zurück!«

Elyas beendete das Telefonat und warf einen Blick auf das Display. Und obwohl darauf objektiv nichts Bedeutsames oder gar Bedrohliches zu sehen war, verkrampfte sich etwas in ihm. Die Nummer des Anrufers war nämlich nicht unterdrückt, obwohl sie dem Schüler unbekannt war. Sicher, Elyas' Handy klingelte andauernd, und das nicht allein wegen der Anrufe seiner zahlreichen Freunde oder derer, die er als solche bezeichnete. Noch immer riefen auch viele seiner früheren Kunden bei ihm an. Und das, obwohl er längst damit aufgehört hatte, Drogen zu verkaufen. Doch was interessierte das die Menschen, die sich nach einem schnellen Kick sehnten? Die Lebensgeschichte des Jungen, der die illegale Ware im Schutz seiner damals noch geltenden Strafunmündigkeit verkauft hatte, war für seine Kunden nicht sonderlich interessant gewesen. Ganz davon abgesehen, dass viele der Käufer außer der Nummer des *kleinen Kanaken* keinen anderen Zugriff auf ihre Partydosis Kokain hatten. Was für Menschen Elyas kennengelernt hatte, in welchen Situationen und Zuständen er ihnen begegnet war! Seine Vorurteile hatte der Junge jedenfalls getrost in die Tonne treten können. Denn vollkommen egal, ob die Unternehmerin, der Busfahrer, die Schweißerin oder der Grundschullehrer – sie alle hatten meist betrunken und berauscht, gelegentlich auch als Tiere oder Fabelwesen kostümiert und selbst an den exotischsten Orten ihre illegale Ware von ihm gekauft. Manche waren verschüchtert gewesen, andere herablassend. Wieder andere hatten ihn wie einen Freund behandelt und ihn mit zum Feiern eingeladen.

Elyas hatte zu seinen Dealerzeiten wahrlich einiges erlebt, und wenn ihn dies bereits in jungen Jahren eine Sache gelehrt hatte, dann war es Menschenkenntnis. Eben diese Menschenkenntnis, die ihn jetzt, in der Kuhle seines abgewetzten Sofas sitzend, bereits beim Anblick der zwar angezeigten, ihm aber unbekannten Rufnummer verunsicherte. Denn wenn seine Kunden auch sonst nichts miteinander verbunden hatte – nicht Alter, nicht Geschlecht, nicht sozialer Status, nicht ethnische Abstammung –, sie alle hatten doch eines gemeinsam gehabt: Ihre Anrufe bei Elyas hatten sie stets mit unterdrückter Rufnummer getätigt! *Okay, was für ein Shit wird das jetzt wieder?* Elyas ließ sich in die Kissen sinken und richtete seinen Blick auf den übergroßen Monitor, den sein Vater, der auch Julas Vater war, mehr schlecht als recht an die Wand seines Zimmers montiert hatte. Üblicherweise liefen darauf Spiele oder Videos davon, wie andere Leute Spiele spielten. Jetzt war der Monitor schwarz, und das chaotische Zimmer des Jungen spiegelte sich darin wider.

»Yo, was' los?« Elyas versuchte, lässig zu klingen.

»Sind Sie Elyas Messadi?« Die Frau klang freundlich, doch etwas schien sich hinter ihren Worten zu verbergen, das nicht freundlich war.

»Wer will das wissen?«

»Paul Weidenfeller hat uns gebeten, Sie zu benachrichtigen.« Ihre Freundlichkeit wurde durch eine Note von Besorgnis überlagert. »Bin ich richtig bei Ihnen?«

Elyas überschlug die Beine und prüfte durch kurzes Rütteln, wie viel Inhalt sich noch in der Dose mit dem Energydrink befand, die er in eine Sofaspalte geklemmt hatte.

»Ja, sind Sie. Was will er denn?«

»Herr Weidenfeller lässt Ihnen ausrichten, dass er mit einer Schussverletzung bei uns eingeliefert wurde. Und er bittet Sie, so schnell wie möglich zu ihm zu kommen. Er befindet sich in einem schlechten Zustand, und er hat sehr deutlich gemacht, wie wichtig ihm Ihr Besuch ist. Er sagt, er zahlt Ihnen ein Taxi.«

Elyas atmete schwer aus und ließ sich noch etwas tiefer in sein Sofakissen sinken. »Sehr witzig! Heute ist offenbar sein ganz großer Durchbruch als Comedy-Star!«

»Herr Weidenfeller hat damit gerechnet, dass Sie mir nicht glauben. Er lässt ausdrücklich ausrichten, dass es kein Scherz ist. Ich gebe Ihnen jetzt mal die Adresse und die Zimmernummer.«

Elyas zögerte noch, doch diese Frau klang in ihrer seltsam anmutenden sachlichen Betroffenheit so überzeugend, dass er entschied, ihr zu glauben. Hastig notierte er sich den Namen der Klinik und die Zimmernummer mit einem viel zu dicken Edding auf dem leeren Saftkarton, der neben ihm auf dem Laminatboden lag. Er beendete das Telefonat, stand auf und schlüpfte in seine Sneakers – er hatte sie von dem Geld gekauft, das er mit der Werbeschaltung vor seinem neuesten Rapvideo bei YouTube verdient hatte. *Alter, hat die echt was von Schussverletzung gelabert? Wehe, wenn der Penner mich verarscht! Aber was, wenn was mit Jula ist?* Elyas' Vater war nicht zu Hause, zumindest nicht, dass er es wüsste. Die beiden redeten oft tagelang nicht miteinander. Nicht, dass sie sich gestritten hätten, sie interessierten sich einfach nicht besonders füreinander. Elyas griff seinen Schlüssel von der Kommode im Flur und öffnete die Wohnungstür. In dem Moment, als er in den Hausflur hinaustrat, vernahm er das Geräusch des ankommenden Fahrstuhls. Üblicherweise nutzte Elyas ihn nur auf dem Weg nach oben, doch wenn er sich ihm nun schon anbot, ihn abzuholen, konnte er ihn auch nehmen. So trat er auf den Fahrstuhl zu, dessen Tür sich auch schon öffnete. Ein kräftig gebauter Mann mit Bart stand darin, der zwar die Uniform eines Pizzalieferservices trug, jedoch keine Pizza bei sich hatte. Nichts Ungewöhnliches, dachte Elyas. Nicht wenige Bewohner dieses Hauses im tiefsten Neukölln arbeiteten für Lieferservices.

»Du bist Elyas?« Der Mann sprach mit südamerikanischem Akzent.

Der Schüler sah ihn verwundert an, zumal dieser Liefertyp keinerlei Anstalten traf, aus dem Fahrstuhl auszusteigen.

»Alter, warum fragen mich das heute alle?« Er zögerte, seinen Fuß in die Kabine des Aufzugs zu setzen.

Der Mann hingegen trat einen Schritt auf den Jungen zu und sah ihn aus seinen blauen Augen heraus eingehend an, bevor er sagte: »Du musst reden mit mir! Dein Schwester in großes Probleme.«

»Rede nicht über meine Schwester, Alter!« Elyas drohte mit dem Finger. »Wer bist du?«

Anstatt die Frage zu beantworten, zog der Mann sein Handy hervor und rief ein Video auf. Der Junge sah fassungslos auf die Bilder und nach weniger als dreißig Sekunden war auch schon wieder alles vorbei.

»Alter, haben die …?« Er wagte es nicht, den Satz zu beenden.

Der Kerl mit dem Bart hingegen fand Worte: »Si! Du müssen dein Schwester retten, sonst sie ist tot!«

KAPITEL 13

Die Luft war so sauber, dass sie stank, und der Linoleumboden glänzte so sehr, dass Elyas seine Umrisse darauf erkennen konnte. Doch das geschäftige Treiben der Ärzte und Pfleger um ihn herum beeindruckte ihn nicht. Im Gegenteil, es verkam für ihn zu einem bloßen Nebengeräusch, das von dem dumpfen Surren in seinen Ohren übertönt wurde. Dieses Surren, das sich zunächst leise an ihn herangeschlichen und sich dann immer stärker und fordernder in seinem Kopf ausgebreitet hatte. Kurz, nachdem dieser Liefertyp ihn einfach so auf der Straße hatte stehen lassen und mit seinem Moped davongefahren war. Nach allem, was er Elyas erzählt hatte. *Das passiert hier alles wirklich!* Es war so unglaublich gewesen, doch andererseits hatte der Kerl alles gefilmt. Abgesehen davon, dass sich Elyas allmählich an die Unglaublichkeiten zu gewöhnen begann, die zusammen mit Jula in sein Leben gekommen waren.

»Ich nicht zu Policía«, hatte der Liefertyp gesagt und sich dabei immer wieder verstohlen auf der Straße umgesehen. »Ich illegal in Berlin. Probleme mit Policía, hier und in Colombia. Aber Problem mit deutsche Policía besser als Problem mit Policía in Colombia. Weißt du, ich nur Lieferant. Diese Überfall nicht meine Problem. Zwei Männer tot, vor meine Augen. Ich nicht will sein auch tot!«

»Zumindest einer der beiden Männer lebt noch, von

dem anderen weiß ich es nicht!« Elyas hatte den Liefertypen eindringlich und voller Misstrauen gemustert, als er hinzugefügt hatte: »Wie konntest du wissen, dass du zu mir kommen musst? Woher kanntest du Jula?«

Der Mann hatte die Hände gehoben, als habe er sich verteidigen wollen. »Ich nicht wusste! Aber ich habe gesehen Bild von diese Mann und dein Schwester auf Zeitung! Und dann ich dich gefunden bei Internet!«

Tatsächlich hatte insbesondere die Berliner Presse nicht mit Berichten zum bevorstehenden Hegel-Urteil gespart. Das *Fadenkreuz,* Berlins größtes Revolverblatt, hatte Jula und Hegel mit großen Fotos auf der Titelseite präsentiert. Danach wäre es ein Leichtes gewesen, Jula über eine simple Internetrecherche mit Elyas in Verbindung zu bringen. Seine Anschrift konnte dieser Ernesto Sanchez, wie er sich nannte, dann spätestens im Impressum auf Elyas' Fanseite gefunden haben. *Warum macht er das? Wenn ich so was Krasses beobachte und ich habe nichts mit den Leuten zu tun, dann verpisse ich mich! Vor allem wenn ich illegal bin und besser die Fresse halte.*

»Du kannst jetzt zu ihm reingehen, der Arzt ist gerade raus. Aber bitte nur kurz, die Narkose wirkt noch nach.« Die Stimme des Krankenpflegers riss Elyas aus seinen Gedanken.

»Ist er hier sicher? Ich meine, wenn einer auf Paul geschossen hat, kommt der vielleicht wieder, um es zu Ende zu bringen.«

Der Pfleger, ein kräftig gebauter Mann mit roten Wangen, zwinkerte dem Jungen zu. »Die Polizei war schon bei ihm, aber die haben ihm danach keine Wache vor die Tür gesetzt. So gefährlich kann es also nicht sein.«

Elyas nickte, erhob sich von der unbequemen Bank

und trat langsam und bedächtig auf die Tür des Krankenzimmers zu. Er griff nach der Klinke, doch etwas hielt ihn zurück. *Wie auch immer, diese Nummer hier wird übel krass!* Elyas ließ seinen Blick durch den Krankenhausflur gleiten. Noch immer stach die Desinfektionslösung in seine Nase, hörte er das Piepen und Pumpen aus den Krankenzimmern durch die teilweise offen stehenden Türen, spürte er die Gegenwart von Leid und Tod. *Es hilft nichts, du musst da jetzt reingehen!* Dann holte Elyas tief Luft, öffnete die Tür und trat in das Krankenzimmer.

KAPITEL 14

Was für ein trostloses Bild. So beklemmend, dass es sogar Elyas beeindruckte. Der kalte, zweckmäßige Boden, auf dem die Sohlen seiner Turnschuhe bei jedem Schritt ein leises Quietschen erzeugten. Die Monitore mit den Linien, Zahlen und Ausschlägen darauf, von denen der Schüler lediglich wusste, dass es nicht besonders gut war, wenn diese gerade wurden, auf null sanken oder ein durchgehendes Piepen erzeugten. Dazu kamen das zweckmäßige Tischchen mit den blauen Flaschen darauf, die vermutlich irgendwas beinhalteten, was mit Desinfektion zu tun hatte – und natürlich der Anblick von Paul, der jämmerlich unter seiner schneeweißen Bettdecke lag und durch verschiedene Kabel mit mehr Geräten verbunden war als Elyas' Fernseher.

»Respekt, Alter!« Elyas war an Pauls Bett herangetreten und musterte ihn. »Bisher sahst du nur lächerlich aus. Jetzt siehst du lächerlich *und* scheiße aus!«

Paul rang sich ein gequältes Lächeln ab, bevor er schlagartig das Gesicht verzog und einen leisen Schmerzenslaut von sich gab. »Danke, dass du so schnell gekommen bist! Hat man dir schon irgendwas gesagt?«

»Ob man mir schon irgendwas gesagt hat?« Elyas sah Paul an, als habe dieser ihn verspotten wollen. »Ich habe die komplette Scheiße gesehen! Gerade war ein Typ bei mir, der den Überfall gefilmt hat, in HD! Alter, der hat den Anwalt und dich einfach umgeballert, und Jula hat er eine dämliche Maske übergezogen und sie mit diesem Hegel zusammen in seinen verkackten Wagen gebracht!«

Paul sah den Jungen ratlos an. Und wenn Elyas auch nicht gerade mit einem Übermaß an Empathie gesegnet war, entging ihm trotzdem nicht, dass sich Pauls Gesicht zu einem Ausdruck verzog, der von Fassungslosigkeit beherrscht war.

»Der Überfall wurde gefilmt? Hingen da etwa Überwachungskameras?«

Elyas riss die Augen auf. »Was weiß ich, ist doch scheißegal! Das Video hat so ein Typ gemacht, der alles gesehen hat. Wir müssen sofort irgendwas unternehmen, aber du siehst ehrlich gesagt nicht so aus, als ob du besonders fit bist!«

Paul winkte ab. »Ach, das war nur ein Streifschuss an der Hüfte. Aber dieses Video könnte extrem wichtig sein. Wer war denn dieser Mann, der es gefilmt hat?«

»Scheiß doch auf den Mann! Irgendein Typ aus Kolumbien, illegal hier, whatever! Wie helfen wir jetzt Jula?« Elyas klammerte sich mit beiden Händen an das Gestell von Pauls Krankenbett.

»Hast du das Video?« Paul versuchte sich aufzurichten, doch sofort ließ er mit schmerzverzerrter Miene wieder davon ab.

»Ja, er hat es mir per WhatsApp gesendet. Der Typ war eigentlich voll korrekt, ich an seiner Stelle hätte mich einfach verpisst.«

Elyas rief das Video auf und reichte Paul sein Handy. Dieser sah sich die Aufnahme konzentriert und ohne erkennbare Gemütsregung an.

»Ich erinnere mich wieder!« Dieses Mal gelang es Paul,

sich ein wenig aufzurichten. »Da stand das Moped von einem Pizzalieferdienst vor der Tür.«

»Ja, genau! Der Typ hatte auch die Uniform von denen an.«

»Pass auf, die werden dich hier gleich wieder rausholen. Ich stehe unter Schmerzmitteln und soll eigentlich noch gar keinen Besuch empfangen.« Paul schien sich zu fokussieren. »Hör mir jetzt gut zu, wir haben nur wenig Zeit!«

Sein Leben auf den Straßen Neuköllns hatte Elyas schon immer ein hohes Maß an Einschätzungsvermögen abverlangt. Jeder Blick, jede Bewegung, selbst der Klang in der Stimme eines Menschen konnte ihm darüber Aufschluss geben, ob sein Gegenüber harmlos war oder ob er möglicherweise eine Gefahr bedeutete. Das, was der Junge jetzt in Pauls Blicken lesen konnte, war bedingungslose Entschlossenheit.

»Leg los!« Elyas rieb sich mit den Händen übers Gesicht.

»Wir müssen selbst versuchen, Jula da rauszuholen.«

»Okay, aber warum? Was machen denn die Bullen?«

Obwohl unter dem Piepen der Monitore ohnehin kaum etwas zu verstehen war, senkte Paul seine Sprechlautstärke.

»Anstatt dauernd auf YouTube rumzuhängen, solltest du mal die Nachrichten laufen lassen! Polizei und Presse drehen komplett am Rad! Du kannst dir ja sicher vorstellen, was für eine Meldung das war. Hegel wird freigesprochen und kurz darauf entführt. Die stehen kopf, die Medien sind am Durchdrehen. Ich habe der Polizei gesagt, was ich gesehen habe, aber ich kann hier nicht einfach rumliegen und darauf hoffen, dass die Jula schon rechtzeitig finden werden.« Paul straffte sich. »Ich weiß nicht, was diese Entführer von Jula und Hegel wollen, aber die gehen über Leichen! Ich lebe nur deswegen noch, weil der Typ wohl dachte, sein erster Treffer hätte mich getötet. Wir müssen sofort rausfinden, wer diese Leute sind! Und wir müssen Jula da rausholen!«

Jetzt gab es keinen Gestank nach Desinfektionslösung mehr, kein Piepen von irgendwelchen Monitoren. Jetzt gab es nur noch volle Konzentration, Adrenalin und eine Aufgabe.

»Du willst das ernsthaft an den Bullen vorbei lösen?«

Paul wirkte entschlossen. »Diese Entführer waren Profis, die lassen sich nicht einfach finden. Und die Polizei wird sich auch mehr für Hegel als für Jula interessieren.«

»Okay, von mir aus. Ich habe auch keinen Bock, tatenlos rumzusitzen und auf andere zu hoffen. Aber wie sollen wir vorgehen?«

»Wir haben jetzt etwas, was die Polizei nicht hat: das Video!«

»Alter, soll ich das echt nicht den Bullen geben? Die haben Profis für so was!«

»Aber die haben auch Maulwürfe, das weißt du doch!«

»Kann sein. Und wie soll uns das Video helfen?«

»Ich glaube, man sieht darauf kurz das Kennzeichen von dem Kastenwagen. Habe ich gerade jedenfalls so wahrgenommen. Auf dem Handy ist es bestimmt ziemlich klein, aber auf einem richtigen Monitor müsste man es größer sehen können.«

»Und wenn? Ich kann ja nicht einfach so bei den Bullen anrufen und die fragen, ob sie mir verraten, wem das Nummernschild gehört.«

Paul dachte nach. »Jula hat doch diesen Hacker an der Hand, wie hieß er noch?«

Elyas hatte nicht oft mit seiner Schwester über ihren gleichermaßen wichtigsten und geheimsten Informanten geredet, aber der Name war einige Male gefallen. »Adrian oder so.«

»Hadrian! Das war es! Hast du einen Schlüssel für Julas Wohnung?«

Elyas schüttelte den Kopf. »Aber ich weiß, dass Julas Nachbarin einen Zweitschlüssel hat. Die kennt mich und würde mir bestimmt aufschließen. Und dann?«

»Jula hat gesagt, dass dieser Hadrian sich fast immer meldet, wenn sie online geht. Und Hegels Freispruch hat er garantiert mitbekommen. Ich halte es für möglich, dass Hadrian sie anschreibt, wenn du ihren Rechner einschaltest.«

Elyas nickte. »Okay, dann fahre ich also zu Jula und hoffe, dass der Typ sich meldet und das Kennzeichen für uns checkt. Aber das Ding ist doch safe gefälscht.«

Paul wippte mit dem Kopf hin und her. »Ja, gut möglich, aber wir müssen es trotzdem versuchen!«

»Okay, wir haben ja sowieso keinen anderen Anhaltspunkt.«

Paul versuchte erneut, sich aufzurichten, doch wieder zwang ihn sein Schmerz auf die Matratze zurück. »Ich muss versuchen, hier rauszukommen, aber die haben mich ja gerade erst zusammengeflickt. Freiwillig lassen die mich nicht gehen.«

»Alter, selbst wenn: Du bist halb tot, wen willst du in dem Zustand retten? Ein Marshmallow vor dem Lagerfeuer?«

Noch vor einer Stunde hatte Elyas vor seinem Fernseher gesessen und gezockt. Jetzt stand er in diesem stinkenden Krankenhauszimmer wie James Bond, der von M mit einer geheimen Mission beauftragt wurde, bei der es um das Leben seiner eigenen Schwester ging.

»Okay, Elyas, ich habe mein Handy hier, du kannst mich jederzeit anrufen. Wer immer Jula in seiner Gewalt hat und was immer die von ihr oder Hegel wollen: Wir müssen sie so schnell wie möglich da rausholen!«

»Und was ist, wenn die Entführer sich melden?« Elyas' Blick wich zum Fenster aus, hinaus über die Dächer der Stadt. »Vielleicht wollen die ja einfach nur Lösegeld?«

Paul schwieg einige Sekunden lang. Schließlich antwortete er: »Da wird sich niemand melden. Das sind keine einfachen Erpresser, die sind nicht an Geld interessiert. Die gehen über Leichen, und wenn sie erst mal haben, was sie wollen, dann ist Jula verloren!«

KAPITEL 15

Pass auf, es gibt eine neue Mission!« Elyas hatte Friedrich noch im Krankenhausflur angerufen. »Wir müssen rausfinden, wem ein Wagen mit einem bestimmten Kennzeichen gehört. Und zwar schnell, es geht um Leben und Tod!«

Friedrich schien sich von Elyas' drängendem Unterton nicht in Aufregung versetzen zu lassen. »Alter, bei dir geht's immer um Leben und Tod!« Elyas' bester Freund wirkte abgelenkt. »Ich habe gerade ein Date, blödes Timing! Was ist denn schon wieder passiert? Droht der Weltuntergang?«

»Der droht für dich, wenn du deinen Arsch nicht sofort herschwingst! Jula steckt in Schwierigkeiten, und zwar in amtlichen!«

Elyas hatte so laut und eindringlich ins Handy gesprochen, dass sich ein Pfleger mit grimmigem Gesichtsausdruck zu ihm umdrehte und ihm bedeutete, leiser zu sein. »Wir sind auf dem Weg nach Neuruppin, Fontane-Therme. Sorry, aber …«

Elyas unterbrach Friedrich mit zischendem Flüstern. »Fuck, warum denn ausgerechnet jetzt? Jula ist in Lebensgefahr! Ich brauche dich und deinen Porsche, ich habe keine Zeit für die U-Bahn!« Elyas spürte, wie ihm jemand von hinten eine Hand auf die Schulter legte, und drehte sich mit missmutigem Gesichtsausdruck um. »Mann, komm mal klar, Alter! Ich flüstere ja schon, du …«

Er stockte. Denn zu seiner Überraschung stand nicht der Pfleger hinter ihm, sondern ein junger Kerl, dessen Gesicht Elyas vage bekannt vorkam.

»Du bist der Halbbruder von Jula Ansorge.«

Elyas zuckte mit den Schultern. »Danke für die Erinnerung, ich hatte es gerade vergessen!«

Der junge Kerl ging nicht darauf ein, und überhaupt, etwas schien nicht mit ihm zu stimmen. Elyas war lange genug mit dem Millionärssohn Friedrich von Würzburg befreundet, um erkennen zu können, dass Kleidung, Schuhe und Accessoires seines Gegenübers von höchster Qualität waren. Doch wenn diesem gelackten Typen auch allem Anschein nach die Sonne aus dem Hintern schien, war seine Körperhaltung doch geknickt, sein Blick trüb, und seine Kraft schien geschwunden.

»Ich kenne dich aus dem Gericht, du hast im Zeugenstand von deiner Entführung erzählt. Das war für unseren Mandanten sehr hilfreich.« Er streckte Elyas die Hand entgegen, an deren Gelenk eine Uhr befestigt war, die vermutlich den Wert eines Kleinwagens hatte. »Ich heiße Gordon.«

Natürlich, daher kannte er diesen Typen! Es war schon fast zwei Wochen her, dass Elyas in Hegels Mordprozess seine Zeugenaussage gemacht hatte, deswegen hatte er den Kerl mit dem Maßanzug nicht gleich erkannt. Zumal dieser ja auch nur still neben seinem Chef gesessen und dadurch nicht eben einen bleibenden Eindruck auf Elyas gemacht hatte.

»Du bist der Speichellecker von Hegels Anwalt!« Kaum, dass er sich seine Worte hatte sagen hören, erschrak Elyas über sich selbst.

Wie taktlos kann man denn bitte sein, du Idiot? Ja,

Elyas hatte gerade erfahren, dass skrupellose Killer seine Schwester entführt hatten, besondere Empathie für die Sorgen Dritter war also momentan nicht von ihm zu erwarten. Aber Jula war immerhin noch zu retten und es wäre auch nicht das erste Mal, dass Elyas das gelang. Er senkte den Blick und sprach jetzt so sanft zu seinem Gesprächspartner, wie er es konnte.

»Sorry, Alter! So war das nicht gemeint. Dein Boss ist ja …« Elyas stockte.

»Gunnar ist tot!« Die Stimme des jungen Kerls wurde schlagartig brüchig und sein Blick senkte sich zu Boden. »Und er war nicht mein Boss, sondern mein Mann. Wir haben erst vor drei Wochen geheiratet.«

Elyas, der noch immer über sein Handy mit Friedrich verbunden war, hob das Telefon noch einmal ans Ohr. »Ich melde mich später.« Er beendete den Anruf und steckte sein Telefon in die Tasche, bevor er wieder zu Gordon sprach. »Sorry, Alter, das tut mir voll leid.«

»Weißt du, was wir in den vergangenen Monaten zusammen durchgemacht haben? Gunnar war vor Kurzem noch mit einer Frau verheiratet, die hat ihn aber betrogen. Der Scheidungskrieg hat ihn total fertiggemacht, doch das hätte er sich niemals anmerken lassen. Er hat sich ja auch nie anmerken lassen, dass er sich gar nicht für Frauen interessiert. Er war schon immer ein Meister der Verstellung, aber mir gegenüber war er das nicht. Er hat immer zu mir gesagt: *Du bist der einzige Mensch auf der Welt, in dessen Gegenwart ich mich wertvoll fühle.*« Gordon wurde leiser. »Ich habe ihn nie lachen gehört, außer, wenn ich mit ihm geredet habe. Er hat auch nie geweint, wenn es ihm schlecht ging. Außer, wenn er mit mir allein war. Er musste fast fünfzig Jahre darauf warten, endlich jemanden zu finden, den er lieben durfte und bei dem er sich nicht verstellen musste. Und dann kommt irgendein Typ daher und schießt ihn über den Haufen ... Wir hatten kurz davor noch telefoniert. Das Letzte, was er zu mir gesagt hat, war: *Lass uns in Zukunft einfach weniger arbeiten und mehr leben.*«

Obwohl Elyas den jungen, gut aussehenden Kerl in seinem Maßanzug noch vor einer Minute nicht einmal gekannt hatte, fühlte er sich doch schlagartig auf eine seltsam anmutende Weise mit ihm verbunden. Sie beide waren heute Opfer desselben Verbrechens geworden. Nur dass Elyas noch die Chance hatte, alles für Jula zum Guten zu wenden. Und wenn es auch absurd war, bereitete ihm dies so etwas wie ein schlechtes Gewissen gegenüber Gordon.

»Ich weiß echt nicht, was ich sagen soll.« Elyas klopfte Gordon so verlegen wie unbeholfen auf die Schulter. »Auf den Lover von meiner Schwester haben die auch geschossen, aber er hat es zum Glück überlebt. Weißt du irgendwas zu diesem Überfall? Haben die Bullen dir was erzählt?«

»Ich bin nur hier, um Gunnar zu identifizieren. Ich weiß gar nichts!« Eine Träne lief über Gordons Wange. »Hegel wollte sich mit deiner Schwester treffen, hinter dem Gericht. Gunnar war dabei, ich sollte im Gericht bleiben und Hegels Entlassung vorbereiten. Die Polizei hat mich ewig ausgequetscht, aber ich habe echt keine Ahnung, was da los war. Hegel und deine Schwester sind verschwunden und keiner weiß, was genau dahintersteckt. Die Polizei hat einen Großeinsatz ausgelöst, doch sie haben bisher noch überhaupt keine Spur.«

Elyas dachte nach. Jula war in Not und Paul verletzt

und nutzlos. *Vielleicht schickt mir das Schicksal diesen Gordon.*

»Es könnte vielleicht sein, dass ich Hinweise habe.«

Gordon horchte auf. »Was meinst du?«

»Erst mal, damit das klar ist: Die Bullen sollen machen, was sie für richtig halten, aber ich werde nicht mit ihnen kooperieren! Die machen ihr Ding, ich mache meins. Deine Hilfe könnte ich aber gebrauchen.« Elyas sah Gordon auffordernd an.

»Ganz langsam! Wenn du was weißt, *musst* du es der Polizei sagen! Oder glaubst du wirklich, dass du allein mit Leuten fertigwirst, die mitten am helllichten Tag auf offener Straße zwei Menschen niederschießen?«

Elyas sah auf seine Uhr. »Okay, pass auf: Hast du ein Auto? Ich brauche deine Hilfe.«

Gordon winkte mit Entschlossenheit ab. »Tut mir leid, aber so läuft das nicht! Mein Mann ist tot, ich bin total am Ende. Und ich muss jetzt eine Menge Kram erledigen, seine Ex-Frau und die ganzen Mandanten benachrichtigen, und seine Beerdigung …« Er rieb sich die Augen.

Elyas war ganz sicher nicht der einfühlsamste Mensch, den man sich vorstellen konnte, doch ein völliger emotionaler Versager war er auch nicht. Er strich Gordon über die Schulter und sagte ebenso sanft wie klar: »Unter uns: Die Leute von Remus stecken höchstwahrscheinlich hinter diesem Überfall. Ich schätze, du weißt, wovon ich rede. Remus hat auch Leute bei der Polizei, deswegen werde ich die Bullen nicht in diese Sache reinziehen. Es ist nicht gut, wenn die von Remus wissen, dass ich Informationen habe. Also, wenn du wissen willst, wer deinen Mann erschossen hat, und wenn du mir helfen willst, meine Schwester und Hegel zu retten, müssen wir jetzt los.«

Gordon schwieg zunächst. Aber nicht lange. Etwas in seiner Mimik veränderte sich, als sei ein Funke in ihm aufgeblitzt.

»Du meinst also, mit deinen Informationen könnten wir die Leute finden, die Gunnar ermordet haben?«

»Ich schätze schon.«

Elyas war gut darin, Menschen einzuschätzen. Und das, was sich da gerade in Gordon zu regen schien, war ihm auf den Straßen Neuköllns wahrlich mehr als ein Mal begegnet. *Er ist voll von Hass auf die Mörder seines Mannes. Und er wittert eine Chance zur Rache*. Mit einer Klarheit im Blick, die Elyas bisher noch nicht bei ihm gesehen hatte, sah Gordon ihm in die Augen.

»Ich habe ein Auto. Was hast du vor?«

»Jemand hat den Überfall gefilmt und die Bullen kennen das Video nicht. Wir müssen in die Wohnung meiner Schwester und es auswerten. Also, bist du dabei?«

Gordon zog ein Stofftaschentuch aus seiner Hosentasche und wischte sich eine Träne aus dem Augenwinkel.

»Es gibt ein Video?«

Elyas nickte entschlossen. »Allerdings!«

Gordon trat noch etwas näher an Elyas heran, beugte sich zu dessen Ohr vor und flüsterte: »Du weißt schon, was das bedeutet? Wenn die von Remus das rausfinden, dann sind wir beide tot!«

KAPITEL 16

JULA

Endlich war es ruhig geworden. Wie lange mochte die Fahrt wohl gedauert haben? Wie oft waren sie schneller und langsamer geworden, wie oft hatte der Kastenwagen angehalten, vermutlich an roten Ampeln, bevor er sein Ziel erreicht hatte? Irgendwann hatte Jula aufgegeben, es nachvollziehen zu wollen. Sich merken zu wollen, wann und wie oft sie abgebogen waren. Sie waren nicht mehr in Berlin, jedenfalls mit großer Wahrscheinlichkeit. Viel zu lange war der Kastenwagen mit hoher Geschwindigkeit geradeaus gefahren, höchstwahrscheinlich auf einer Autobahn. *Obwohl es auch innerhalb Berlins viele Autobahnverbindungen gibt.* Schließlich hatten sie ihr Ziel erreicht, welches immer es auch gewesen sein mochte. Der bullige Kerl hatte Hegel losgekettet und ihn, zumindest den Geräuschen nach zu urteilen, unter Tosen und Zetern weggeschleppt. Erst Minuten später war der Entführer zurückgekommen und hatte auch Jula losgekettet und gepackt. Wegen der blickdichten Maske hatte sie nicht erkennen können, was für ein Gebäude es war, in das man sie verschleppt hatte, aber dass es abgeschieden war und leer stand, lag auf der Hand. Vielleicht ein alter Bauernhof im Brandenburger Umland? Oder eine Fabrik, irgendwo in einem der Berliner Randbezirke? Ruinen und leer stehende Gebäude gab es sowohl in Berlin als auch in der weitläufigen Abgeschiedenheit Brandenburgs zur Genüge.

Der bullige Kerl hatte Jula durch unterschiedlich große Räume geführt, so viel hatte sie erahnen können. Das in seiner Stärke immer wieder unterschiedliche Hallen ihrer Schritte war auch für Jula klar zu erkennen gewesen, ganz ohne ein Fledermausgehör, wie Hegel es hatte. Sie waren eine Treppe nach unten gegangen, schwere Türen waren geöffnet worden und nach einigen Sekunden wieder schwergängig in ihre Schlösser gefallen. Das ging so lange, bis der Kerl Jula schließlich mit knappen Worten angeherrscht hatte, dass sie sich setzen solle. Eine Matratze lag auf dem Boden, immerhin. Nachdem Jula darauf Platz genommen hatte, war sie erneut gefesselt worden. Der Kerl hatte ihr Handschellen angelegt, die anscheinend mit einer Kette am Boden befestigt waren. Dann war er wortlos verschwunden, eine weitere Tür war ins Schloss gefallen, und endlich, zum ersten Mal seit dieser Kastenwagen vor dem Löwendenkmal gehalten und das Schießen begonnen hatte, war Ruhe eingekehrt. Wenn sie auch unheilschwanger war.

»Hegel?« Jula rief, so laut sie konnte.

Was sollte schon passieren? Wer immer sie beide in seiner Gewalt hatte, dürfte wohl kaum mit Verwunderung darauf reagieren, wenn seine Opfer nacheinander riefen. Und vielleicht, wie auch immer, würde Hegel den Ruf ja hören und irgendwelche akustischen Schlüsse daraus ziehen können. Doch Julas Ruf verhallte unbeantwortet in den Tiefen der Räume, die hinter ihrer Maske lagen. Ein weiterer folgte und tat es seinem Vorgänger gleich. Jula schluchzte. Nicht, dass sie im Begriff war, die Nerven zu verlieren oder diesen Unbekannten gar den

Gefallen zu tun, sich in die Opferrolle zu fügen, ängstlich zu werden und sie ihren Willen brechen zu lassen. Jula schluchzte, weil es so unfassbar war. Alles, was Hegel ihr erzählt hatte. Wie konnte sie denn damals nicht erkannt haben, in welche Lage sich Moritz manövriert hatte? Warum hatte sie seine Signale nicht verstanden? *Das war es also. Er wollte uns schützen, seine ganze Familie. Vor den Mächten des Bösen, die er selbst heraufbeschworen hatte …*

»Hallo?« Jula schrak aus ihren Gedanken auf.

Irgendetwas war gewesen, entfernt, aber nah genug, um es zu vernehmen. Die Ruhe war gewichen. Da, ein weiteres Geräusch, das Öffnen und Schließen einer Tür. Dann Schritte, die lauter wurden, so lange, bis ihr Verursacher ganz nahe gekommen war. Kurze Stille, vielleicht für ein oder zwei Sekunden, dann ein Schlüssel im Schloss, und schließlich trat jemand in den Raum. Das Geräusch der Absätze war Jula vertraut und die ansteigende Lautstärke der elegant ausgeführten Schritte ließ sie erkennen, dass sich eine Frau auf sie zubewegte.

»Sie können sich ja bestimmt denken, weswegen Sie hier sind. Wir wollen Moritz, und nur Sie können uns verraten, wo er sich versteckt.« Die weiche, fast gutmütig wirkende Frauenstimme erklang mit einem leichten Akzent, den Jula nicht zuordnen konnte.

»Selbst wenn ich das könnte, würde ich es niemals tun!«

Die Frau ließ sich nicht aus der Ruhe bringen. »So etwas in der Art sagen die meisten am Anfang. Es verschafft ihnen ein Gefühl von Kontrolle, ich kann das verstehen.« Sie setzte eine kurze Pause, bevor sie in verändertem Tonfall weitersprach. »Können Sie es hören? Die Zeit über

Ihrem Kopf wird schwächer. Ihre Zeit! Sie läuft noch, aber etwas hat sie ins Wanken gebracht. Es gibt nicht viele Menschen, die imstande sind, die Zeit zu hören. Ich konnte das schon als kleines Mädchen. Ich weiß noch, wie es war, als meine Oma starb. Damals, in unserem Dorf in Sierra Leone. Die ganze Familie saß im Kreis um sie herum, und unsere Familie war groß! Wir haben dicht an dicht in der Hütte gesessen, aber wir alle wollten bei ihr sein. Manche haben geweint, vor allem von den Jüngeren. Die meisten waren aber fröhlich. Totenkult spielt in Afrika eine große Rolle.«

Jula regte sich nicht. Die Frau kam Schritt für Schritt näher, ganz behutsam, ohne Eile.

»Meine Familie war sehr abergläubisch. Bei uns gab es nicht den Tod, wie westliche Kulturen ihn kennen. Für uns war klar, dass meine Großmutter nur einen Schritt in den Wandel machen würde. In einen Wandel, der ihr den Körper nehmen würde, aber nicht das Leben an sich. Ich war die Einzige in der Familie, die das nicht glauben konnte. Weil ich ihre Zeit hören konnte. Sie kam ins Stocken. Und dann habe ich gehört, dass sie stehengeblieben ist. Wie soll ein Mensch denn weiterleben, wenn seine Zeit nicht mehr läuft? Ganz gleich in welcher Dimension? Ich bin aufgestanden und habe meiner Großmutter einen letzten Kuss auf die Stirn gegeben. Erst da haben die anderen dann bemerkt, dass sie tot war.«

Jula fühlte, wie etwas an ihrer Maske rührte. Der Stoff streifte ihr übers Gesicht, während sich langsam ein Vorhang zu heben schien. Nur eine Sekunde später konnte Jula die Frau sehen, die offenbar maskiert den Kastenwagen gefahren und sich jetzt vor ihr in die Hocke begeben hatte. Was für eine Schönheit sie war. So schön, dass es selbst unter diesen Umständen das Erste war, was Jula in den Sinn kam. Ebenso wie die Tatsache, dass die Frau ebenso poetische wie beunruhigende Worte finden konnte. Etwa Ende dreißig, mit schwarzen Locken, die zu einem Kurzhaarschnitt rasiert waren. Lippenstift und Lidschatten ergänzten sich optimal mit ihrem dunklen Teint, und obwohl der Overall, den sie offenbar bereits am Steuer des Kastenwagens getragen hatte, wohl eher seinem Zweck als einer modischen Relevanz galt, betonte er doch in vorteilhafter Weise die Figur der Frau. Ihre Schönheit, das meinte Jula auf den ersten Blick zu erkennen, stand jedenfalls in deutlichem Kontrast zu dem Bösen, das sich hinter ihren Blicken verbarg.

»Denken Sie, Ihre Großmutter wäre stolz auf Sie? Darauf, dass Sie sich einer Verbrecherorganisation angeschlossen haben, die Menschen verschleppt und tötet? Die mit Babys handelt, Drogen schmuggelt und in Rechnersysteme von Banken und Regierungen eindringt?«

Die Frau lächelte so charmant, dass es Jula kalt den Rücken herunterlief. »Sie haben doch keine Ahnung.« Noch immer klang sie freundlich, wenn auch ein beständiges Drohen in ihren Worten mitschwang. »Ich stamme aus einem Land, in dem es kaum Schulen gibt und eine gesundheitliche Versorgung, die nicht gerade mit der in Deutschland vergleichbar ist. Sierra Leone gehört zu den zehn ärmsten Ländern der Welt, Menschenrechte werden verletzt, und Genitalverstümmelungen bei Frauen sind immer noch an der Tagesordnung. Liebe Frau Ansorge, die Sie in Deutschland geboren worden sind, glauben Sie mir bitte eins: Meine Großmutter wäre sogar stolz auf mich! Niemand in meiner Familie hat es weiter gebracht als ich, und wenn Sie denken, dass mich Kinderhandel, Drogen oder Mord erschrecken können, dann wissen Sie schlicht gar nichts über mich oder die Welt, aus der ich stamme. Aber jetzt genug von mir und meiner Familie!« Sie erhob sich aus ihrer Hocke und sah von oben auf Jula herab. »Reden wir doch lieber mal über *Ihre* Familie! Sie wissen ja wohl, was ich von Ihnen will?«

»Das werden Sie niemals bekommen! Abgesehen davon, dass ich es Ihnen nicht mal sagen könnte, wenn ich wollte.« Jula hielt dem Blick ihres Gegenübers stand.

»Sie reden sicher von der Nachricht, auf der Ihr Bruder Moritz Ihnen mitteilt, wann und wo er Sie treffen wird. Diese Nachricht haben unsere Spezialisten digital abgefangen, sie wurde Ihnen nie zugestellt. Wir haben sie!«

Jula prustete etwas zu laut auf. »Wenn Sie diese Nachricht wirklich hätten, bräuchten Sie mich nicht!«

Die Frau deutete mit dem Finger in die Luft, knapp oberhalb von Julas Kopf. »Noch kann ich Ihre Zeit hören! Sie läuft so kräftig, als könne nichts auf der Welt sie stoppen. Genauso wie bei Professor Hegel. Seine Zeit fließt über ihm wie ein Strahl. Sie haben beide noch viel Zeit übrig. Eigentlich! Leider bin ich aber sehr ungeduldig und von großer Entschlossenheit, wenn ich mir etwas in den Kopf gesetzt habe. Ja, wir haben diese Nachricht. Es ist nur so, dass Ihr Bruder nicht so unvorsichtig ist, wie wir es uns wünschen würden.«

Obwohl es kaum eine Situation geben konnte, die weniger erheiternd war als diese, lächelte Jula. »Er hat die Botschaft verschlüsselt!«

»Wir haben Grund zu der Vermutung, dass Moritz mit seiner Codierung nicht nur sich selbst, sondern auch Sie und Professor Hegel schützen wollte.«

»Und jetzt haben Sie ein Scheißproblem, was?« Jula verzog keine Miene.

»Sie und Professor Hegel sind im Besitz von Fähigkeiten, Kenntnissen und Informationen, die ich benötige, um meinen Auftrag zu erledigen. Und ich bin sehr entschlossen, wenn ich einen Auftrag zu erfüllen habe. Ich habe Sie und Professor Hegel daher räumlich voneinander getrennt.«

»Was wollen Sie denn von Hegel? Wenn Moritz mir eine codierte Nachricht geschickt hat, nützt ihm sein Gehör auch nicht dabei, sie zu verstehen.«

Die Frau zuckte mit den Schultern und sie wirkte nicht einmal gereizt dabei. »Die Lage ist leider etwas komplizierter.«

»Im Gegenteil, die Lage ist sehr einfach! Sie wollen Moritz vor seiner Aussage schnappen und Sie haben keine Ahnung, wo er ist. Es gibt genau einen Zeitpunkt und einen Ort, an dem Sie zugreifen könnten, und den werde ich Ihnen niemals verraten!«

Die Frau wirkte vollkommen unbeeindruckt. »Es hat ja keiner gesagt, dass ich Sie nur höflich darum bitten werde, mir zu helfen.« Sie klang, als habe sie Jula ein Kompliment gemacht. »Mein Kollege kann sehr überzeugend sein, wenn er etwas erfahren möchte. Er ist so etwas wie ein Verhörspezialist, er hat sich an vielen interessanten Orten ausbilden lassen. Zum Beispiel in Guantanamo Bay und Abu Ghuraib. Ich sage Ihnen, was der für Geschichten erzählen kann, wenn man mal auf ein Bier mit ihm zusammensitzt …« Das Handy der Frau erklang, und unverzüglich nahm sie das Gespräch entgegen. Sie wechselte in paar Worte auf Spanisch, dann beendete sie das Telefonat.

»Wenn Sie sich wegen der Pizzabestellung absprechen wollen, ich hätte gern eine Margherita!«

Die Angesprochene verzog ihr Gesicht zu einem breiten Grinsen. »So lange wird das hier nicht dauern.« Sie wandte sich ab und ging so elegant wie ein Laufstegmodel auf die Tür zu. Ohne sich noch einmal umzudrehen, rief sie Jula noch zu: »Ihre Zeit hat gerade zu holpern begonnen!«

KAPITEL 17

ELYAS

Wallraff, Julas Perserkater, hatte Elyas an der Wohnungstür empfangen, als sei er Robinson Crusoe, der nach achtundzwanzig Jahren endlich von seiner einsamen Insel befreit worden war.

»Das ist wirklich wahnsinnig nett von Ihnen, Frau Raschke! Jula klang total fertig am Telefon, sie hat vor ihrer Abreise komplett verpeilt, Wallraff zu füttern. Danke, dass Sie mir aufschließen!«

Julas Nachbarin, die ein Stockwerk tiefer wohnte, nickte verständnisvoll. Offenbar hatte sie noch keine aktuellen Nachrichten gehört, und Elyas hatte diesen strategischen Vorteil ausgenutzt. Sehr wahrscheinlich hätte sie es ansonsten vorgezogen, nur die Polizei in Julas Wohnung zu lassen, die allem Anschein nach bislang noch nicht dort gewesen war. »So was kann passieren, ich kenne das. Vor Reisen habe ich auch immer tausend Sachen im Kopf! Wie lange wird deine Schwester denn weg sein?«

»Das kam wohl ganz spontan, sie wusste es nicht genau. Ein paar Tage. Eine Sache wäre allerdings wirklich noch sehr nett von Ihnen. Könnten Sie Wallraff einmal am Tag Futter hinstellen, bis Jula zurück ist? Für mich wäre das jedes Mal eine ziemlich weite Fahrt aus Neukölln hierher und ich muss ja auch immer so viel für die Schule machen.«

»Kein Problem, das mache ich doch gern für den hübschen Kerl!« Frau Raschke lächelte, beugte sich zu Wallraff hinunter und kraulte ihm den Nacken. Der Kater reckte sich in ihrem Griff, als befürchte er, jeden Augenblick gefressen zu werden. Doch die Zeit drängte und Elyas hatte schon genug davon verloren, um in Julas Wohnung zu gelangen.

»Vielen Dank, Sie sind ein Schatz!« Elyas verabschiedete sich zügig von der Nachbarin und wandte sich an seinen Begleiter.

»Okay, ab an den Rechner!«

Schnellen Schrittes stürzte er an Gordon vorbei durch den Flur der Dachgeschosswohnung, vorbei an der Wohnzimmertür und der kleinen Küche direkt in das Arbeitszimmer, in dem Jula ihre Podcasts produzierte – an diesem alten, verkratzten Holzschreibtisch, den sie damals aus ihrem Elternhaus mitgenommen hatte. Elyas setzte sich auf den abgewetzten Sessel, der etwas muffig roch und bereits an der Sitzfläche eingerissen war. Er fuhr den Rechner aus dem Stand-by-Modus hoch, während Gordon ihm über die Schulter blickte. Elyas entglitten die Gesichtszüge, als er das kleine Fenster mit dem Eingabefeld sah.

»Na, super! *Passwort eingeben …* Das wäre ja auch zu schön gewesen.«

»Hat sie dir vielleicht mal irgendwann ihr Passwort verraten? Gunnar hat mir seins anvertraut, für den Fall, dass …« Gordon stockte. »Na ja, dass so was passiert wie heute.«

Elyas dachte nach. »Also, verraten hat sie mir nichts, aber Familie ist ihr extrem wichtig. Ich versuche es einfach mal mit dem ganzen naheliegenden Zeug!«

Nacheinander gab Elyas als Passwörter *Moritz*, *Elyas*

und *Wallraff* ein, doch keiner dieser Bemühungen war Erfolg beschieden.

»So wird das nichts!« Elyas lehnte sich in dem knarzenden Sessel zurück, drehte sich zu Gordon herum und sah ihn mit nachdenklichem Blick an. Ohne ein Wort griff er zu seinem Handy und rief Paul an. Dieser meldete sich bereits nach dem ersten Klingeln.

»Endlich! Gibt es was Neues?«

»Noch nicht, aber vielleicht kannst du uns helfen. Wenn ich mich richtig erinnere, hat Jula dich rausgeschmissen, weil du ihr Handy-Passwort ausspioniert hast. Ihr Rechner ist passwortgeschützt. Sag jetzt *bitte*, dass du damals auch ihr Computerpasswort ausspioniert hast!«

Es blieb still in der Leitung. Elyas warf einen Blick zu Gordon, der in angespannter Körperhaltung dastand und alle paar Sekunden sinnlos auf seine sündhaft teure Uhr blickte. Schließlich erklang Pauls Stimme aus dem Handy: »Ich habe es nicht ausspioniert!«

Elyas sackte in sich zusammen. Was zur Hölle sollte er jetzt machen? Ja, sicher, dieses Nummernschild war sowieso geklaut oder gefälscht. Aber wenn er es nicht wenigstens versuchte, würde er es sich immer vorwerfen. Und wer wusste schon, ob dieser Hadrian, wenn er sich denn meldete, nicht vielleicht einen neuen Ansatz für die Suche nach Jula finden würde? *Shit, ich brauche diesen Hacker!*

Pauls Stimme erklang erneut: »Ausspionieren war nicht nötig, weil sie mir das Passwort anvertraut hat.«

»Willst du mich verarschen?« Elyas sprang so plötzlich von seinem Stuhl auf, dass Gordon vor Schreck einen Satz nach hinten machte und dabei fast gegen die Wand prallte. »Warum sagst du das nicht gleich? Jula ist in verschissener Lebensgefahr!«

»Sorry, das sollte nicht witzig sein. Ich musste nur kurz überlegen. Das Passwort war etwas kompliziert, aber ich habe mir damals eine Eselsbrücke gebaut. Ich glaube, es war: *3lyAs-820-m0riT7*.«

Elyas atmete tief durch, setzte sich wieder, ließ sich das Passwort Zeichen für Zeichen buchstabieren, gab es in das entsprechende Feld ein und bestätigte.

»Yes!!!« Er riss die Arme hoch. »Ich bin drin!«

»Dann schick das Video auf den Rechner und guck es dir so groß wie möglich an. Vielleicht siehst du noch mehr als nur ein Kennzeichen.« Paul war anzuhören, dass er gleichzeitig sprach und überlegte.

»Okay, ich lege auf. Bis gleich.«

Elyas koppelte das Bluetooth seines Handys mit dem von Julas Rechner und sendete das Video auf ihre Festplatte. Eilig rief er es auf und wollte schon die Wiedergabe starten, als er innehielt und sich Gordon zuwandte. »Willst du dir das echt mit angucken? Da ist drauf zu sehen, wie die deinen Mann erschießen.«

Gordon atmete tief durch. »Ja, spiel es ab. Ich muss da jetzt durch. Das bin ich Gunnar schuldig, er würde das auch für mich tun.«

»Deine Entscheidung!«

Elyas startete das Video. Der Augenblick, in dem das Kennzeichen des Lieferwagens kurz zu erkennen war, kam gegen Ende der Aufzeichnung, als Sanchez das Gerichtsgebäude verlassen hatte und auf die Straße gelaufen war. Elyas stoppte die Wiedergabe und suchte das Standbild, auf dem man das Nummernschild am besten sehen konnte. Er machte ein Foto davon, das er wiederum auf seinem Handy so weit vergrößerte, dass schließlich zu entziffern war, welches Kennzeichen der Wagen gehabt hatte.

»Okay, und was machen wir jetzt?«

Gordon war anzumerken, wie sehr ihn die schrecklichen Bilder beeindruckt hatten. Doch er zeigte Größe, das musste Elyas ihm lassen. Die Bilder waren durch ein Fenster hindurch aus einiger Entfernung gemacht worden. Sie waren verwackelt und nicht immer lag ihr Fokus auf dem wichtigsten Punkt des Geschehens. Doch der Augenblick, in dem dieser Hüne mit der Maske auf den Rechtsanwalt geschossen hatte, war zu sehen gewesen.

Elyas zuckte mit den Schultern. »Jetzt brauchen wir Hadrian, aber wir haben nicht die Zeit, hier so lange zu warten, bis …« Weiter kam er nicht, denn schon wurde der Bildschirm vor ihm schwarz, und ein Chatfenster öffnete sich auf Julas Monitor.

→ JULA? BIST DU DAS? DIE SAGEN IM RADIO, DASS DU ENTFÜHRT WURDEST!

Elyas bemerkte, dass sich Gordon mit beiden Händen auf die Schreibtischplatte stützte und mit dem Gesicht näher an den Monitor herankam, als es notwendig war.

Elyas gab eine Antwort in das Chatfenster ein.

→ HALLO HADRIAN! HIER IST NICHT JULA. ICH BIN ELYAS, IHR BRUDER. SIE WURDE WIRKLICH ENTFÜHRT, ALSO BITTE BLEIB JETZT ON! SIE BRAUCHT DICH! DRINGEND!!!

Einige Sekunden vergingen, ohne dass sich etwas tat. Schließlich poppte eine neue Nachricht auf:

→ ALLES KLAR! WAS IST LOS?

→ WIR MÜSSEN JULA UND HEGEL SCHNELL FINDEN. DU KANNST UNS HELFEN!

→ WIE?

→ ICH HABE EIN AUTOKENNZEICHEN. WIR MÜSSEN WISSEN, WEM DAS GEHÖRT. KRIEGST DU DAS HIN?

Für quälend lange Sekunden erfolgte keine Antwort. Schließlich wurden Elyas und Gordon erlöst:

→ WER IST DER TYP NEBEN DIR?

Elyas' Gesicht schien sich zu einem Fragezeichen zu verformen, doch Gordon deutete mit dem Zeigefinger auf die Webcam von Julas Rechner. Ihr Licht hatte sich wie von Geisterhand eingeschaltet. *Alles klar. Er checkt, wer hier wirklich mit ihm schreibt.*

→ DAS IST GORDON. SEIN MANN WURDE BEI DEM ÜBERFALL ERSCHOSSEN. ER HAT DAS GERADE AUF VIDEO GESEHEN, SEI NETT ZU IHM. ER WILL DIE TYPEN AUCH FINDEN! ALSO WAS IST, SOLL ICH DIR DAS KENNZEICHEN GEBEN? ES IST ECHT EILIG!!!

→ GIB HER!

Elyas tippte das Nummernschild ein. Kurz darauf erlosch das Licht der Webcam wieder und im Chat kehrte Stille ein. Gordon trat so neben den Rechner, dass man ihn durch die Webcam nicht würde sehen können, und deutete Elyas mit Handzeichen an, dass er ihm folgen solle. Er verließ den Raum und trat in den Flur. Elyas tat es ihm gleich und sah, dass Gordon sich kurz orientierte und schließlich in Julas kleines Badezimmer ging. Elyas folgte ihm.

»Geht irgendwie zu glatt, findest du nicht?« Gordon drehte den Wasserhahn voll auf, zudem flüsterte er. »Wir sitzen zehn Minuten am Rechner und schon schreibt uns dieser Typ an.«

Elyas sah sich um, Gordons Misstrauen hatte ihn angesteckt.

»Der wusste doch, dass der Prozess heute für Jula voll scheiße ausgegangen ist.« Elyas sprach, als wäre jedes seiner Worte eine Frage. »Der sorgt sich ja immer voll um sie, ist doch normal, dass er ihr schreibt, wenn sie on geht.«

Gordon kam noch etwas näher an Elyas heran. »Ich habe mit Gunnar eine Menge Zeug recherchiert. Für seine Mandanten, reiche Leute, oft sehr pikante Sachen. Drogen, Sex, Nazivergangenheit – such dir was aus! Da ist auch nicht immer alles komplett legal gelaufen und Hindernisse gab es immer. Nichts lief so einfach wie erhofft, kein Kontakt war komplett zuverlässig und Verzögerungen gab es ohne Ende. Und wir spazieren hier einfach rein, schalten den Rechner deiner Schwester an und innerhalb von ein paar Minuten meldet sich ein genialer Hacker, der sofort macht, was du von ihm willst? Dein Ernst?«

»Du meinst …?« Elyas ließ den Satz im Rauschen des Leitungswassers verhallen.

»Ich weiß nicht, wer dieser Hadrian ist. Aber ich denke analytisch! Nicht viele wussten von dem geheimen Treffpunkt. Trotzdem sind diese Killer da plötzlich aufgetaucht! Wenn Hadrian Handys orten kann und wenn er die Mikrofone dieser Handys aktivieren und deren Besitzer belauschen kann, dann sollten wir vorsichtig sein. Ich habe Jula den Treffpunkt genannt, man hätte das über ihr Handy mithören können.«

Elyas dachte nach. Seine Atmung wurde flacher. »Du meinst, dieser Hadrian steckt in der Nummer mit drin? Aber warum sollte er Jula dauernd helfen, um sie dann plötzlich an Remus zu verraten?«

»Was weiß ich? Kann ja sein, dass der Typ okay ist, aber wir sollten zumindest vorsichtig sein.«

Das Geräusch einer eingehenden Nachricht aus Julas Arbeitszimmer übertönte das Rauschen des Wassers. Die beiden nickten einander zu und gingen zügig zum Rechner. Hadrian hatte geantwortet.

→ DAS KENNZEICHEN IST FIKTIV. TUT MIR LEID, SACKGASSE.

Elyas atmete tief aus.

→ SO EINE SCHEISSE. DANN SIND WIR WIEDER BEI NULL.

→ NICHT UNBEDINGT! DU HAST GERADE GESCHRIEBEN, DASS DER SCHICKE TYP NEBEN DIR »DAS VIDEO VON DEM ÜBERFALL« GESEHEN HAT. WIE MEINST DU DAS? GIBT ES EIN VIDEO VON DER ENTFÜHRUNG?

→ JA!

→ WER HAT DAS GEMACHT?

→ EIN TYP, DER ZUFÄLLIG DA WAR. HAT PIZZA INS GERICHT GELIEFERT.

→ »ZUFÄLLIG« KLINGT NICHT GUT! HAST DU EINEN KONTAKT ZU DEM TYPEN?

Elyas dachte nach. Er wollte bereits verneinen, als ihm etwas einfiel:

→ JA, KLAR! DER HAT MIR DAS VIDEO ÜBER WHATSAPP GESENDET. ICH HABE SEINE HANDYNUMMER!

→ SEHR GUT! UND WEISST DU, FÜR WELCHEN PIZZALIEFERDIENST DER ARBEITET?

Elyas versuchte, sich an die Arbeitskleidung des Mannes zu erinnern. Immerhin, wenn es irgendetwas gab, mit dem er sich auskannte, dann waren es Berlins Pizzalieferdienste. Tatsächlich erinnerte er sich wieder an das ebenso mutige wie lustige Logo mit dem Stinktier, das eine Pizza präsentierte.

→ JA, DER IST VON MARVIN'S PIZZAPALACE!

→ OKAY, DANN HER MIT DER HANDYNUMMER!

Elyas rief sein WhatsApp auf und sendete Hadrian die Nummer von diesem Sanchez. Es vergingen vielleicht drei Minuten, bis Hadrian antwortete:

→ DAS HANDY WURDE IN PARAGUAY ANGEMELDET, ABER DIE SIM IST AUS DEUTSCHLAND. LÄUFT AUF EINEN ERNESTO SANCHEZ. ICH HABE ES GEORTET. DER TYP IST IN DER GLEIMSTRASSE, ETWA SIEBEN KILOMETER VON EUCH ENTFERNT. SEIN STANDORT VERÄNDERT SICH NICHT.

→ ABER DER TYP HILFT MIR NICHT DABEI, JULA ZU FINDEN! ICH BIN VOLL AM ARSCH!

→ DA BIN ICH MIR NICHT SO SICHER!

→ WAS MEINST DU?

Es erfolgte zunächst keine Antwort. Elyas sah Gordon mit Fragezeichen in den Augen an. Dieser zuckte nur mit den Schultern und gab mit einer Geste zu verstehen, dass er noch einmal nachhaken solle.

→ BIST DU NOCH DA?

→ JA, SORRY. ICH MUSSTE ES NOCH MAL CHECKEN, ABER JETZT KANN ICH ES BESTÄTIGEN!

→ WAS DENN???

Noch einmal vergingen quälende Sekunden, bevor Hadrian endlich antwortete:

→ ICH WAR IM SYSTEM VON MARVIN'S PIZZAPALACE. ES GAB HEUTE KEINE PIZZALIEFERUNG ZUM LANDGERICHT BERLIN! WAS IMMER DAS FÜR EIN TYP IST, DER WAR NICHT ZUFÄLLIG DA. UND ER HATTE OFFENBAR SEINE GRÜNDE, DIR DIESES VIDEO ZU GEBEN. IHR SOLLTET BESSER GANZ SCHNELL RAUSFINDEN, WAS DER KERL DA ZU SUCHEN HATTE!

KAPITEL 18

JULA

Hegel würde denen nichts verraten. Ganz sicher nicht. *Was denn auch? Er weiß, dass Moritz noch lebt, und er hat eine Voicemail von ihm. Das nützt denen gar nichts! Moritz hat sich abgesichert, das war schlau von ihm. Außerdem wird Hegel wohl kaum darauf spekulieren, dass die ihn wirklich laufen lassen, wenn er ihnen hilft, Moritz zu finden. Warum sollten sie das tun? Ja, sicher, Hegel hat damals seine Tochter von Remus gekauft. Und er hat denen einen Informanten verraten, der sie dem* LKA *ausliefern wollte. Hegel hat schon oft mit Remus Geschäfte gemacht und paktiert. Aber dessen war sich Moritz eben auch bewusst! Was die wissen wollen, kann Hegel ihnen nicht verraten. Selbst wenn er es wollte.*

Es mochte vielleicht eine Viertelstunde vergangen sein, seit diese Frau Jula allein in ihrem Kerker zurückgelassen hatte. Der Raum war vollständig von Möbeln, Tapeten und Fußbodenbelag befreit worden, und aufgrund seiner Kellerlage hatte er auch keine Fenster. Eine nackte Glühlampe von schwacher Wattleistung war mit mehreren Streifen eines anscheinend stabilen Klebebands an der Wand befestigt worden und spendete gerade so viel Licht, dass Jula sich im Raum orientieren konnte. *Schließlich will diese Irre ja, dass ich sie sehe. Dass ich Angst habe. Angst vor ihrem Wahnsinn, Angst vor ihren Psychospiel-*

chen. Jula sah sich ein weiteres Mal um. Weder hatte sie einen Eimer entdeckt, den sie für körperliche Verrichtungen nutzen konnte, noch fanden sich irgendwo in diesem Raum Wasser, feste Nahrung oder so etwas wie Decken oder Kissen. *Die planen nicht, uns lange hier festzuhalten. Die wollen einfach nur wissen, wo Moritz ist. Und das wollen sie schnell wissen! Kein langes Bitten, keine Überzeugungsarbeit, kein Bindungsaufbau. Wenn Moritz wirklich die Führungsriege von Remus verraten will, dann wird das hier eine ganz kurze Angelegenheit.* Es musste ganz bestimmt heute passieren. Vermutlich hatte man bei Remus den Tag schon herbeigesehnt, an dem Hegel endlich auf freien Fuß gelangen würde, und länger als über diesen einen entscheidenden Tag hinaus würde man in der Führungsetage ganz sicher nicht mehr warten wollen. *Diese Frau und ihr Scherge haben garantiert klare Anweisung, Moritz' Kopf zu liefern, bevor die Uhr Mitternacht schlägt.*

Jula sank entkräftet und mutlos in sich zusammen. Konnte es sein, dass sie nach all dem, was sie in den Jahren nach Moritz' angeblichem Tod getan hatte, hier, in diesem kahlen Kellerraum, ihre Endstation erreicht hatte? Den Punkt, von dem aus es kein Weiter mehr gab? Kein Morgen, kein Später, kein Das-schaffen-wir-schon? Jula war allem Anschein nach der einzige Mensch, der Moritz' Nachricht entschlüsseln konnte, und diese beiden Verbrecher würden ihre Zelte nicht ohne das gewünschte Ergebnis abbrechen. Wie lange würde Jula einer Folter wohl standhalten können? Wie viele Finger würde sie sich abschneiden, wie lange sich waterboarden lassen? Wie viele Zigarren würde sie sich auf der Haut ausdrücken lassen, bevor sie schließlich doch alles herausbrüllen würde, was diese Leute von ihr wissen wollten? Jula erschrak vor sich selbst. Nein, daran durfte sie noch nicht einmal denken!

Was, so spielte sie es in ihren Gedanken durch, wenn sie denen einfach falsche Erklärungen liefern würde? Klar, die würden sie und vermutlich auch Hegel töten, sobald sie es bemerkten. Aber Moritz wäre gerettet. Und er könnte aussagen, damit dieses Verbrecherpack wenigstens nicht auch noch das bekam, was es wollte.

Da, ein Knarzen, weiter weg, aber in Hörweite! Jula schrak aus ihren Gedanken auf und sogleich vernahm sie wieder das Geräusch von Türen, die sich öffneten und schlossen. Und von Schritten. *Es ist nur eine Person und ganz sicher nicht dieser bullige Killer. Die Frau kommt zurück! Hat Hegel ihr etwas erzählt? Aber was soll das schon sein? Ich schätze, jetzt geht es gleich los. Was werden die wohl mit mir anstellen?* So als wolle Julas Körper sie davor schützen, Schmerzen zu erleiden oder ihre vielleicht letzten Minuten in Verzweiflung zu verleben, schienen sich Hormone in ihr auszubreiten, die ihre Gedanken hell, ihr Gemüt warm und ihre Gefühle stumpf werden ließen. *Wie ist es wohl, nicht mehr zu leben? Seltsam, ich kann mir so viele Dinge vorstellen. Aber nicht, wie es ist, tot zu sein.* Mit einem grummelnden Ächzen wurde die Tür von außen aufgestoßen und die Silhouette der Frau zeichnete sich im fahlen Licht der Glühlampe ab.

»Das hat aber nicht sehr lange gedauert!« Jula spürte, wie die Taubheit in ihrem Körper den Augenblick mit einem Gefühl von Gleichgültigkeit füllte.

»Hegel hat es eben nicht sehr lange ausgehalten.«

»Was denn?«

Die Frau winkte mit einer lapidaren Geste ab. »Das erfahren Sie gleich selbst.«

Jula atmete tief ein. *Nur nicht aufgewühlt klingen, keine Schwäche zeigen.*

»Wie hört sich denn die Zeit über meinem Kopf an?«

»Sie schlingert.« Die Frau erhob ihre Stimme nicht, in ihren Worten schwang lediglich eine gewisse Beiläufigkeit mit.

»Und, was machen wir jetzt Schönes? Es wird langsam langweilig hier unten.«

»Wir machen ein Experiment mit Ihnen. Hegel hat es gerade ebenfalls gemacht und das anschließende Gespräch mit ihm war äußerst interessant! Ich weiß jetzt, an welchen Formulierungen man hören kann, auf welcher Hochschule ich Deutsch gelernt habe. Er konnte an meinem Akzent sogar das Volk erkennen, von dem meine Familie in Sierra Leone abstammt.«

»Er hat Ihnen also gar nichts gesagt!« Julas Stimme war fest.

»Wir fangen ja auch gerade erst an.« Obwohl es dunkel war, konnte Jula die Zähne der Frau aufblitzen sehen. Offenbar lächelte sie. Jula zog noch einmal an ihren Ketten. Sie würde es nicht schaffen, diese aus dem Boden zu reißen. Es würde ihr nicht gelingen, sich auf diese Frau zu stürzen und ihr den schönen Hals umzudrehen. Sie würde auch keine Giftpfeile aus ihrer Armbanduhr feuern können oder magische Worte sprechen, um diese Frau damit zu Stein werden zu lassen. Sie würde einfach nur weiter wie ein angeketteter Hund auf dieser stinkenden, ausgeleierten Matratze hocken und sich von dieser sadistischen Hexe vorführen lassen.

»Ich habe etwas für Sie.«

Die Frau trat näher. Als sie etwa auf einen Meter an Jula herangekommen war, blieb sie stehen.

»Was ist es denn? Eine Machete? Daumenschrauben?« Julas Atem beruhigte sich nur langsam und aus irgendeinem Grund fiel ihr der Duft des Shampoos auf, das diese Frau erst vor Kurzem benutzt zu haben schien.

»Körperliche Schmerzen sind etwas Feines, aber wir haben etwas viel Originelleres. Hier!« Sie zog etwas hinter ihrem Rücken hervor und ließ es auf den Boden fallen.

»Was soll das?«

Vor Jula lagen Turnschuhe, die in etwa ihre Größe zu haben schienen.

»Ihre Absatzschuhe sind nicht nur unbequem, Sie könnten damit auch den Boden in der Kammer beschädigen. Das wollen wir nicht.«

»Was für eine Kammer?«

Die Frau zögerte kurz, bevor sie sagte: »Der Ort, an dem wir hier sind, ist gezielt von uns ausgewählt worden. Er hält eine besondere Überraschung für Sie bereit. Also ziehen Sie die Turnschuhe an! Ich bin gespannt, ob Sie meine Überraschung wohl länger aushalten werden als Professor Hegel.«

KAPITEL 19

ELYAS

»Irgendwas stimmt mit diesem Pizzatypen nicht!« Elyas hatte keine unnötige Sekunde lang damit gewartet, Paul über seine neuen Erkenntnisse zu informieren. »Ich habe seinen aktuellen Aufenthaltsort. Ich werde mir den Kerl mal zur Brust nehmen. Der weiß mehr, als er zugibt!«

»Wie kommst du denn jetzt darauf?« Paul klang gleichermaßen aufgeregt und konzentriert.

Elyas warf einen Blick zu Gordon hinüber, der außer Hörweite damit beschäftigt war, seinen schwarzen BMW Z4 auszuparken.

»Der Typ hat gar keine Pizza ins Gericht geliefert! Es muss einen Grund geben, warum er *rein zufällig* an diesem geheimen Treffpunkt war, und es gibt garantiert auch einen guten Grund, warum er dieses Video gemacht und mir dann gegeben hat.«

»Du denkst, er gehört zu Remus?«

Paul flüsterte und der Verkehrslärm auf der stark befahrenen Seestraße zwang Elyas, sein Handy etwas lauter einzustellen. Er sah noch einmal zu Gordon, der vorsichtig aus seiner engen Parklücke zurücksetzte, bevor er antwortete: »Keine Ahnung, Alter! Aber warum hätte er mir dann das Video geben sollen? Ich schätze, der wollte, dass ich damit irgendwas Bestimmtes mache. Ich hab zwar keinen Plan, was das sein soll, aber garantiert hatte er nicht auf dem Schirm, dass ich sein Handy orten lasse und nach ihm selbst suche.«

»Wo steckt der Kerl denn?«

»Im Moment in der Gleimstraße! Hadrian meldet sich, wenn sich sein Standort ändert.«

Elyas sah, wie Gordon das Verdeck seines Cabrios aufklappen ließ und mit wummerndem Motor im Rückwärtsgang zu ihm zurücksetzte.

»Ich muss sofort aus dieser Klinik raus!« Paul atmete schwer, anscheinend versuchte er, aus seinem Bett aufzustehen.

»Du bist doch voll am Arsch, du kannst nicht helfen! Bleib du mal schön liegen, ich nehme mir diesen Typen schon vor. Die Überraschung ist auf meiner Seite, der hat ja null auf der Rechnung, dass ich bei ihm antanze.«

Und noch ehe Paul etwas darauf erwidern konnte, hatte Elyas das Telefonat auch schon beendet.

»Also, wie sieht's aus?« Gordon sah Elyas fragend an.

»Ich muss mir diesen Sanchez jetzt vornehmen. Bist du noch dabei?«

»Wie es aussieht, kann ich dich ja jetzt wohl kaum deinem Schicksal überlassen.« Gordon legte einen Gang ein und ließ den Motor seines Sportwagens aufheulen. »Aber eins muss von Anfang an zwischen uns klar sein!«

»Was?« Elyas stieg ein, griff nach dem Gurt und legte ihn sich an.

Gordon sah an Elyas auf und ab, als wolle er ihn mustern wie einen Soldaten. Als treffe er jetzt, in diesem Augenblick, die Entscheidung, ob es wirklich eine gute Idee sein würde, sich auf ein gefährliches, illegales und vermutlich aussichtsloses Himmelfahrtskommando mit einem vierzehnjährigen Teenager an seiner Seite einzulassen. Immerhin, vor gerade einmal zwei Wochen hatte Gordon im Hegel-Prozess erfahren, dass Elyas dem Tod bereits mehrmals ins Auge gesehen und noch ganz andere Herausforderungen als diese hier gemeistert hatte. Schließlich sagte er:

»Wenn ich dir dabei helfen soll, deine Schwester zu retten, dann gibt es keine Geheimnisse und keine Alleingänge. Ich mache das hier nicht aus Spaß oder Langeweile mit. Du willst Jula – und ich will den Kopf des Typen, der meinen Mann erschossen hat!«

Elyas glaubte, so etwas wie das Entstehen einer Verbindung zwischen ihm und Gordon zu spüren.

»Okay, Deal! Dann los jetzt, wir nehmen uns diesen Pizzatypen zur Brust!«

KAPITEL 20

JULA

Jula konnte das Blut durch ihre Adern fließen hören. So als handele es sich um einen endlos langen Zug, der niemals damit aufhören wollte, in ihr zu zirkulieren. Auch das Geräusch des Pulsierens ihres Herzens und das Heben und Senken ihrer Lungenflügel dröhnte ihr in den Ohren. Ihre gesamte Umgebung schien im absoluten Dunkel gemeinsam mit dem Licht verschwunden zu sein. Wie viel Zeit war wohl vergangen, seit sich die Tür hinter ihr geschlossen hatte? Jula hatte keine Orientierung, es gab nur noch eines, das sie mit Sicherheit wusste: *Sehr lange kann ich das nicht mehr aushalten!*

Es kam Jula vor, als sei es ewig her, dass sie in diese Kammer geschlossen worden war.

»Mein Mitarbeiter bevorzugt ja die konventionelle Folter«, hatte die Frau gesagt. »Und ich kann nicht bestreiten, dass er damit gute Erfolge erzielt. Ich halte diese Foltermethoden aber eher für etwas, das Menschen mögen, die einen SUV fahren. Leute, die im Restaurant das All-you-can-eat-Buffet bestellen und dann dreimal ihren Teller vollpacken, obwohl sie nach dem ersten schon satt waren. Weil sie es ja schließlich bezahlt haben! Ich hingegen sehe mich nicht als einen Barbaren und ich habe auch keine Probleme mit Minderwertigkeitskomplexen. Ich bevorzuge die weiße Folter! Sie ist so viel subtiler, wesentlich eleganter. Außerdem muss man danach nicht stundenlang sauber machen.«

Oh ja, diese Frau hatte es wahrlich zelebriert! So genussvoll, dass Jula ihr dabei fast schon mit Bewunderung zugesehen hatte. So als sei sie gar nicht an dem Wahnsinn beteiligt, über den diese grausame Schönheit gesprochen hatte.

»Wir befinden uns hier in einer stillgelegten Forschungsanlage auf einem ebenfalls stillgelegten Gelände. Keiner kommt hier überraschend rein, niemand sieht uns, niemand hört uns. Die Anlage wird nicht mehr genutzt, aber der Raum, der uns interessiert, ist noch vollständig erhalten und funktionstüchtig. Es gibt für das Gelände einen Wachschutz, doch die Mitarbeiter sind ebenso schlecht bezahlt wie von zweifelhafter Integrität, somit also käuflich. Zwei volle Tage lang werden wir hier absolut ungestört sein. Aber keine Sorge, so lange werden wir nicht brauchen.«

Es hatte begonnen, nachdem Jula noch in ihrem Einzelverlies die Turnschuhe angezogen hatte, die sie von ihrer Entführerin bekommen hatte. Gleich danach hatte die Frau Jula wieder die blickdichte Maske aufgesetzt. Dann war sie gegangen und eine Weile später, es mochte vielleicht eine halbe Stunde gewesen sein, war der Koloss gekommen. Keuchend von den Schritten, die er hatte zurücklegen müssen. Schweigend hatte er Julas Ketten gelöst und sie ruppiger, als es erforderlich gewesen wäre, vom Boden hochgerissen. Mit einem festen Griff in den Nacken hatte er sie mit der Kraft einer Dampfwalze vor sich hergeschoben, so lange, bis sie nach dem Öffnen und Schließen zahlreicher Türen und einer Wegstrecke von vielleicht drei- oder vierhundert Metern an ihrem Ziel angekommen waren. Der Koloss hatte Jula auf einen harten Holzstuhl gezwungen, erst dann hatte er ihr die Maske vom Kopf gezogen.

»Halten Sie durch, Jula …« Hegel hatte auf dem Fußboden gesessen, gekrümmt und kraftlos gegen die Wand gelehnt wie ein altes Fahrrad. »Die wissen gar nichts!«

Immer wieder hatte Hegel sich die Hand ans rechte Ohr gehalten und Jula war sich nicht sicher gewesen, ob sein schmerzverzerrtes Gesicht auf die Verletzung seines Trommelfells oder auf das zurückzuführen war, was auch immer diese Sadisten ihm angetan haben mochten. Jedenfalls hatte sie Hegel noch nie zuvor so mitleiderregend und jämmerlich erlebt, und zu erkennen, dass diesen beiden Verbrechern dies gelungen war, erfüllte sie nicht eben mit Zuversicht.

»Sie werden uns den Aufenthaltsort nennen, den Moritz Ihnen in seiner Nachricht mitteilt.« Die Frau hatte auf einen Rechner gedeutet, der auf einem Schreibtisch inmitten des ansonsten leeren Laborraums stand. »Aber bevor ich Ihnen seine Nachrichten vorspiele, werde ich Sie von meiner Entschlossenheit überzeugen, das hier schnell zu Ende zu bringen. Das kostet mich ironischerweise zwar erst mal ein bisschen Zeit, aber es macht Ihnen eben auch deutlich, dass Sie früher oder später sowieso reden werden. Es spart im Nachhinein also mehr Zeit ein. Professor Hegel hat der Behandlung einunddreißig Minuten lang standgehalten. Das ist ganz gut, aber auch nicht fantastisch. Halten wir ihm einfach mal seine Ohrenverletzung zugute.«

Jula hatte sich umgesehen. Der Raum war fast vollkommen leer, der Boden mit PVC ausgelegt, und der Schreibtisch mit dem Rechner darauf sowie der Stuhl, auf dem sie saß, waren die einzige Einrichtung. Allein diese Tür, neben der Hegel gegen die Wand gelehnt kauerte, fiel Jula ins Auge. Sie hatte mal ein paar Monate lang als Kellnerin in einem Restaurant gejobbt. Dort hatte es hinter der Küche einen Kühlraum gegeben, an den sie diese Tür erinnerte. Eine schwere Stahltür mit einem massiven Hebel zum Öffnen und Schließen sowie einige Kästchen, die irgendetwas anzeigten. Temperatur, Druck, was auch immer. *Was verbirgt sich hinter dieser Tür, das sogar Hegel in die Knie zwingen kann?*

»Wir werden Sie jetzt in einen faszinierenden Raum bringen.« Die Frau hatte dem Koloss ein Zeichen gegeben, woraufhin dieser die schwere Tür zum Nebenraum geöffnet hatte.

»Was soll das werden?« Jula spürte, wie ihre Entschlossenheit erste kleine Risse bekam.

»Sie haben jetzt für eine Weile Ihre Ruhe. Oder, treffender formuliert: Ihre Stille! Aber seien Sie vorgewarnt. Es könnte passieren, dass Sie dabei wahnsinnig werden. Sie wären nicht der Erste.«

KAPITEL 21

Die absolute Stille schien Jula paradoxerweise in den Ohren zu dröhnen, und das so gnadenlos und unüberwindbar, dass sie meinte, sie könne ihr Trommelfell zum Bersten bringen. Immer wieder ging ihr durch den Kopf, was diese Frau ihr erklärt hatte. *Die Elemente, die aus der Wand herausragen, erfüllen eine wichtige Funktion. Alles in dieser Kammer besteht aus Glasfaser, Stahl und Beton. Hunderte Stacheln vergrößern die Oberfläche des Raumes, und zwar auf viele tausend Quadratmeter. Außerdem ist der Boden extrem weich, er federt alles ab, wie ein Trampolin. Diese Kammer ist einzig und allein dazu konstruiert worden, jeglichen Schall zu schlucken, also herzlich willkommen, Jula: Sie befinden sich im stillsten Raum der Welt!*

»Sie werden mich nicht brechen!«

Jula rief trotzig ins Dunkel, doch ihre Worte erloschen ohne jegliches Echo, das ihr Orientierung hätte bieten können. Ihr gesamter Hörsinn war abgeschaltet und sowohl ihr Körper als auch ihre Psyche reagierten heftig auf die Tatsache, dass sie von einem Augenblick auf den anderen einen kompletten Sinn verloren hatte, der sie vor Gefahren warnen konnte. Für welche Art von wissenschaftlicher Untersuchung diese absolut stille Kammer auch immer gebaut worden war, sie ließ Jula jedenfalls keine Möglichkeit, sich auch nur irgendwie im Raum zu orientieren. Zumal es stockfinster und somit noch ein zweiter ihrer Sinne ausgeschaltet war. Immer weiter beschleunigte sich Julas Atem, was zwangsläufig dazu führte, dass auch ihr Herz mehr Leistung erbringen musste. Und während Jula die Geräusche, die ihre Organe beim Arbeiten verursachten, immer drängender und bedrohlicher in den Ohren zu dröhnen schienen, spürte sie etwas, das sie lange nicht mehr erlebt hatte. Genau genommen zum letzten Mal bei ihrer Vergewaltigung in Buenos Aires. Jula spürte das Gefühl absoluter Hilf- und Machtlosigkeit. Etwas, das sie sich damals geschworen hatte, niemals wieder in ihrem Leben zu empfinden.

»Es ist jetzt an der Zeit, loszulassen.« Moritz klang liebevoll, und seine Stimme war so weich und warm, wie sie es immer gewesen war, wenn er Jula hatte trösten oder versöhnen wollen.

»Ich werde dich nicht verraten!« Der Raum schluckte Julas Worte wie ein gigantischer Schwamm einen kleinen Wassertropfen schlucken würde.

Es war ihr vollkommen egal, ob Moritz gerade eine Halluzination war oder nicht. Ja, vermutlich bildete sie ihn sich nur ein, ihre Sinne verabschiedeten sich wohl allmählich von der Realität. Warum auch nicht? Die Realität hatte sich ja schließlich auch von ihren Sinnen verabschiedet. Jula hatte keine Ahnung, wie lange sie bereits in diesem akustischen Vakuum eingeschlossen war. Fünf Minuten, fünf Stunden? Sie hätte es nicht sagen können. Nur eins wusste sie noch immer ganz genau: »Ihr brecht mich nicht!«

»Warum hast du meinen Tod nicht einfach akzeptiert? Ich habe es dir doch so leicht gemacht, indem ich diese Vergewaltigung auf mich genommen habe. Du solltest mich hassen und du solltest umso leichter darüber hinwegkommen, dass ich tot bin. Und du hattest ja auch allen Grund, mich zu hassen. Alles, was dir widerfahren ist, ist passiert, weil ich die falschen Entscheidungen getroffen habe. Lass mich los, Jula! Und wenn es sein muss, dann verrate mich an diese Leute.«

Nein, das war nicht möglich! Moritz konnte nicht in dieser Kammer sein, irgendwo im absoluten Dunkel verborgen. Die hätten es doch bemerkt, wenn er reingekommen wäre, und überhaupt, warum sollte er das alles sagen?

»Aaaaahhhhh!!!« Jula schrie, so laut sie konnte, doch wieder erstarb die Stimme unreflektiert.

Es konnte doch nicht sein, dass das bloße Wegfallen von Licht und Echo dazu imstande waren, ihr innerhalb weniger Minuten vollkommen die Besinnung zu rauben?

»Du hast Hegel doch gesehen. Wie ein geprügelter Köter hat er in der Ecke gekauert. Wenn du nicht redest, dann redet er. Und was immer ich dir auch geschickt habe, an irgendeinem Räuspern oder Rascheln wird er meine Rätsel schon entschlüsseln können. Wie er es immer macht.«

»Ich kann nicht.« Jula wimmerte nur noch. »Die dürfen nicht gewinnen! Was, wenn ich denen zuvorkomme?«

»Wie meinst du das?« Moritz schien besorgt zu sein, jedenfalls so weit, wie eine Halluzination zu Besorgnis imstande war.

»Wenn ich rede, dann töten die uns beide. Keine Zeugen, das können die sich nicht erlauben. Aber wenn nur ich dein Versteck verraten kann, ist es logisch, wenigstens dich noch zu retten. Ich bringe mich um, dann sind diese Penner geliefert!«

»Hallo, Jula! Zuerst zum Beweis, dass diese Nachricht

aktuell ist: Gestern gab es in Berlin einen Angriff auf einen Senator. Er wurde mit einem grünen Farbbeutel beworfen und hat in der Tagesschau dazu gesagt: *Für den Scheiß, den wir da wieder mal verzapft haben, bin ich mit ein paar Farbklecksen noch ganz gut weggekommen!*«

Plötzlich klang Moritz' Stimme völlig anders. Es rauschte und sein Klang war nicht mehr weich und wohlwollend. Im Gegenteil, eine Reihe von Hintergrundgeräuschen mischte sich seinem Sprechen bei und machte es Jula schwer, ihn zu verstehen. *Moment mal! Es ist dieser Raum, der es mir schwer macht, ihn zu verstehen! Bis eben konnte ich ihn gut hören, weil er nur in meiner Einbildung zu mir gesprochen hat. Aber jetzt schluckt diese Folterkammer jedes Echo. Weil seine Worte echt sind! Diese Frau spielt mir gerade seine Sprachnachricht an mich vor!* Die Aufnahme lief weiter:

»Ich habe Matthias schon angekündigt, dass ich mich bei dir melden werde. Ich weiß, dass du ihm misstraust, aber dieses Mal musst du ihm glauben. Es stimmt alles, was er sagt! Mich jagen Killer, nicht nur die von Remus! Bis vor Kurzem war ich in einem Safehouse untergebracht, aber da bin ich abgehauen. Remus hat ein Kopfgeld von einer Million auf mich ausgesetzt, da vertraue ich auch meinen Sicherheitsleuten nicht mehr. Ich kann erst dann endgültig untertauchen, wenn meine Aussage gemacht ist. Ich werde meine Botschaft verschlüsseln, falls sie in die falschen Hände gerät! Also pass jetzt gut auf: Ich wohne in der Nähe der Bonbon-Frau! In dem Haus, das so aussieht wie die Strandpromenade von Ahlbeck! Meine Wohnung liegt da, wo auch die Wohnung von *Kambert* lag! Da tauchst du aber auf keinen Fall vor dem Prozess auf! Wir treffen uns am Tag nach meiner

Aussage! Uhrzeit: Zähle die Stoffteddys, die auf meinem Bett gesessen haben, als wir Kinder waren! Ort: Da, wo du immer *Wahnsinn* gesagt hast! Mach dir bitte keine Sorgen, es ist alles in bester Ordnung!« Die Aufnahme brach ab.

Und noch ehe Jula verarbeiten konnte, was sie soeben gehört hatte, wurde der Raum auch schon von Licht geflutet, das ihre Augen traf, als versuche es, diese auszustechen. Und in dem Moment, in dem die schwere Tresortür von außen aufgestoßen wurde, trafen auch wieder Schallreflexionen auf ihr Trommelfell. Obwohl Jula noch vom Licht geblendet war, erkannte sie, dass sich zwei Silhouetten durch die Tür in den Raum bewegten. Eine große, bullige und eine zierliche, elegante.

»Das waren fünfundvierzig Minuten! Viel länger hat diesen Raum bisher noch keiner ausgehalten.« Die Frau klang etwas weniger sachlich als sonst, es hatte sich etwas Triumphales in ihre Worte gemischt. »Beim nächsten Mal werde ich Ihren Aufenthalt in diesem Raum nicht von meiner Seite aus abbrechen, es wäre also klug von Ihnen, zu kooperieren.« Und während Jula erkannte, dass sich der Hüne zügig auf sie zubewegte, fügte die Frau noch hinzu: »Sie werden uns die kryptischen Worte Ihres Bruders jetzt in Klartext übersetzen. Ansonsten schließen wir Sie für eine volle Stunde hier ein, danach dann für anderthalb Stunden und so weiter. Bis Sie reden.«

KAPITEL 22

ELYAS

Alter, was ist das denn für eine Bruchbude? Da wohne ich ja bei meinem Vater in Neukölln besser, und das muss man erst mal schaffen!« Elyas drehte sich zu Gordon um, der gerade den Reißverschluss seiner Jacke hochzog, als befürchte er, jeden Moment Opfer eines Taschendiebstahls zu werden.

»Also, schön geht wirklich anders.« Gordon sah mit einem Gesichtsausdruck an der heruntergekommenen Hausfassade hoch, als habe diese ihn soeben persönlich beleidigt. »Aber das ist typisch für die Gleimstraße! Um den Gesundbrunnen herum ist sie ein sozialer Brennpunkt und fährt man sie dann einen halben Kilometer in Richtung Prenzlauer Berg rauf, dann kommen plötzlich die luxussanierten Altbauten und die schwäbischen Gentrifizierungs-Hipster mit ihren Kinderwagen für zweitausend Euro.«

Elyas zog sein Handy hervor und sah noch einmal auf den Chatverlauf mit Hadrian, den er von Julas Computermonitor abfotografiert hatte. Er vergewisserte sich, dass sie vor dem Gebäude standen, dessen Adresse Hadrian ihm gegeben hatte. Wenn auch nur unter der Bedingung, dass er dort nichts unternehmen würde, ohne sich vorher mit Paul abzusprechen. *Ja, ganz genau! Weil Paul so krass verlässlich ist und ich nur der kleine Dro-*

genticker aus Neukölln bin. Doch für persönliche Animositäten war jetzt keine Zeit. Elyas trat an das Gebäude heran. Die Fassade war vermutlich zuletzt in den Sechzigerjahren verputzt worden, und dies in einem unfreundlichen Beige, das ebenso gut ein Braun gewesen sein konnte, das mittlerweile verblasst war. Überall da, wo man ohne Hilfsmittel an die Fassade heranreichen konnte, war sie mit Graffiti bedeckt. Blickte man weiter an ihr nach oben, sah man von vielen Balkonen Fahnen unterschiedlicher Nationen herunterhängen. Vermutlich hatte einer der Bewohner irgendwann damit angefangen und seine Nachbarn damit zu einer Art patriotischer Gegenreaktion provoziert. Elyas kalkulierte, wie er vorgehen wollte. Fünf Stockwerke war das Gebäude hoch und auf jeder Ebene gab es mindestens vier Wohnungen. Hadrian hatte zwar den exakten Standort von Sanchez' Handy ermitteln können, nicht aber das Stockwerk, auf dem es sich befand. Elyas ging noch näher an das Gebäude heran.

»Siehst du hier irgendwo ein Moped von *Marvin's Pizzapalace* stehen?«

Elyas sah zu Gordon, der sich zögerlich und mit erkennbarer Unsicherheit bewegte, als könne jeden Augenblick ein Säbelzahntiger aus einem der ungepflegten Gebüsche hervorspringen und ihn in Stücke reißen.

»Nein, sorry.« Gordon verbarg die Hände in den Taschen. »Was hast du jetzt vor?«

Elyas prüfte die Namen auf den Klingelschildern, doch *Sanchez* war auf keinem davon zu lesen. Überhaupt, keiner der Namen klang in irgendeiner Weise spanisch oder südamerikanisch.

»Was soll ich schon vorhaben? Wir gehen da jetzt rein

und klingeln überall. So schwer kann der Typ ja nicht zu finden sein.«

»Und was machen wir, wenn wir ihn gefunden haben? Was, wenn dieser Sanchez doch zu Remus gehört? Wenn er wirklich was mit dem Überfall zu tun hat? Du hast doch gesehen, was die mit Zeugen anstellen.«

»Lass uns da mal logisch rangehen!« Elyas gab Gordon einen Wink, dass er näher kommen solle. »Warum hätte der Typ zu mir kommen sollen, wenn er in der Sache drinstecken würde? Remus wollte Jula und Hegel entführen und das haben sie leider auch geschafft. Was sollte dieser Typ dann also davon haben, uns noch den Videobeweis dafür zu zeigen?«

»Keine Ahnung. Vielleicht wollte er rausfinden, ob du was weißt.«

»Aber ich war doch bei der Entführung gar nicht dabei. Was hätte ich denn wissen sollen?«

Gordon musste nicht lange überlegen. »Die Entführer hätten sich ja bei dir gemeldet haben können. Mit Forderungen oder Drohungen, was weiß ich?«

»Hm, stimmt ...« Elyas ordnete seine Gedanken. »Aber hätten die mich angerufen und Forderungen gestellt, dann hätten sie safe gesagt, dass ich keinem Menschen etwas davon erzählen darf. Der Pizzatyp hätte nie im Leben davon ausgehen können, dass ich ausgerechnet einem Wildfremden irgendwas erzähle. Und er hat auch nicht mit einem Wort danach gefragt! Nein, der Typ hat ein anderes Geheimnis, und ich will wissen, welches.«

»Okay, das klingt schlüssig.« Gordon wirkte nachdenklich. »Heute holt ja jeder zweite Idiot sein Handy raus, wenn irgendwas vor seinen Augen passiert. Aber warum gab es keine Lieferung zum Landgericht? Hat der die Pizza schwarz geliefert?«

»Schwarzgeschäfte mit der Justiz?« Elyas lachte bitter auf. »Safe, Alter!«

Doch da trat Gordon auch schon mit überraschender Entschlossenheit an die Haustür und betätigte die Klingel einer der Wohnungen im Erdgeschoss. Es dauerte nicht lange, bis eine Frauenstimme durch die Gegensprechanlage tönte: »Ja?« Die Bewohnerin klang gleichermaßen planlos wie abweisend.

»Guten Tag!« Gordon klang nicht so falsch und lästig wie ein Verkäufer, aber auch nicht so verbindlich wie jemand, der auf Ärger sann. »Die Hausverwaltung hier, es geht um den Schimmel in den Wohnungen. Dürften wir wohl kurz mit Ihnen reden?«

Zunächst blieb es still, doch nach einigen Sekunden erklang die Stimme der Frau erneut: »Wurde ja auch mal Zeit, dass sich einer kümmert!«

Es surrte und Elyas konnte die Haustür aufstoßen. Er sah mit einer Mischung aus Zweifel und Anerkennung zu Gordon. Dieser zwinkerte ihm zu. »Es gibt *immer* ein Problem mit Schimmel!«

Und noch ehe Elyas etwas entgegnen konnte, trat Gordon auch schon festen Schrittes an ihm vorbei in den Hausflur.

KAPITEL 23

Ich sage dir, wie wir es machen.« Elyas fasste Gordon bei den Schultern und zog ihn leicht zu sich zurück. »Du redest mit der Schimmelfrau und versuchst rauszufinden, ob hier ein Spanier oder Latino im Haus wohnt. Kann ja sein, dass der Pizzatyp hier nur jemanden besucht. Ich gehe in der Zeit schon mal das Treppenhaus rauf, checke die Türschilder und horche mich ein bisschen um.«

Gordon nickte, wandte sich mit professionellem Lächeln ab und ging zu der Frau, die bereits vor ihrer Wohnungstür wartete. Elyas ging lässig und grußlos an den beiden vorbei zur Treppe. Kurz bevor er die erste Etage erreicht hatte, klingelte sein Handy. Er zog es hervor.

»Hallo, Paul, wir sind im Haus!« Elyas vernahm schweres Atmen am anderen Ende der Verbindung. »Alles klar bei dir?«

Es dauerte einen Moment, bis Paul mit kraftloser Stimme antwortete: »Ich bin aus der Klinik abgehauen, als die Pfleger abgelenkt waren. Wo seid ihr? Ich komme zu euch!«

»Dein Ernst? Du kannst doch safe kaum laufen!«

»Lass das mal meine Sorge sein.«

»Wenn du meinst. Also, wir sind gerade in das Haus rein, wo Hadrian das Handy geortet hat. Gleimstraße 7D. Und Alter, auf keinen Fall warte ich auf dich!«

»Bist du verrückt?« Pauls Keuchen wurde von trockenem Husten abgelöst. »Du machst nichts, bevor ich da bin! Du weißt doch gar nicht, was es mit dem Typen auf sich hat!«

Elyas verdrehte genervt die Augen. »Alter, nimm es mir bitte nicht übel, aber du hörst dich echt nicht so an, als ob du hier eine große Hilfe wärst. Was willst du denn machen, wenn der Typ abhauen will? Ihm eine Stolperfalle aus deinem Wundverband basteln? Sorry, aber ich bin in Neukölln aufgewachsen, ich kann ganz gut allein auf mich aufpassen. Glaub mir, ich hatte schon mit ganz anderen Leuten zu tun als mit einem dicken Pizzafahrer!«

Entschlossen beendete Elyas das Telefonat. Ganz im Ernst, wie sollte dieser Typ, der sogar zu dämlich war, einen vernünftigen Heiratsantrag zu machen, in seiner jetzigen Lage dazu beitragen, Jula zu retten? Sein guter Wille war ja da, zweifellos. Paul hatte sich eine Kugel gefangen und war frisch operiert und vermutlich unter heftigen Schmerzen aus der Klinik ausgebrochen, um Jula zu befreien. Aber bei aller Anerkennung, sein blinder Aktivismus mochte ihn ja ehren, Hilfe war von ihm jedoch nicht zu erwarten. Nein, keine Minute von Julas Zeit würde Elyas darauf verschwenden, zu warten, dass Paul sich hier blutend anschleppte und keuchend auf den Treppenstufen zusammenbrach.

Sekunden später betrat Elyas den Flur des ersten Stocks. Es roch ein bisschen so, als sei er in die Gewürzabteilung eines Kaufhauses getreten, nur dass man dort gewiss etwas gegen den penetranten Fettgeruch unternommen hätte, der vermutlich von einer Fritteuse herrührte. Der Boden war abgenutzt, aber sauber, es gab allerdings zahlreiche Brandlöcher von achtlos ausgetretenen Zigaretten. Den Anstrich der Wände kannte Elyas aus Neukölln, er schien Jahrzehnte vor seiner Geburt sehr populär gewesen zu sein. Auch wenn es dem Jungen nicht erklärlich war, inwiefern Silberflitter, die in eine kackbraune Farbe gemischt wurden, auch nur irgendetwas zur Behaglichkeit eines Hauses hätten beitragen können.

Er betrachtete die Türen im Flur. Hinter einer war orientalische Musik zu hören. Elyas kannte den Interpreten sogar, seine Mutter hatte ihn gemocht. *Bevor sie sich mit meinem Alten gezofft hat und nach Tunesien zurückgeflogen ist. Ohne mich, weil ich mich da ja gar nicht auskenne, die Sprache kaum kann und alle meine Freunde in Berlin sind. Danke für nichts, Mama!* Doch jetzt war nicht die Zeit für Selbstmitleid und so fokussierte sich Elyas wieder. Vor der Tür der Wohnung, aus der die Musik drang, standen zahlreiche Schuhpaare, und auch sonst erschien es dem Jungen eher unwahrscheinlich, dass er dort einen katholisch geprägten Südamerikaner antreffen würde. So arbeitete er sich weiter von Wohnungstür zu Wohnungstür, bis er schließlich den zweiten Stock erreicht hatte. Gleich die erste Tür weckte das Interesse des Jungen. Das Namensschild war mehrfach überklebt worden und was auch immer es bedeuten sollte, was auf dem obersten der Aufkleber stand, es machte nicht den Eindruck, als wolle der Bewohner erreichen, dass man es leicht entziffern konnte. Jetzt bemerkte Elyas, dass die Wohnungstür nur angelehnt war. *Das ist ja wie in einem Horrorfilm! Fehlt nur noch, dass eine Kinderstimme aus der Wohnung nach mir ruft.* Er schob das Türblatt vorsichtig einen Spaltbreit zurück und warf durch den dadurch entstandenen Spalt einen indiskreten Blick in den Wohnungsflur. Es waren keine Möbel zu sehen, der Flur war vollkommen nackt. Abgesehen von den paar leeren

Tüten einer Fast-Food-Kette und eines Kartons, dessen Inhalt Elyas nicht sehen konnte. *Wenn der Typ wirklich illegal in Deutschland ist, wird er sich hier wohl kaum mit Möbeln und Einbauküche einrichten. Vielleicht wohnt der hier sogar heimlich und der Eigentümer weiß gar nichts davon.*

»Hallo, ist da jemand? Ihre Tür steht offen!«

Es erfolgte keine Reaktion. *Scheiß drauf, ich riskiere es jetzt einfach!* Die Zeit drängte, Jula war in Gefahr und warum sollte die Tatsache, dass hier etwas merkwürdig schien, nicht ein Hinweis darauf sein, dass hier tatsächlich irgendwas merkwürdig war? Was hatte Jula einmal in ihrem Podcast gesagt? *Wenn etwas aussieht wie eine Kartoffel, riecht wie eine Kartoffel und schmeckt wie eine Kartoffel, dann wird es sehr wahrscheinlich auch eine Kartoffel sein!* Elyas zog sein Smartphone aus der Tasche und gab die Handynummer von Sanchez ein. *Also los!* Er wählte die Nummer und wartete einige Sekunden lang ab. Da, ein Handy begann zu klingeln, direkt in dieser seltsamen Wohnung! Elyas beendete den Anruf und schon endete auch das Klingeln hinter der offen stehenden Tür. Er wählte die Nummer erneut und auch das Klingeln aus der Wohnung setzte wieder ein. *Das ist er!*

»Hallo?« Elyas rief noch einmal. »Herr Sanchez?«

Das Handyklingeln dauerte an, doch keine Bewegung war hinter der Tür zu vernehmen. *Wer lässt denn bitte sein Handy in einer leeren Wohnung zurück und macht die Tür nicht hinter sich zu?* Elyas hielt inne und ein kalter Schauer lief ihm über den Rücken. Was, wenn er nicht der Einzige war, der Sanchez ausfindig gemacht hatte? Was, wenn die von Remus ihn beim Filmen bemerkt hatten und bereits vor Elyas hier gewesen waren? *Was, wenn in dieser Wohnung seine Leiche liegt? Aber, wenn die Killer von Remus ihn gesucht haben, dann ja nur, weil er sie gefilmt hat. Und warum sollten sie dann das Handy zurückgelassen haben?*

»Ich komme jetzt rein, keine Angst, ich bin kein Einbrecher! Hier ist Elyas, wir haben uns vorhin getroffen.«

Achtsam machte er einen Schritt nach dem anderen durch den Flur. Es roch nach verbranntem Backofenpapier, der Teppichboden war schmutzig und ungepflegt, und nicht nur, dass keine Möbel zu sehen waren, es hingen auch keine Bilder an den Wänden. Elyas näherte sich dem Klingeln, Schritt für Schritt. Anscheinend lag das Telefon in dem Nebenraum, der seiner Lage nach vermutlich das Wohnzimmer war. Der Junge blieb stehen und atmete tief durch. »Ich komme jetzt um die Ecke ins Zimmer, bitte nicht erschrecken! Ich habe keine Waffen und will Ihnen nichts tun. Alles klar?«

Noch einmal holte er tief Luft. *Es geht um Jula, ich habe keine Wahl. Ich* muss *herausfinden, warum dieser Typ an dem geheimen Treffpunkt war.* Mit dem Mut, der aus der Sorge um Jula geboren war, trat Elyas in das Wohnzimmer. *Was soll das denn bitte?* Inmitten des spärlichst eingerichteten Raumes mit der löcherigen Matratze und dem Stuhl, der ebenso vom Sperrmüll zu stammen schien wie der geflieste Couchtisch, zu dem es keine Couch gab, lag das Handy auf dem Fußboden. Elyas trat näher, bückte sich zu dem Telefon hinunter und sah auf das Display.

»Was zur Hölle?« Er riss die Augen auf.

Es war nicht, dass auf dem Display der Name des Anrufers mit *Elyas Messadi* angezeigt wurde. Elyas' vollständigen Namen konnte Sanchez vom Impressum seiner

Website her kennen. Es war das Foto, das zu dem Adressbucheintrag hinterlegt war. Es zeigte Elyas und Jula bei einem Treffen, das erst wenige Tage zurücklag. Offensichtlich heimlich fotografiert, vermutlich aus einem Auto heraus. *Wer ist dieser Typ?*

»Leg dich auf die Boden oder du bist tot!«

Elyas spürte, wie sich die Härchen auf den Unterarmen aufrichteten. Der Mann mit der vertrauten Stimme und dem südamerikanischen Akzent stand ganz offenkundig direkt hinter ihm im Türrahmen. Und während Elyas noch immer das klingelnde Handy mit dem unheimlichen Foto auf dem Display anstarrte, erklang eine weitere Stimme. Der Junge kannte auch diese nur allzu gut.

»Du tust lieber, was er sagt!«

Fuck, das ist Gordon!

KAPITEL 24

JULA

»Was machen wir denn jetzt?« Jula flüsterte, obwohl die Entführer den Raum verlassen hatten.

Sie war offenkundig nur aus der schalltoten Kabine gebracht worden, damit sie sich mit Hegel beraten konnte. Immerhin war den Entführern daran gelegen, die Fähigkeiten und das Wissen ihrer Geiseln zu bündeln, um Moritz zu finden. Doch dass Hegel ihr eine bedeutende Hilfe sein würde, schien Jula zum gegenwärtigen Zeitpunkt zweifelhaft. Er wirkte zwar etwas gefasster, doch von seiner alten Stärke und Erhabenheit konnte Jula nicht mehr viel erkennen.

»Die Sache ist eigentlich klar.« Hegel atmete etwas ruhiger, doch immer wieder fasste er sich mit missmutiger Miene an sein verletztes Ohr. »Die müssen um jeden Preis herausfinden, was Moritz Ihnen da in seiner Nachricht mitgeteilt hat. Und sicher ist auch, dass diese Frau das hier nicht beenden wird, bevor sie Moritz hat. Ich will Sie nicht beunruhigen, doch dass sie ihren bulligen Handlanger nicht dazu auffordert, die Wahrheit einfach aus Ihnen herauszuprügeln, liegt vermutlich nur daran, dass die nicht riskieren können, dass Sie dabei sterben. Nur Sie können diese Nachricht entschlüsseln, deswegen foltern die Sie ohne körperliche Gewalt. Das ist aber nicht so eine gute Nachricht, wie Sie jetzt möglicherweise denken.

Sie glauben vielleicht, dass Sie die Zeit in dieser Kammer schon irgendwie durchhalten können, wenn Sie es nur entschlossen genug versuchen. Aber glauben Sie mir, minus neun Dezibel können schlimmer sein als jede Daumenschraube!«

Jula sah misstrauisch zur Tür. Es regte sich nichts, doch diese Verbrecher hatten sich zweifellos nicht sehr weit entfernt. Kurz versetzte sie sich gedanklich in diese Kammer zurück, bevor sie das Gesicht verzog und Hegel voll Besorgnis in die Augen blickte.

»Ich bin da drinnen fast irre geworden!« Jula deutete auf die Tresortür.

Hegel legte eine Hand auf Julas Schulter. »Sehen Sie es ein: Sie werden diese Folter auf Dauer nicht aushalten! Und, um ganz ehrlich zu sein, auch ich werde dieser Folter nicht standhalten. Schon gar nicht mit meinem Tinnitus, der wird von dieser Kammer nämlich so sehr verstärkt, als ob mir jemand Schwerter ins Trommelfell rammt! Diese schalltoten Räume kann man nicht lange ertragen, das geht gar nicht. Es ist so: Auch wenn wir denken, uns in vollkommener Stille zu befinden, sind ja immer noch kleinere Schalldruckschwankungen und Echos vorhanden. Die nehmen wir zwar nicht immer bewusst wahr, aber unser Gehirn nutzt sie trotzdem zur Orientierung. Es ermittelt daraus die Raumgröße, wo oben und unten ist, wo sich etwas im Raum befindet oder welche Materialen und Dinge um uns herum sind. In schalltoten Kabinen sind alle diese Funktionen und Erfahrungen plötzlich ausgeschaltet. Sie haben das ja sicher schon beim Betreten gemerkt, es entsteht sofort ein unangenehmer Druck auf den Ohren.«

Jula nickte besorgt. »Das war, als wäre ich unter Wasser!«

»Guter Vergleich! Und das, obwohl das Druckgefühl in der Kammer ironischerweise gerade durch das Fehlen von Druck erzeugt wird. Das ist eine Art Phantomschmerz im Ohr. Und natürlich haben die auch noch das Licht ausgeschaltet. Ohne jegliche optische oder akustische Landmarke im Raum stellen sich sehr schnell Schwindel, Übelkeit und Desorientierung ein.«

Julas Herzschlag beschleunigte sich bei der bloßen Erinnerung. »Ich könnte wirklich nicht sagen, wie groß der Raum war.« Sie flüsterte noch immer. »Mal dachte ich, er ist winzig klein, dann kam er mir wieder riesengroß vor. Ich hätte auch nicht sagen können, wo oben und unten ist. Und dann diese akustischen Halluzinationen! Ich habe immer wieder irgendwas geredet, aber es kam einfach kein Echo von der eigenen Stimme zurück, das war wie in einem Albtraum.«

Hegel verzog das Gesicht und fasste sich an sein verletztes Ohr, bevor er sagte: »Dazu kommt noch, dass die natürlich die Lüftungsanlage ausschalten. Früher oder später kommt also noch eine CO_2-Überdosis mit allen Symptomen dazu: Unruhe, Atemnot, Verwirrtheit.« Hegel strich Jula mit der Handfläche übers Kinn. »Wir beide können das nicht auf Dauer aushalten. Wir haben einfach keine andere Wahl, als uns an die Analyse von Moritz' Nachricht zu machen. Bedenken Sie bitte: Moritz ist sehr schlau und sehr vorsichtig. Nur, weil die vielleicht rausfinden, wo er sich versteckt, haben sie ihn noch lange nicht gefasst.«

Ehe Jula darauf antworten konnte, wurde auch schon die Tür aufgestoßen und die Frau trat mit sicheren Schritten ein. »Und, wie sieht es aus? Erklären Sie uns Moritz' Rätsel sofort oder möchten Sie noch eine Weile lang Ruhe genießen?« Sie sah demonstrativ zur Tresortür.

Jula richtete sich auf. »Alles, was Moritz da zu mir sagt, bezieht sich auf irgendwelche Insider aus unserer Kindheit und Jugend. Ich weiß selbst nicht mehr so recht, was er mit diesen ganzen Formulierungen genau meint!«

»Gut, gut.« Die Frau hob die linke Hand und schnipste mit den Fingern.

Sofort trat der Hüne ein, der nach wie vor seine Maske über dem Kopf trug. Er strebte geradlinig, aber nicht eilig auf Jula zu.

»Was soll denn das jetzt werden?« Jula bemühte sich darum, ruhig zu klingen, doch ihr Puls beschleunigte sich zu schnell, als dass ihr dies gelingen konnte. »Glauben Sie, ich kann besser nachdenken, wenn ich in dieser Folterkammer sitze?«

Die Frau schüttelte den Kopf, wenn auch ohne besondere Entschlossenheit. »Ich denke, dass Sie sehr viel schneller nachdenken können, wenn ich Sie und Professor Hegel gemeinsam in diese Folterkammer setze!«

Jula und Hegel sahen einander an. Jula meinte, dass Hegel ihr zuzwinkerte, doch das mochte ihrer Einbildung entsprungen sein.

»Selbst, wenn ich diese Nachricht entschlüsseln kann …« Jula sah wieder zu der Frau. »Moritz wird von unserer Entführung Wind bekommen, früher oder später. Denken Sie wirklich, dass er dann brav in seinem Versteck bleibt und darauf wartet, dass Sie da auftauchen?«

»Ich bin bereit, es darauf ankommen zu lassen.«

KAPITEL 25

ELYAS

»Warum du mich hast gefunden?« Der Typ mit dem Bart, dem dicken Bauch und diesem lächerlichen Lieferboten-Outfit hielt Gordon von hinten mit dem linken Arm umklammert, während er ihm mit der rechten Hand eine Pistole gegen den Kopf presste.

»Alles okay, Alter!« Elyas legte das Handy wieder auf dem Boden ab und hob beide Hände mit ausgestreckten Fingern in die Luft. »Wir wollen keinen Ärger!«

Sein kurzer Blick in Gordons Augen erfüllte Elyas nicht gerade mit Zuversicht, dass dieser in absehbarer Zukunft einen Versuch unternehmen würde, sich aus der Umklammerung seines Geiselnehmers zu lösen.

»Hinlegen!« Sanchez umfasste Gordon noch etwas fester.

»Ist ja gut!« Elyas ging langsam auf die Knie, faltete die Hände im Nacken und legte sich auf den Bauch.

Er lag jetzt mit dem Gesicht auf dem Boden und konnte daher nicht sehen, was passierte. Er hörte jedoch, wie sich die beiden Männer ächzend bewegten und kurz darauf das Handyklingeln endete. Der Liefertyp war also offenbar mit Gordon im Griff zu seinem Telefon gegangen und hatte den Anruf weggedrückt.

»Warum ihr seid hier?« Sanchez klang noch immer nicht sanftmütiger, im Gegenteil.

»Ich will wissen, was du mit Julas Entführung zu tun hast.« Elyas spürte, wie seine Notlage ihm ungeahnten Mut einhauchte.

Einige Sekunden vergingen ohne Reaktion. Dann vernahm Elyas Geräusche, denen zufolge der Mann offenbar von Gordon abgelassen hatte. Rascheln, Schritte eines einzelnen Mannes, erleichtert klingendes Aufatmen. Dann sah Elyas aus dem Augenwinkel heraus, wie sich jemand neben ihn kniete und ihn abzutasten begann. Kurz darauf erhob sich der Mann wieder vom Boden und sagte: »Muy bien!« Das Knarzen des einzigen Stuhles im Raum war zu hören. »Aufstehen, Amigo.«

Elyas stützte sich mit den Händen ab und blickte zunächst nach links, wo er Gordon schwer atmend, aber anscheinend unverletzt auf eine der schmutzigen Matratzen niedersinken sah. Langsam erhob er sich, setzte sich auf den Fußboden und drehte sich zu dem Kerl um, der ganz offensichtlich sehr viel mehr als nur irgendein Liefertyp war.

»Wer bist du?« Elyas sah den Mann mit der Pistole in der Hand ratlos an. »Woher hast du das Foto von Jula und mir?«

Der Mann nickte beifällig. »Du sehr gut! Hast mich gefunden muy rápido! Wie?«

Elyas warf einen Blick zu Gordon, der damit beschäftigt war, seinen Körper nach nicht vorhandenen Verletzungen abzutasten.

»Es geht um Jula, da schaffe ich ziemlich viel! Also, dieser Überfall heute, warum warst du da?«

Etwas veränderte sich in der Mimik des Mannes. Seine Körperhaltung verspannte sich und er umfasste die Pistole in seiner Hand noch etwas fester.

»Du lieber nicht das fragen!« Er richtete den Lauf seiner Waffe direkt auf Elyas. »Warum du hier? Wer dir gesagt, du sollen mich suchen?«

»Denkst du, ich habe noch nie in den Lauf einer Waffe gesehen?« Elyas hätte sich selbst nicht erklären können, woher er seinen trotzigen Mut nahm. »Du kannst mich gern umlegen, aber Jula bekommst du nicht!«

Es war nicht zu übersehen, dass der Mann nicht gerade begeistert von dieser Antwort war. Er spannte den Hahn und schloss ein Auge, um zu zielen.

»Warum du denkst, ich wollen Jula? Jula no me interesa!«

Elyas dachte kurz nach. »Aber wen willst du dann? Etwa Hegel?«

Sanchez lachte etwas zu laut auf und senkte die Waffe ein wenig. »Chico, Hegel und Jula sind gewesen direkt vor mir! Wenn ich will Hegel – ich habe Hegel!«

»Wer waren die Leute, die meinen Mann erschossen haben?« Gordons Stimme schien den Raum wie ein Schwert zu durchschneiden. »Gehörst du zu denen?«

Elyas wendete sich zu seinem Begleiter um und warf ihm dabei einen Blick zu, der dessen Leben beendet hätte, wäre er nur dazu in der Lage gewesen. *Was zur Hölle soll diese Scheiße denn jetzt? Halt doch einfach die Fresse, du Idiot!*

»Chico maldito! Was ist deine Problem?« Der Liefertyp sprang von seinem Stuhl auf, ging festen Schrittes auf Gordon zu und presste ihm den Lauf seiner Waffe direkt auf die Stirn.

»Er hat nichts mit dieser Sache zu tun!« Elyas schrie beinahe.

Sanchez sah schnaubend zu dem Jungen und brüllte:

»Wenn diese Chico ist egal, dann ich kann töten diese Chico!«

Elyas schlug das Herz so schnell, als wolle es jeden Augenblick explodieren. »Wenn es dir nicht um Hegel und Jula geht, was willst du dann?«

Er hat noch nicht sicher entschieden, dass er uns umlegen will. Sonst müsste er nicht überlegen.

»Ich hier bin wegen Auftrag.« Seine Miene hellte sich leicht auf, wenn sie auch noch lange nicht freundlich wirkte. »Ich such Moritz Ansorge. Du kannst mir helfen!«

»Aber warum …« Elyas brach ab, als er sah, wie Sanchez seine Waffe wieder auf Gordon richtete.

»Diese Chico mir nicht kann helfen!«

Und noch bevor Elyas darüber entscheiden konnte, was er jetzt tun sollte, vernahm er eine Stimme vom Flur der Wohnung her: »Was soll das denn hier werden?«

Elyas folgte Sanchez' Blick und drehte sich um. »Paul? Wie kommst du denn so schnell hierher?«

Dann brach der Kampf los.

KAPITEL 26

Gordon hatte den Augenblick genutzt, in dem Sanchez seinen Blick von ihm gewendet hatte. Blitzschnell war er aufgesprungen, hatte nach der Waffe gegriffen, Sanchez' Arm verdreht und ihm mit dem Knie einen heftigen Stoß gegen die Rippen verpasst. Die Pistole fiel zu Boden und es gelang Gordon, sie mit dem Fuß in eine Ecke des Raumes zu treten, in der Sanchez sie nicht kampflos erreichen konnte. Auch Elyas hatte nicht gezögert. Er war aufgesprungen, um Gordon zu Hilfe zu eilen. Doch Sanchez ließ sich nicht einfach so zu Boden ringen. Mit Reflexen, die angesichts seiner Statur und seines gesamten Erscheinungsbilds eher nicht zu erwarten gewesen waren, erwehrte er sich der beiden jungen Männer. Mit gekonnten Griffen und Täuschungsmanövern hielt er sie in Schach, parierte ihre Schläge und duckte sich ab. So lange, bis es ihm gelungen war, sich dem Gerangel zu entwinden. Er packte den schmächtigen Elyas mit sicherem Griff und schleuderte ihn kraftvoll auf die Matratze, bevor er sich Gordon zuwandte, der sich erneut in Kampfposition gebracht hatte. Auge in Auge standen die beiden einander jetzt gegenüber, schwer atmend und allem Anschein nach zu allem entschlossen.

»Was willst du von Jula, du dreckiger Hurensohn?« Paul, der dem Geschehen machtlos folgte, fauchte regelrecht.

»Jula egal! Wer bist du?« Sanchez wendete seinen Blick

kurz von Gordon, der sich auf einen Kampf um sein Leben einzustellen schien.

»Ich bin Paul! Der Typ, der dich in deine Einzelteile zerlegt, wenn du nicht sofort sagst, was du über Julas Entführung weißt und was du damit zu tun hast!«

Elyas folgte dem Geschehen schwer atmend und noch immer auf dem Boden kauernd. Sein Blick ging dabei immer wieder zu der Pistole, die er aber nicht würde erreichen können, ohne an Sanchez vorbeizumüssen. Erst wenn dieser seinen Kampf gegen Gordon begann, könnte er Gelegenheit dazu bekommen. Aber noch blieb Sanchez regungslos. Abgesehen davon, dass er einen weiteren kurzen Blick zu Paul warf, der abgekämpft, blass und mit blutender Wunde am Bauch gegen den Türrahmen gelehnt war.

»Du nicht siehst aus wie großes Gefahr! Du haben überlebt eine Kugel. Du denken du auch überleben zwei Kugel?«

Elyas' und Gordons Blicke trafen aufeinander.

»Greif ihn an!« Elyas schrie regelrecht.

Gordon sprang ansatzlos auf Sanchez zu. Elyas nutzte dies, um seinerseits aufzuspringen und zu der Pistole zu laufen. Gerade, als er sie erreicht hatte, spürte er einen Aufprall auf seinem Rücken, der ihm vorkam, als habe ihn ein Elefant aus vollem Lauf gerammt. Allem Anschein nach war es Sanchez gelungen, Gordon so zu fassen zu kriegen, dass er ihn wie ein Wurfgeschoss gegen Elyas hatte schleudern können. Der Junge prallte gegen einen der Kartons, die überall herumstanden, wobei dieser brach und seinen Inhalt über den Boden verteilte. Noch bevor Elyas seine Lage neu ordnen konnte, sah er auch schon, wie Sanchez sich die Waffe griff.

»Alle ruhig!« Es war erstaunlich, wie wenig Sanchez schnaubte, offenbar war er in überraschend guter Kondition. »Wenn ihr nicht alle sein wollt tot, dann alle bleiben, wo sind!«

Er richtete seine Waffe wieder gegen Gordon, der noch immer auf dem Rücken lag und sich mit schmerzverzerrtem Gesicht wand.

»Du mitkommen!« Er richtete seinen Blick zunächst auf Paul, danach auf Elyas. »Ihr uns nicht folgen, sonst alle sind tot!«

Elyas sah zu Paul hinüber. Es war offensichtlich, dass dieser in beklagenswerter Verfassung war und einer körperlichen Auseinandersetzung mit Sanchez keine Sekunde lang würde standhalten können.

Elyas wandte sich an Gordon. »Was machen wir jetzt?«

Der schloss kurz die Augen, bevor er entgegnete: »Schon okay, ich gehe mit. Dieser Tag ist so beschissen, mir ist jetzt auch schon alles egal.«

Ehe noch jemand etwas sagen konnte, hatte Sanchez auch schon Gordons Kragen gepackt und ihn daran hochgezogen. Sanchez sah zu Paul, der noch immer gegen den Türrahmen gelehnt war.

»Aus die Weg!« Er herrschte Paul nicht an, im Gegenteil, Sanchez klang eher ruhig und sachlich.

Paul folgte der Anweisung mit zornerfüllter Miene, indem er die Füße schwerfällig zwei Schritte in den Flur zurücksetzte.

»Keiner mir folgen! Dann vielleicht diese Chico leben!«

Damit packte er Gordon, dem er seine Waffe gegen den Kopf presste, und beide setzten sich in Bewegung. Sekunden später fiel die Wohnungstür ins Schloss, Elyas und Paul blieben allein zurück.

»Du musst ihn verfolgen!« Paul keuchte und schien kaum noch Herr seiner Sinne zu sein. »So, wie er aussieht, wird dieser Gordon den Kerl wohl nicht allein packen! Und ich bin echt nicht dazu in der Lage …«

»Alter, wie soll ich die denn bitte verfolgen? Die haben einen BMW mit über dreihundert PS! Soll ich denen auf einem E-Scooter hinterherfahren?«

Elyas sah zur Wohnungstür und kalkulierte. Weit konnten die beiden nicht sein, doch ihnen jetzt kopflos und unbewaffnet nachzulaufen, konnte er unmöglich riskieren. Elyas stürmte zum Fenster, um zu sehen, ob die beiden das Haus bereits verlassen hatten, doch er rutschte auf dem Inhalt des Kartons aus, der beim Kampf mit Sanchez kaputtgegangen war. Der Junge stürzte der Länge nach auf den Boden. Unter Fluchen rappelte er sich wieder auf und trat vorsichtig und geduckt ans Fenster. Tatsächlich konnte er sehen, wie Sanchez und Gordon aus dem Haus kamen. Sanchez sagte etwas zu Gordon, woraufhin dieser eifrig nickte. Dann richtete der Killer seine Waffe auf seine Geisel, die daraufhin so schnell davonlief, dass sie innerhalb weniger Sekunden aus Elyas' Blickfeld verschwunden war. *Gott sei Dank!* Sanchez hingegen stieg in Gordons BMW und fuhr ohne besondere Hektik davon. Elyas drehte sich zu Paul um, der schwer atmend auf den Boden gesunken war.

»Okay, er hat Gordon freigelassen!«

»Wenigstens etwas.« Paul atmete tief durch und wischte sich mit bloßer Hand den Schweiß von der Stirn. »Aber was machen wir jetzt?«

Elyas wollte gerade zu Paul hinübergehen, als sein Blick auf einen der Gegenstände aus dem zerbrochenen Karton fiel, die vor ihm auf dem Fußboden ausgebreitet lagen. *Die Handschrift kenne ich doch!* Er ging auf die Knie, griff nach dem Briefumschlag und betrachtete ihn genauer.

»Alter, was ist das denn?« Elyas las vor, was auf dem Kuvert stand: *»Jula Ansorge, nach meinem Tod zu öffnen.«*

Er riss den Umschlag auf und ging zügig damit zu Paul hinüber.

»Was hast du da?« Paul sammelte offensichtlich mit dem Mut der Verzweiflung seine letzten Kräfte zusammen.

»Warte mal kurz!«

Elyas überflog die Zeilen und mit jedem Satz, den er las, zeichnete sich größere Fassungslosigkeit in seinem Gesicht ab. Das konnte doch alles gar nicht sein. Aber andererseits, das hier war eindeutig Julas Handschrift. Elyas las vor:

»Ich bin schuld am Tod meines Bruders. Ich bin schuld daran, dass ein Verbrecher freigesprochen wurde.

Ich bitte alle Menschen, denen ich etwas bedeute, um Verzeihung! Falls es da überhaupt noch irgendeinen geben sollte. Aber weder werde ich die Konsequenzen meines Verhaltens noch länger ertragen, noch werde ich es dazu kommen lassen, durch meine Fehlentscheidungen weiteres Unheil über andere zu bringen.

Ich werde heute freiwillig aus dem Leben scheiden, und zwar in der festen Überzeugung, damit die einzige Entscheidung meines unseligen Lebens zu treffen, die mehr Nutzen als Schaden über diejenigen bringen wird, die ich liebe.

Bitte verzeiht mir. Alles!

Jula.«

Er sah Paul ratlos an. »Was läuft hier bitte für eine kranke Scheiße?«

Pauls Blick, ohnehin schon nicht von besonderer Zuversicht geprägt, wurde trüber. »Das muss eine Fälschung sein! Oder Jula wurde gezwungen, das zu schreiben. Aber in beiden Fällen bedeutet das …«

»… dass dieser Typ Jula umbringen und es wie Selbstmord aussehen lassen will! Paul, das ist ein Killer! Der will Moritz umlegen und es Jula anhängen! Oder was weiß ich, was er vorhat. Was machen wir denn jetzt? Der Typ ist weg, und er wird hier sicher nicht so schnell wieder auftauchen.«

Paul schloss für einen Moment die Augen. »Ich habe da gerade einen sehr starken Motor vor dem Haus aufheulen gehört. Womit ist Sanchez denn weggefahren?«

»Mit Gordons Karre!«

Paul nickte nachdenklich. »Hat der Wagen ein Navi?«

»Klar, die Karre hat alles!«

»Das ist gut! Über das Navi kann Hadrian vielleicht rausfinden, wo der Kerl hinfährt.«

Elyas riss die Augen auf. »Du bist genial! Vielleicht führt der uns sogar direkt zu Jula! Komm schon, aufstehen! Wir müssen sofort los!«

Paul atmete tief aus und sah Elyas mit einem Blick an, der nicht gerade von Aufbruchsstimmung zeugte. »Ich kann nicht mitkommen. Ich bin total fertig, ich klappe gleich zusammen. Du musst das allein machen, ich kann dir höchstens am Telefon mit meinem Rat beistehen.« Er griff nach Elyas' Hand und zog ihn zu sich heran. »Es sieht so aus, als wärest du der Einzige, der Jula jetzt noch retten kann. Also versaue es bitte nicht.«

KAPITEL 27

JULA

Hallo, Jula! Zuerst zum Beweis, dass diese Nachricht aktuell ist: Gestern gab es in Berlin einen Angriff auf einen Senator. Er wurde mit einem grünen Farbbeutel beworfen und hat in der Tagesschau dazu gesagt: Für den Scheiß, den wir da wieder mal verzapft haben, bin ich mit ein paar Farbklecksen noch ganz gut weggekommen!«

Zumindest brannte jetzt Licht in dem schalltoten Raum, sodass Jula und Hegel sich wenigstens über ihren Sehsinn im Raum orientieren konnten. Über den Gleichgewichtssinn im Ohr war ihnen dies aufgrund des Fehlens jeglichen Widerhalls aber nach wie vor unmöglich. Und so ließ der Raum auch nur die über Lautsprecher von außen eingespielte Originalschallquelle von Moritz' Sprachnachricht zu, aber keinerlei Echo. Somit wären weder Jula noch Hegel dazu in der Lage gewesen, die Schallquelle zu orten. Doch darauf kam es auch nicht an. Jula hob die Hand, sodass die Frau es durch die Überwachungskamera über der Eingangstür sehen konnte. Die Wiedergabe stoppte.

»Okay, dahinter versteckt sich definitiv keine versteckte Botschaft.« Jula sprach, als versuche sie dieser Frau mit jedem einzelnen ihrer Worte ins Gesicht zu schlagen. »Moritz wollte mir nur beweisen, dass es eine aktuelle Aufnahme ist. Den Teil können Sie überspringen.«

Kommentarlos wurde die Wiedergabe fortgesetzt.

»Ich habe Matthias schon angekündigt, dass ich mich bei dir melden werde. Ich weiß, dass du ihm misstraust, aber dieses Mal musst du ihm bitte glauben. Es stimmt alles, was er sagt. Mich jagen Killer, nicht nur die von Remus! Bis vor Kurzem war ich in einem Safehouse untergebracht, aber da bin ich abgehauen. Remus hat ein Kopfgeld von einer Million auf mich ausgesetzt, da vertraue ich auch meinen Sicherheitsleuten nicht mehr. Ich kann erst dann endgültig untertauchen, wenn meine Aussage gemacht ist.«

Wieder hob Jula die Hand und die Wiedergabe stoppte erneut. Sie sah zu Hegel, der missmutigen Blickes und offensichtlich an der Grenze seiner körperlichen Belastbarkeit neben ihr auf dem Boden kauerte. *Lange hält der das nicht mehr aus, und ich auch nicht.* Der Druck auf Julas Ohren schien mit jedem Schlag ihres Herzens zuzunehmen, doch weit mehr als die Wirkung dieses furchtbaren Raumes und der beklagenswerte Anblick des einst so starken, selbstsicheren Hegel quälten Jula die Worte ihres Bruders.

»Ihre Bosse vertrauen Ihnen wohl nicht, was?« Sie sah direkt in die Kamera. »Bekommen Sie Ihre Belohnung nicht, wenn jemand vor Ihnen meinen Bruder tötet? Wie läuft das denn eigentlich so bei Remus, sind Versager da gern gesehen?«

»Das bringt doch jetzt nichts.« Hegel griff kraftlos nach Julas Hand, diese zog sie weg.

»Na los, kommen Sie schon zu seiner eigentlichen Nachricht! Sie finden Moritz sowieso nicht, völlig egal, was ich Ihnen erzähle.«

Wie weit hatten diese Leute Jula getrieben? Was zur

Hölle tat sie da eigentlich? Sie stand, wie auf einem Trampolin wippend, auf dem weichen, federnden Boden dieser bedrückenden Kammer. Neben ihr hockend Matthias Hegel, den sie noch wenige Stunden zuvor zum Teufel gewünscht hatte und der eben diese Reise, wenn man es so wollte, kurz darauf tatsächlich hatte antreten müssen. Nur, dass Jula gern darauf verzichtet hätte, ihn auf diesem Trip zu begleiten. Und ja, sie würde kooperieren müssen, so oder so, früher oder später. *Die werden uns weder töten noch freilassen, bevor sie überprüft haben, ob ich ihnen hier Mist oder die Wahrheit erzähle. Ich kann also höchstens Zeit schinden, aber davon haben die leider mehr als ich. Okay, also erst mal vorsichtig mitmachen. Kommt Zeit, kommt Rat*. Die Aufzeichnung wurde fortgesetzt:

»Ich werde meine Botschaft verschlüsseln, falls sie in die falschen Hände gerät! Also pass jetzt gut auf: Ich wohne in der Nähe der Bonbon-Frau! In dem Haus, das so aussieht wie die Strandpromenade von Ahlbeck! Meine Wohnung liegt da, wo auch die Wohnung von Kambert lag! Da tauchst du aber auf keinen Fall vor dem Prozess auf!«

Jula hob erneut die Hand, um die Wiedergabe zu unterbrechen. Sie sah Hegel an, in dessen Augen etwas lag, das sie noch nie zuvor in seinem Gesicht gesehen hatte: Ratlosigkeit. Der Druck auf ihre Ohren schien sich von Sekunde zu Sekunde zu verstärken, und wenn auch noch ausreichend Sauerstoff in der Kammer sein musste, hatte Jula doch das Gefühl, immer schwerer Luft zu bekommen. Fast so, als vermöge es die absolute Stille auch, ihr die Kehle abzuschnüren. Wenn sie nicht bald damit beginnen würde, denen irgendwelche Ergebnisse zu liefern, würde diese Hexe das Martyrium vermutlich noch verstärken. Und Jula war nicht begierig darauf, herauszufinden, wie.

»Ich weiß, wen er mit *Kambert* meint.« Jula sah in die Kamera. »Moritz und ich haben als Schüler mal in einer Berliner Schnapsfabrik gearbeitet, ein Ferienjob. Wir haben Kartons gepackt und auf Paletten verladen. Da kam mittags immer ein Typ in die Halle, der belegte Brötchen verkauft hat. Moritz und ich haben uns über ihn lustig gemacht, weil er so stark berlinert hat. Einige der Lebensmittel, die er verkauft hat, konnte er nicht richtig aussprechen. Wir haben ihn dann absichtlich alles erklären lassen, was auf seinen Brötchen lag, weil wir hören wollten, wie er es nennt. Am witzigsten war, wie er *Camembert* ausgesprochen hat: *Kambert!* Das wurde dann bei uns sein Spitzname.«

Etwas wie ein Knacken in den Lautsprechern war zu vernehmen, wenn es auch sofort verklang. Dann ertönte die Stimme der Frau aus den Boxen: »Was für eine heitere Anekdote! Und möchten Sie mir auch mitteilen, wo die Wohnung dieses Brötchenverkäufers gelegen hat?«

Jula sah zu Hegel, der immer abwesender wirkte und allem Anschein nach von dem Pfeifen in seinem rechten Ohr gepeinigt wurde. Immerhin, zur Entschlüsselung dieser Botschaft konnte er trotz seines Genies sowieso nichts beitragen.

»Moritz und ich waren einmal bei *Kambert* an der Wohnungstür. Er hatte sein Handy auf dem Schreibtisch unseres Chefs liegen lassen und der hat uns gebeten, es ihm zu bringen. *Kambert* war schon etwas älter und in der Fabrik kannte den jeder. Wir haben ihn zu Hause auf dem Festnetz angerufen, um ihn zu fragen, wo er wohnt.

Seine Antwort war: *Dit is janz einfach zu merken, Kinders: zweiter Stock, erste rechts – besser wie zwei Stöcker im Arsch und ein Rechter als Nachbar!* Diese Eselsbrücke war *so* bescheuert, dass Moritz und ich sie nie mehr vergessen haben.«

Es blieb eine Weile still. So still, dass Jula sich setzen musste, um nicht unter dem Einfluss der quälenden Orientierungslosigkeit ins Taumeln zu geraten. Dann erklang die Stimme der Frau: »Herzlichen Glückwunsch! Die Wohnung Ihres Bruders liegt also im zweiten Stock, erste Tür rechts. Damit fallen ja schon mal ein paar Millionen Objekte aus unserer Suche raus. Möchten Sie uns vielleicht auch mit der Erinnerung bereichern, was es mit der *Bonbon-Frau* auf sich hat?«

Jula zuckte mit den Schultern. »Ich habe keine Ahnung!«

Hegel schlug sich die Hände vors Gesicht und stöhnte laut auf. Dann sah er Jula an, als wolle er sie anflehen, dieser Frau doch bitte irgendetwas zu sagen, das zumindest eine Pause vom Aufenthalt in dieser Kammer verhandelbar machen würde. Doch noch bevor Jula reagieren konnte, meldete sich die Entführerin zu Wort: »Dann gebe ich Ihnen und Professor Hegel jetzt eine halbe Stunde Zeit, damit Sie in Ruhe nachdenken können.«

Das Licht in der Kammer erlosch und mit ihm verschwanden jede räumliche Orientierung und der Blickkontakt zwischen Jula und Hegel.

»Stopp!« Hegel schrie, als wolle er zusammen mit seinen Worten auch seine Schmerzen aus sich herausbrüllen.

Es dauerte nicht lange, bis die Frau sich wieder meldete. »Möchten Sie uns etwas sagen, Herr Professor?«

Jula konnte Hegel nicht mehr sehen und es war unmöglich auszumachen, wo im Raum er sich befand. Doch seine Worte vernahm sie dennoch in aller Deutlichkeit: »Frau Ansorge wird ihren Bruder nicht einfach so verraten! Glauben Sie es mir, ich kenne sie lange genug. Ich glaube aber, dass ich Moritz' Nachrichten möglicherweise mithilfe der Umgebungsgeräusche entschlüsseln kann. Dafür benötige ich Computersoftware und ich muss aus diesem schalltoten Raum raus. Und ich brauche noch etwas!«

Jula konnte nicht einschätzen, wie viel Zeit zwischen Hegels Worten und der Antwort der Frau vergangen war. Zwei Sekunden oder zwei Minuten, sie wusste es einfach nicht. Die Worte hingegen vernahm sie klar und deutlich: »Was brauchen Sie noch?«

Hegel atmete tief durch, bevor er antwortete: »Ihr Kollege hat mein Trommelfell beschädigt. Deswegen brauche ich für meine Analyse die Hilfe von Frau Ansorge. Sie muss mein zweites Ohr sein.«

KAPITEL 28

ELYAS

»Bringen Sie ihn bitte schnell ins Krankenhaus!« Elyas sah den Taxifahrer eindringlich an, bevor er sich wieder an Paul richtete, der sich mit letzten Kräften aus dem Haus in den Wagen geschleppt hatte. »Was soll ich jetzt machen?«

»Hast du eine Verbindung zu Hadrian?« Paul atmete schwer, schloss kurz die Augen und presste die Hände auf den blutgetränkten Verband um seine Hüfte.

»Ja, er hat mir eine Mailadresse gegeben, über die ich ihm schreiben kann!«

»Wat is'n da los?«, klang ein harscher Ruf vom Haus her zu dem Taxi herüber, das auf dem Bordstein unmittelbar vor dem Gebäude stand.

Offenbar war der Tumult im Haus doch aufgefallen, sodass sich die ersten Bewohner auf den Balkonen ihrer Wohnungen zeigten. Elyas sah kurz zum Gebäude, bevor er sich wieder Paul zuwandte, der offensichtlich nicht mehr lange auf Behandlung warten konnte.

»Meinst du, der kann den BMW echt orten?«

»Schreib ihm einfach! Wenn Hadrian das nicht kann, dann kann es keiner. Und beeil dich, dieser Sanchez ist vielleicht schon auf dem Weg zu Jula.«

»Ich hatte ehrlich gesagt nicht den Eindruck, dass er weiß, wo sie steckt.«

»Er ist im Moment unsere einzige Spur, also mach es einfach! Wir haben keine Ahnung, was der Typ alles weiß und mit wem er in Kontakt steht. Aber er hatte diesen Abschiedsbrief von Jula, warum auch immer. Er darf sie auf keinen Fall vor uns finden!«

Ja, dieser Abschiedsbrief verhieß wirklich nichts Gutes. Elyas hatte den Karton noch auf weitere Hinweise untersucht, doch alles andere darin war belangloser Papierkram ohne Bezug zu Jula oder Moritz gewesen. Der Junge blickte auf Pauls Wunde. Nicht dass diese den Wagensitz tränkte – nach einem harmlosen Kratzer sah der Blutfleck auf dem Verband dennoch nicht gerade aus.

»Vor *uns*? Alter, nicht böse gemeint, aber ich schätze, du bist raus aus dem Spiel! Also, wie gehe ich vor?«

Paul sah Elyas sorgenvoll an. »Wenn es gar nicht anders geht, dann ruf die Polizei.«

Elyas vernahm, dass weitere Rufe vom Haus her zu ihnen hinüberschallten. Ein beständig größer werdendes Klangmeer aus Kommentaren, Fragen, Vorhaltungen und allgemeinen Unmutsverlautbarungen. Bestimmt richteten bereits die ersten Anwohner ihre Handykameras auf das Geschehen, und wenn es irgendetwas gab, das Elyas jetzt nicht gebrauchen konnte, dann war es Öffentlichkeit.

»Die Bullen rufe ich nur, wenn nichts anderes mehr geht!«

Der Taxifahrer drehte sich zu Paul und Elyas um. »Leute, ich will euch ja in eurer kleinen Crimestory nicht unterbrechen, aber geht's jetzt bald mal los?« Er tippte auf den Taxameter.

»Ja, fahren Sie mich bitte ins nächstgelegene Krankenhaus!« Ein letztes Mal wandte sich Paul an Elyas. »Du informierst mich über alles, was du rausfindest, ist das klar? Ich muss immer wissen, wo du bist und was du tust! Sonst kann ich dir im Notfall keine Hilfe schicken.«

»Geht klar.«

Elyas schlug die Wagentür zu und gleich darauf setzte sich das Taxi in Bewegung. Er atmete tief durch, drehte sich zum Haus um und sah zu den Bewohnern, die immer zahlreicher auf ihre Balkone traten, als befänden sie sich auf einer Freiluftveranstaltung. So verbindlich, wie er nur konnte, rief er: »Ist alles geklärt! Der Schimmel kommt weg!«

Damit wandte er sich ab, verließ das Grundstück und sandte eine Nachricht an Hadrian.

→ MEGA KATASTROPHE! BRAUCHE SOFORT HILFE!

Zunächst erhielt er keine Reaktion, doch Elyas musste ohnehin zuerst noch jemand anderen auf den Plan rufen. Und er hoffte inständig, dass dieser zwischenzeitlich aus der Therme Neuruppin zurückgekommen war.

KAPITEL 29

HEGEL

Das soll ja wohl ein Scherz sein!« Die Frau verzog keine Miene. »Frau Ansorge weigert sich hartnäckig, uns Informationen zu geben, und jetzt glauben Sie, dass sie Ihnen bei der technischen Analyse dieser Nachrichten hilft? Und warum brauchen Sie überhaupt Hilfe?«

Hegel deutete auf sein rechtes Ohr. »Todesrauschen!«

»Bitte?«

»So nenne ich das Geräusch, das ich höre, seit Ihr Kollege seine Waffe an meinem Ohr abgefeuert hat.«

Die Frau winkte ab. »Wenn Ihr Ohr so beschädigt ist, dass Sie nicht richtig hören können, dann werde *ich* Ihnen assistieren!«

Sie hatte zunächst nur Hegel aus der schalltoten Kammer gelassen, Jula war noch darin verblieben.

»Sie können natürlich genauso gut hören wie Jula. Aber Sie wissen nicht, was die verschlüsselten Botschaften bedeuten! Und ohne dieses Wissen nützen Ihnen auch die Hintergrundgeräusche nichts.«

»Reden Sie weiter.« Die Frau sah Hegel an, als sei er ihr Schüler.

»Ich kenne Jula. Natürlich wird sie sich weigern, mir zu helfen. Aber ich schätze, Sie müssen Ihre Strategie ändern.« Hegel klang, als sei er der wohlmeinende Freund der Frau.

»Sie erteilen mir Ratschläge?«

Hegel nickte leicht und hob wie zur Abwehr die Hände. »Ich weiß, dass Sie unter Druck stehen. Sie brauchen Julas Wissen, aber dafür muss sie leben und darf nicht so schwer verletzt sein, dass sie nicht mehr klar denken kann. Sie stecken in einer schwierigen Lage und das könnte mir eigentlich vollkommen egal sein. Wenn ich nicht ebenfalls in dieser Lage stecken würde. Ich kann Ihnen helfen, aber nur, wenn Sie mir vertrauen. Bedenken Sie: Ich habe mit dieser Sache hier nichts zu tun und ich möchte um jeden Preis meine Tochter schützen, vielleicht sogar wiedersehen.«

Die Frau schwieg für einige Sekunden, ließ jedoch ihre Blicke umso deutlicher sprechen.

»Also gut«, sagte sie schließlich. »Was ist Ihr Vorschlag?«

»Jula Ansorge ist eine kluge Frau, aber sie ist auch sehr emotional. Das macht sie berechenbar. Sie wird natürlich versuchen, meine Analyse zu sabotieren. Aber sie wird es sich eben auch anmerken lassen, wenn sie mich belügt. Geben Sie mir eine Chance, das auf meine Weise zu versuchen. Mit Ihnen wird sie niemals reden. Mit mir vielleicht.«

Die Frau sah nachdenklich zu der Tür, hinter der sich Jula noch immer in der schalltoten Kammer befand.

»Also gut, Sie bekommen eine Stunde, um mir den Aufenthaltsort von Moritz zu nennen.«

»Aber da ist noch was.« Hegel sah die Frau an, als sei er ihr Verbündeter. »Sie dürfen uns nicht belauschen.«

Die Frau lachte auf. »Das ist ja wohl ein Scherz!«

»Denken Sie doch mal nach. Jula könnte sich mir anvertrauen. Wenn ich es sehr geschickt anstelle. Aber das wird sie ganz gewiss nicht tun, wenn Sie oder Ihr Kollege daneben stehen und uns zuhören.«

»Ihnen ist bewusst, was es für Ihre Tochter bedeutet, wenn Sie versuchen, mich reinzulegen?«

»Absolut!«

Die Frau nickte. »Eine Stunde! Sie sollten auf dem Computer alles finden, was Sie benötigen.«

Die Entführer waren von Hegels Vorschlag offensichtlich nicht überrascht worden. Jedenfalls hatten sie auf dem Computer tatsächlich einiges an Analyse-Software anzubieten, was ihm vermutlich beim Entschlüsseln der Sprachaufnahmen helfen würde.

»Dann lassen Sie mich jetzt bitte Frau Ansorge aus dieser Kammer holen. Verrückt nützt sie uns beiden nichts!« Hegel sprach zu der Frau, als sei sie seine Haushaltshilfe. »Und – um das auch gleich klarzustellen – es wird nicht dadurch schneller gehen, dass Sie Drohungen ausstoßen oder uns unter Druck setzen.«

Die Frau sah Hegel an, als stehe sie unmittelbar davor, in einen Lachanfall auszubrechen. Hegel meinte zu spüren, wie sie mit sich rang, angesichts seines respektlosen Tonfalls zu einer angemessenen Reaktion zu finden, als die Vibration ihres Handys die Situation abrupt entspannte.

»Ja?« Ihre Körperhaltung veränderte sich, es wirkte fast so, als wolle sie vor dem Anrufer strammstehen. »Natürlich! Einen Moment!«

Sie warf Hegel einen strengen Blick zu, nickte knapp und verließ den Raum, um in Ruhe telefonieren zu können. Hegel sah zu dem Kerl hinüber, der reglos in der Ecke des Raumes stand, und öffnete die Tür zur schalltoten Kammer. Jula fiel ihm fast in die Arme.

»Sie mieser Verräter!« Sie fauchte ihre Worte so scharf,

dass Hegel ihr Speichel ins Gesicht flog. »Ich hätte mir denken können, dass Sie mir in den Rücken fallen würden! Los, sagen Sie es! Was haben Sie gerade für einen Deal mit dieser Hexe gemacht?«

»Ich habe Sie gerettet. Oder glauben Sie, die hätten sich Ihr Gestotter zu dieser blöden *Bonbon-Frau* noch lange tatenlos angehört? Ist Ihnen eigentlich klar, dass Sie denen auch ganz wunderbar ohne Finger oder Zehen sagen können, was sie wissen wollen? Davon abgesehen hätte ich diesen Raum nicht mehr lange ausgehalten, während Sie ja offenbar den Plan hatten, diese Soziopathen hinzuhalten, bis die Altersschwäche sie dahingerafft hätte. Das verdammte Piepen in meinem Ohr ist schon unter normalen Umständen extrem unangenehm, aber in schalltoter Umgebung ist es nicht auszuhalten! Also, Folgendes geschieht jetzt: Ich werde diese Nachricht auf akustische Hinweise absuchen, die außerhalb der verschlüsselten Botschaften liegen, die Moritz Ihnen gibt. Und Sie werden mir dabei helfen!«

»Wie kommen Sie darauf, dass ich das tue?« Jula sah sich um.

Auch Hegel ließ seinen Blick prüfend durch den Raum gleiten. Der bullige Mann mit der Maske stand wie ein Tempelwächter neben der Tür, durch die seine Chefin für ihr Telefonat nach draußen gegangen war. *Ohne sie abzuschließen.* Gut möglich, dass die Hintermänner von Remus Bericht von ihr verlangten, und was ihren Erkenntnisstand zum aktuellen Zeitpunkt betraf, würde die gute Frau ihren Chefs wohl nicht besonders viel Erfreuliches zu verkünden haben. *Weswegen sie allerdings wohl auch nicht sehr viel besser gelaunt zurückkommen wird, als sie rausgegangen ist …*

»Sie werden mir bei meiner Analyse helfen, weil diese Leute sonst auf die Idee kommen könnten, dass sie mich, so weidwund und angeschlagen wie ich bin, nicht mehr brauchen können.« Hegel flüsterte nun. »Ihnen ist ja wohl klar, was das bedeutet?« Er führte sich die Finger wie eine Pistole zur Schläfe und stellte mit dem Daumen dar, dass er diese abdrückte.

Jula schluckte schwer. »Das war ja klar! Ihr Arsch muss gerettet werden und ich soll Ihnen dabei helfen. Sorry, aber das können Sie vergessen.«

Hegel wahrte die Fassung. »Ich habe versucht, Vertrauen zu der Frau aufzubauen.«

»Was ist Ihr Plan?« Auch Jula flüsterte ihre Worte jetzt eher, als dass sie sie sprach.

»Zeit gewinnen, neue Fragen aufwerfen, die nur wir beide beantworten können. Unentbehrlich für deren Ziele bleiben, damit sie uns nicht töten können. Mehr kann ich erst mal nicht tun.«

»Natürlich können wir mehr tun. Dieser große Kerl dahinten ist sicher stark, aber er ist ganz bestimmt nicht schnell. Wir müssen auf eine Gelegenheit warten, um hier rauszukommen. Ich schätze, dieses verlassene Areal ist ziemlich groß. Aber damit ist es auch verwinkelt und unübersichtlich.«

»Sie meinen, wir sollten abhauen? Das wäre Selbstmord.«

»Es wäre Selbstmord, hier zu bleiben. Die Frau hat uns ihr Gesicht gezeigt. Die wird uns niemals lebend hier rauslassen.«

»Sie hat mir eine Stunde gegeben, um Moritz' Nachrichten zu analysieren. Wir sollten jetzt mal damit loslegen, zumindest zum Schein.«

Jula nickte knapp und deutete auf Hegels rechtes Ohr. »Was genau ist eigentlich Ihr Problem? Sie können doch mit einem Ohr noch tausendmal besser hören als ich mit zwei. Warum brauchen Sie meine Hilfe?«

»Ich höre rechts nur noch Pfeifen. Das nennt man *monolateralen Verlust der Hörfähigkeit*. Ich kann nur noch mit links hören, das bedeutet, mein Gehör ist von Stereo auf Mono umgeschaltet. Dadurch funktioniert mein Richtungshören nicht mehr, Sie müssten mir also zum Beispiel helfen, wenn es darum geht, eine Schallquelle räumlich zu orten. Und dann könnte es auch passieren, dass wir im Hintergrund der Aufnahme sogenanntes *Multitalker Babble* hören, aus dem wir Rückschlüsse auf Moritz' Aufenthaltsort ziehen könnten.«

»Multi... was?« Jula klang gereizt.

»So nennt man ein Gewirr an Stimmen, die durcheinanderreden. Vielleicht müssen wir raushören, was eine einzelne dieser Stimmen sagt. Selbst wenn es nur darum geht, herauszufinden, in welcher Sprache die Leute im Hintergrund reden. Aber das kann man nur mit zwei funktionierenden Ohren.«

Jula sah Hegel mit Skepsis an. »Sie können nicht mit einem Ohr hören, was jemand sagt?«

»Wir reden hier vom sogenannten Duplex-Effekt! Ganz einfach erklärt: Die eine konkrete Stimme inmitten eines Stimmengewirrs, auf die wir uns fokussieren wollen, erreicht unser eines Ohr einen Sekundenbruchteil früher als das andere. Das verrät unserem Gehirn zunächst mal die Richtung, in die wir hören müssen. Außerdem können wir dadurch die Stimmencharakteristika ausmachen, die wir beim Zuhören durchgängig aus dem Gewirr herausziehen wollen. Das ist wie ein Filter im Gehör, der alle anderen Sprecher unterdrückt. Man nennt das auch den *Cocktailparty-Effekt*. Durch meine Ohrenverletzung geht es mir aber gerade so, wie es auch Menschen mit Hörgeräten geht. Die haben Probleme damit, Stimmen oder gesprochene Inhalte zu identifizieren, wenn mehr als einer gleichzeitig redet. Ich brauche Sie also möglicherweise als mein zweites Ohr.« Er senkte die Stimme: »Unter uns: Ich schätze, dass ich Sie eher nicht brauche, weil die Effekte, die ich gerade genannt habe, auf der Aufnahme nicht vorkommen. Mir ging es darum, unbelauscht mit Ihnen reden zu können.«

Hegel hatte niemals gewollt, dass es so weit kommen würde. In was für eine furchtbare, möglicherweise sogar ausweglose Lage hatte er Jula und sich da bloß hineinmanövriert? Wie er seine Überlegenheit ausgespielt hatte, wie oberlehrerhaft er mit der kleinen Jula umgesprungen war, solange er noch die Zügel in der Hand gehalten hatte. Zu der Zeit, als er es noch gewesen war, der die Regeln gemacht und die Anweisungen erteilt hatte. Und jetzt? Was war aus ihm geworden? Geschunden wie ein getretener Hund stand er in ebendem mittlerweile schmutzigen, nach Schweiß stinkenden Anzug vor Jula, in dem er noch am Mittag, als man ihn vom Vorwurf des Mordes freigesprochen hatte, ausgesehen haben musste wie ein britischer Lord beim Dinner. *Und doch muss ich zugeben, dass ich, wenn ich denn schon in so einer Notlage stecke, mit niemandem lieber darin stecken würde als mit Jula. Das Mädchen hat Potenzial, und wenn ich überhaupt eine Chance habe, das hier zu überstehen, dann nur mit ihr gemeinsam.*

»Sie tun das wegen Mathilda, oder?« Jula sah Hegel an, als könne sie ihm direkt in die Seele blicken. »Sie kooperieren mit denen, weil Sie Angst haben, dass diese Leute ihr etwas antun werden, wenn Sie hier nicht mitmachen, oder?«

Hegel zögerte mit einer Reaktion. Schließlich nickte er, wenn auch nur ganz leicht, beinahe ängstlich. »Ehrlich gesagt weiß ich gar nicht so recht, warum die mir bisher noch nicht mit ihr gedroht haben. Und Sie haben schließlich auch noch Menschen, die in Gefahr geraten könnten, falls wir hier nicht kooperieren. Ihren Bruder Elyas, Ihren Vater, Ihre Mutter. Die werden vor nichts zurückschrecken, wenn wir nicht diese dämlichen Sprachnachrichten entschlüsseln. Wenn wir ihnen nicht Moritz liefern.«

Hegel bemerkte, wie Jula zunächst zu dem Kerl in der anderen Ecke des Raumes und dann zur Tür sah.

»Also gut, das ist mein Angebot an Sie: Finden Sie alles, was Sie aus diesen Aufnahmen heraushören können. Und dann, sobald wir wissen, wo Moritz wirklich steckt, hauen wir hier ab und warnen ihn!«

Hegel sah Jula mit festem Blick in die Augen. Er nickte knapp, wandte sich von ihr ab und trat an den Rechner, verschaffte sich einen raschen Überblick und klickte eine Audiodatei an. Sofort erklang Moritz' Stimme:

»Ich will Jula treffen, unbedingt! Aber das geht jetzt noch nicht. Erst, wenn ich ausgesagt habe! Wenn die höchsten Bosse von Remus im Gefängnis sitzen. Vorher kann ich mich nicht aus der Deckung trauen! Ich schicke Jula eine separate Sprachnachricht, in der ich ihr Zeit und Treffpunkt nenne. Und in der ich ihr mitteile, wo ich mich in Berlin verstecke. Aber bis zum Prozess muss ich untergetaucht bleiben. Remus sucht nämlich nicht nur mit seinen eigenen Leuten nach mir. Ich habe erfahren, dass sie

auch unter unabhängigen Auftragskillern ein Kopfgeld auf mich ausgesetzt haben!«

Jula schüttelte den Kopf.

»Das ist die falsche Aufnahme. Das war nur seine Nachricht an Sie.« Erst nachdem Hegel ihr mehrere Sekunden lang nicht darauf antwortete, hakte Jula nach. »Ist alles okay?«

Hegel schloss die Augen, richtete den Kopf zur Decke und atmete tief durch. »Ich habe mich gerade gefragt, welchen Sinn diese erste Nachricht von Moritz an mich wohl haben sollte. Ich meine, alles, was er da sagt, hätte er ja auch in der Nachricht an Sie unterbringen können.«

»Sie denken, er hat in der Nachricht an Sie irgendwelche Hinweise versteckt?«

Hegel griff sich den Kopfhörer, der neben dem Rechner lag. *Nach allem, was er von mir über die phonetische Forensik gelernt hat, würde es mich nicht wundern.* Er nickte Jula zu, und mit einem Anflug von wiedererwecktem Selbstvertrauen antwortete er: »Das finde ich jetzt heraus!«

KAPITEL 30

ZOLA

Hegel und Ansorge leisten Widerstand und versuchen alles, um Zeit zu gewinnen.«

Zola Marah war bis zu der Treppe gegangen, die in die höher gelegenen Räume und Gänge führte. Sie war jetzt weit genug weg von dem Labor und der schalltoten Kammer, Hegel würde ihr Telefonat also unmöglich belauschen können. Niemals würde eine Frau, die so vorsichtig und planvoll wie Zola war, den Fehler begehen, Matthias Hegel zu vertrauen. Vielleicht mochte er ja wirklich am Ohr verletzt sein, doch letztlich konnte sie dies nicht überprüfen. Was, wenn es nur eine List von ihm war, mit der er Zeit gewinnen wollte? Sein Gehör zu unterschätzen wäre in jedem Falle ein Fehler, den Zola ganz sicher nicht begehen würde. Zumal es nicht eben hilfreich für ihre Pläne wäre, wenn er die Stimme ihres Gesprächspartners erkannte.

»Es läuft also alles so, wie wir es erwartet haben.« Der Teilnehmer am anderen Ende der Leitung sprach sachlich und mit bürokratischer Nüchternheit. »Wie entwickelt sich das Verhältnis zwischen den beiden?«

Zola zuckte mit den Schultern. »Ansorge kann ihn nicht ausstehen, die würde ihn am liebsten selbst foltern. Und er kommt sich mit seinem Tinnitus so schwach und nutzlos vor, dass er unter seiner Machtlosigkeit mehr leidet als unter der stillen Kammer. Er will jetzt die Sprachaufnahmen von Moritz analysieren. Gemeinsam mit Frau Ansorge, unbelauscht.«

»Und das lassen Sie zu?«

Zola grinste. »Natürlich. Oder denken Sie, Hegel wird mir die Wahrheit sagen? Die verrät er nur einem Menschen, und das ist Jula Ansorge. Ich habe das in meinen Plan mit einkalkuliert.«

»Die beiden werden garantiert versuchen, uns reinzulegen.«

»Natürlich werden sie das. Jula wird ihren Bruder niemals freiwillig an uns verraten, das können Sie vergessen.«

Sie setzte sich auf die steinernen Treppenstufen und zog ihre Schuhe aus, um die Füße auf dem kalten Steinboden zu kühlen. Sie schloss die Augen und atmete tief durch. Endlich ausruhen, verschnaufen. Zola hatte die ganze Nacht nicht geschlafen, immer wieder war sie mit ihrem Assistenten jedes Detail der Operation durchgegangen. Jede Option, jeden möglichen Verlauf hatte sie sich wieder und wieder ausgemalt und durchgerechnet wie eine Schachpartie. Immerhin hatte sie es mit zwei außergewöhnlichen, schwer zu berechnenden Opfern zu tun, und einen Fehlschlag durfte sie sich nicht erlauben.

Unter keinen Umständen würde man sich bei Remus nachsichtig zeigen, wenn Zola versagte. Die Lage war existenzbedrohend, die Zeit drängte, und die Nerven lagen blank. Nicht bei Zola, sie war immer ruhig, und nichts konnte sie aus der Fassung bringen. Sondern bei denen, die Zola bezahlten. Bei der *Liga der Ersten*, den wichtigsten Leuten des Netzwerks Remus, die Moritz

Ansorge mit seiner Aussage hinter Gitter bringen wollten. *Dieser Verräter! Er hätte alles haben können!*

»Ich habe gehört, dass freie Auftragskiller hinter Moritz her sind.« Zola legte den Klang von Besorgnis in ihre Stimme, wenn sie Emotionen wie diese auch üblicherweise nicht empfand. »Ist das ein Problem für uns?«

Es blieb still in der Leitung, allein der Klang von schwerem Atmen zeigte Zola an, dass ihr Vorgesetzter noch am Telefon war. Schließlich kam er zu einer Antwort: »Ich wusste nichts davon, von mir kam der Auftrag nicht. Das müssen die Leute über mir gewesen sein, denen geht offenbar der Arsch auf Grundeis. Wir dürfen unter keinen Umständen zulassen, dass irgendwelche Freelancer unseren Job besser machen als wir. Das würde uns wie totale Volltrottel dastehen lassen, man könnte sich fragen, wofür wir dann überhaupt noch gebraucht werden. Also legen Sie gefälligst einen Zahn zu! Moritz muss tot sein, bevor der neue Tag anbricht!«

Zola rieb sich die Augen und lehnte sich gegen die kühlende Wand. »Es ist verdammt schwer, die beiden zum Reden zu bringen, solange ich sie nicht körperlich foltern darf. Geben Sie mir freie Hand und Sie wissen in zehn Minuten alles, was Sie wissen wollen! Wir können uns auch einfach Hegels Tochter holen, dann erzählt der uns sofort, was er weiß.«

Zola konnte hören, wie sich der Atem ihres Vorgesetzten beschleunigte.

»Sie kennen meine Haltung dazu! Das Kind ist unschuldig und wir werden es nicht traumatisieren. Ich mag kein redlicher Bürger sein, aber ich bin kein Kinder quälender Barbar! Sie haben Ihre Anweisungen und an denen ändert sich gar nichts!«

Zola schüttelte den Kopf, schließlich konnte ihr Gesprächspartner es nicht sehen. *Das Kind nicht traumatisieren! Wer hat dieses Weichei eigentlich zu meinem Boss befördert?* Was bezweckte er wohl damit, Jula und Hegel ihr Wissen nicht mit Nägeln, Drähten oder Bohrern zu entlocken? Es wäre so simpel. Jeder, den Zola bislang auf ihre ganz eigene Weise und mit der energischen Unterstützung ihres südamerikanischen Kollegen *vernommen* hatte, war eingeknickt. Früher oder später, meistens früher. Sogar diejenigen, denen bewusst war, dass Remus niemals Zeugen am Leben ließ, hatten geredet. Einfach nur, um es abzukürzen, den Schmerz zu beenden. Und jetzt, da die Zeit drängte und es zudem um eine der wichtigsten Missionen ihrer Karriere ging, sollte Zola Psychospielchen spielen und sich darauf verlassen, dass schon alles seinen Gang gehen würde. Wie geplant. *Immerhin, bisher läuft ja noch alles wie vorgesehen. Und mein kleines Ass habe ich auch noch im Ärmel.*

»Wann werden Sie bei uns eintreffen?« Zola sah auf die Uhr. »Sie wollten doch schon längst da sein.«

»Keine Sorge, ich brauche nicht mehr lange. Lassen Sie die beiden jetzt erst mal Moritz' Aufnahmen analysieren. Was Hegel und Jula nicht wissen, können sie uns auch nicht verraten.«

»Verstanden!«

»Sie machen keine Alleingänge, und achten Sie darauf, dass Ihr Kollege Frau Ansorge nicht zu nahekommt. Sie wissen, warum!« Damit beendete er das Telefonat.

Zola lächelte sanft, und ihr ohnehin schon makellos schönes Gesicht hätte einen Betrachter nun vermutlich zu verzaubern vermocht. Doch es gab keinen Betrachter.

Nicht dort unten, in den Katakomben dieses stillgelegten Gebäudes, in dem man Julas Schreie nicht hören würde. Die Schreie, die sie ausstoßen würde, sobald Zolas Wunsch sich erfüllte und sie endlich zur nächsten Stufe übergehen durfte. Zu der Stufe, auf die sie sich so sehr freute, dass sie sogar hoffte, Jula und Hegel würden ihr keine Ergebnisse liefern.

KAPITEL 31

→ WAS IST LOS? HABT IHR WAS GEFUNDEN?

Elyas schrak so von seiner Parkbank auf, dass er beinahe sein Handy hätte fallen lassen. Es hatte fünfzehn scheinbar endlos lange Minuten gedauert, bis endlich eine Reaktion von Hadrian eingegangen war.

→ ALTER, DA BIST DU JA ENDLICH! PASS AUF, ALLES ZIEMLICH KOMPLIZIERT, DER PIZZATYP IST EIN KILLER ODER SO WAS IN DER ART. ER IST MIT GORDONS KARRE ABGEHAUEN, KANNST DU DIE ORTEN?

→ WENN DAS NAVI AKTIVIERT IST, SCHON. WIE IST DENN DAS KENNZEICHEN?

→ KEINE AHNUNG! ABER DIE KARRE IST ZUGELASSEN AUF EINEN VARBELOW. ENTWEDER GUNNAR ODER GORDON. VIELLEICHT IST ES AUCH EIN FIRMENAUTO, DANN AUF DIE RECHTSANWALTSKANZLEI VARBELOW!

→ OKAY, ICH CHECKE DAS MAL. MOMENT!

So plötzlich, wie er sich gemeldet hatte, war Hadrian wieder offline gegangen. Elyas trat an den Fahrbahnrand, um Ausschau nach Friedrichs Wagen zu halten. Allmählich sollte er sich von seinem Date losgeeist und die Strecke zur Gleimstraße absolviert haben. Tatsächlich vernahm

Elyas kurz darauf das Aufheulen des Porsche-Motors. Der Sportwagen brauste mit wummernden Bässen aus der Soundanlage heran, kam mit einer scharfen Bremsung direkt neben Elyas zum Stehen, die Musik erlosch und Friedrich sprang aus dem Wagen.

»Okay, Big Ely, du hast jetzt mal besser ’ne echt gute Story für mich am Start! Die Lady aus der Therme war nämlich hart an meiner Magic interessiert, falls du verstehst! Und ich habe sie deinetwegen auf morgen vertröstet, was sie echt nicht so geil fand! Hat mich bisschen interessanter gemacht, kann man also mal bringen, aber muss man auch nicht! Also, hau raus! Was geht ab?«

Anstatt die Frage zu beantworten, riss Elyas nur die Beifahrertür auf und stieg in Friedrichs Wagen. Erst dann rief er ihm zu: »Wir verfolgen einen Z4!« Elyas schnallte sich an.

Friedrich traf keine Anstalten, wieder in sein Fahrzeug zu steigen. Er beugte sich lediglich so zu Elyas hinunter, dass er Blickkontakt zu ihm herstellen konnte. »Vielleicht bin ich ja blind, Alter, aber ich sehe keinen Z4!«

»Mann, wir verfolgen den nicht wie die Typen im *Tatort!* Wir machen eine *Verfolgung 2.0!*«

Elyas sah noch in das ratlose Gesicht seines Freundes, als das Geräusch einer eingehenden Nachricht von seinem Handy erklang.

→ OKAY, AUF DIE NAMEN, DIE DU MIR GENANNT HAST, HABE ICH EINEN MERCEDES S-KLASSE, EINEN ASTON MARTIN MIT H-KENNZEICHEN UND EINEN BMW Z4 GEFUNDEN. WELCHEN SUCHEN WIR?

→ DEN BMW! KANNST DU VERFOLGEN, WO DER HINFÄHRT?

→ WARTE KURZ!

Das Chatfenster erlosch erneut wie von Geisterhand. Elyas wandte sich wieder Friedrich zu: »Die haben Jula geschnappt! Lange Story, erzähle ich dir auf der Fahrt. Aber es kann echt übel gefährlich werden, du musst das nicht machen.«

Friedrich zuckte mit den Schultern und setzte sich endlich wieder ans Steuer. »Seit Jula in deinem Leben ist, wird es eigentlich dauernd gefährlich! Und, ehrlich gesagt, werde ich so langsam ein bisschen adrenalinsüchtig, Alter! Und noch was, Bro: Wenn ich auf die letzten Aufrufe deiner Songs gucke, könnte ein frischer PR-Schub für deine Karriere nicht schaden. Also, solange wir den Shit hier unverletzt überleben, bin ich am Start!«

»Na ja …«

Noch bevor Elyas seine Antwort formulieren konnte, meldete sich Hadrian zurück:

→ OKAY, SEIN NAVI IST EINGESCHALTET, ICH KANN ALSO ÜBER SATELLIT VERFOLGEN, WO DER WAGEN HINFÄHRT.

→ LOS, HAU RAUS! DER TYP IST VIELLEICHT GERADE AUF DEM WEG ZU JULA. UND DER HAT SAFE NICHTS GUTES MIT IHR VOR!

→ ALSO, DER WAGEN IST AKTUELL AUF DEM GELÄNDE DES FLUGHAFEN TEGEL.

→ ABER VON TEGEL FLIEGT DOCH GAR NICHTS MEHR.

→ DAFÜR IST ES EIN RIESIGES AREAL. VERWINKELT, UNZÄHLIGE RUHIGE ORTE UND VERSTECKE. SCHÖN EINSAM!

→ FUCK, WENN DIE JULA DA VERSTECKEN, SUCHEN WIR JA EWIG!

→ ICH KANN NUR SAGEN, DASS DER BMW DA STEHT. ICH HABE SCHON VERSUCHT, JULAS HANDY ZU ORTEN UND ALS WANZE ANZUZAPFEN, ABER ES IST AUSGESCHALTET. DIE SIND WOHL LEIDER NICHT VÖLLIG DUMM ... ICH BEHALTE DEN BMW IM BLICK UND MELDE MICH SOFORT, WENN ER SICH BEWEGT, ALLES KLAR?

→ ALLES KLAR! DANKE.

Das Chatfenster erlosch und Elyas sah Friedrich an. »Wie es aussieht, haben wir ein Problem!«

Friedrich legte einen Gang ein und ließ den Motor unnötig laut aufheulen. »Ich stehe auf Probleme! Also, eigentlich stehe ich auf Weiber, aber auch auf Probleme. Also hau raus!«

»Wir müssen unbemerkt den Flughafen Tegel absuchen. Ein Areal, das so riesig ist, dass wir eine Woche da rumlaufen können, ohne irgendwas zu finden!«

Friedrich nickte verbindlich und trat das Gaspedal durch. Noch während er und Elyas von der enormen Beschleunigung in ihre Sportsitze gepresst wurden, sagte er: »Dann sollten wir mal besser loslegen!«

KAPITEL 32

JULA

Ich habe schon in der Zeit vor seinem inszenierten Selbstmord einige Male mit Moritz gearbeitet. Es war für die Prozessvorbereitung der Staatsanwaltschaft extrem wichtig, dass sie sich absolut auf seine Aussagen verlassen können, deswegen habe ich wieder und wieder mit ihm geredet, um ausschließen zu können, dass er lügt. Ihr Bruder kennt mich aus dieser Zeit ziemlich gut und er weiß auch, wie ich mich der Analyse von Audiodateien nähere. Es würde mich also absolut nicht wundern, wenn er mir ein paar versteckte Hinweise hinterlassen hätte.«

Hegel klickte eifrig in der Analysesoftware herum, während er leise und mit Bedacht zu Jula sprach. Diese wandte sich zum wiederholten Mal zu dem Kerl um, der noch immer mit imposanter Präsenz die Tür bewachte, von der sie nicht wusste, ob sie verschlossen war oder nicht, und die aus diesem Raum die einzige Fluchtmöglichkeit bot. Der Koloss regte sich nicht und es war ihm auch nicht anzumerken, dass er sich vom Flüstern seiner Geiseln gestört fühlte. Ob er sie überhaupt verstand? Er würde den Gedankenaustausch zwischen Jula und Hegel vermutlich schon aufgrund ihres leisen Sprechens nicht mitverfolgen können. Trotzdem wäre es zweifellos von Nutzen, wenn er auch aufgrund sprachlicher Barrieren außen vor bliebe. Schließlich konnte es nicht lange dauern, bis diese Frau zurückkam, deren Deutsch besser war als das der meisten Deutschen, die Jula kannte. Sie sah wieder zu dem Monitor, auf dem Hegel mit geübter Hand verschiedene Frequenzen voneinander isoliert abgebildet hatte.

»Was machen Sie da?«

»Ich habe Moritz' Worte akustisch in den Hintergrund geschoben und mir die Geräusche vorgenommen, die man in seiner Umgebung hören kann.« Hegel sah Jula nicht an, er war ganz in seine Arbeit vertieft. »Es wird schnell deutlich, dass wir es da nicht mit zufälligen Geräuschinformationen zu tun haben. Schon deswegen, weil sich die Frequenzen aller Nebentöne so gut und sauber voneinander isolieren lassen, dass ich es unter den gegebenen Umständen unmöglich als glücklichen Zufall ansehen kann. Wir hören bei näherer Betrachtung dieser Audiodatei nämlich so einiges, was man bei einer zufälligen Sprachnachricht eher nicht im Hintergrund wahrnehmen würde.«

Jula atmete tief durch. »Sie meinen, er hat genau darauf geachtet, an welchem Ort er diese Nachricht aufnimmt, weil ihm klar war, dass Sie den Hintergrund entschlüsseln würden?«

Hegel nickte stumm, während er eine bestimmte Frequenz mithilfe seiner Software hervorhob. »Hier, hören Sie mal!« Er setzte Jula die Kopfhörer auf und startete die Wiedergabe einer sehr kurzen Sequenz.

Jula schloss die Augen. Die Worte ihres Bruders waren noch zu hören, doch sie lagen jetzt weiter im akustischen Hintergrund. Stattdessen nahm Jula so etwas wie ein Hupen oder Tröten wahr. Mehrmals nacheinander erklang es etwas dumpf und heiser, aber mit entschlossener Bestimmtheit.

»Fährt da eine Dampflok im Hintergrund durch?«

Hegel warf nun ebenfalls einen kurzen Blick zu dem Kerl an der Tür hinüber. Dieser regte sich nicht und auch von der Frau war nichts zu sehen oder zu hören.

»Es gibt in Deutschland wirklich noch ein paar Dampflokomotiven, die sind aber nicht mehr im regulären Einsatz. Ich könnte unsere *Gastgeber* jetzt also darauf hinweisen, dass Moritz offenbar an der Schiene einer Museumsbahn steht. Das würde die Zahl der möglichen Aufenthaltsorte sehr eingrenzen. Aber es kann keine Lokomotive sein. Hören Sie noch mal genau hin!«

Jula lauschte ein weiteres Mal. »Ja, das klingt nicht so richtig nach Dampflok. Also nicht so, wie ich es aus dem Kino kenne.« Sie gab die Kopfhörer an Hegel zurück.

»Das Volumen des Trötens zeigt, dass wir es nicht mit einer Eisenbahn zu tun haben, wie sie zum Beispiel noch im Harz fährt. Es muss ein viel größerer Kessel sein. Und weil Moritz mich aus unseren langen Gesprächen recht gut kennt und ich ihm von diesem wirklich seltenen Geräusch erzählt habe, weiß er, dass ich dieses Tröten von allen anderen in Deutschland unterscheiden kann. Dafür reicht sogar *ein* intaktes Ohr. Wir hören hier nämlich das einzigartige Signalhorn der *Alexandra*. Das ist Deutschlands letzter funktionsfähiger und fahrender Salondampfer. Und wenn wir den im Hintergrund hören, muss Moritz sich in Flensburg befinden.«

»Er ist also nicht in Berlin?« Jula dachte nach. »Okay, aber wie soll uns das weiterbringen?«

»Warten Sie kurz.«

Einige Male wiederholte Hegel die Wiedergabe der Nachricht, klickte dabei eifrig und gekonnt auf dem Rechner herum und hatte schließlich eine weitere Frequenz hervorgehoben. Er setzte die Kopfhörer ab und reichte sie an Jula zurück.

»Wir hören nicht nur das Dampfersignal, da sind auch Tiere im Hintergrund.« Er startete die Wiedergabe.

»Das sind Vögel. Raben oder Krähen. Ist das denn ungewöhnlich?«

»Die Krähen? Nein, überhaupt nicht. Hören Sie noch mal genauer hin!« Hegel hob eine weitere Frequenz hervor und spielte die Passage erneut ab.

Hatte Jula eben noch das harte Schreien einer oder mehrerer Krähen wahrgenommen, hörte sie nun so etwas wie ein tieftönendes Knattern, das sie an das Schnurren einer Raubkatze erinnerte. »Sie wollen jetzt nicht sagen, dass Moritz gleichzeitig am Wasser und bei den Löwen im Zoo steht?«

»Das sind keine Löwengeräusche. Das Tier, das wir da hören können, ist sehr viel kleiner. Man würde nicht denken, dass es überhaupt imstande ist, so tiefe und kräftige Laute von sich zu geben. Zusätzliche Stimmlippen neben dem Kehlkopf machen das möglich. Das, was wir hier hören, ist eindeutig ein Brunftlaut, der beim Ein- und Ausatmen eines Männchens entsteht. Sie raten nie, welches Tier das ist.«

Ein Rucken erklang hinter der Tür. Jula sah erschreckt hinüber, in der Erwartung, dass diese Frau ihr Telefonat beendet hatte und ihrer und Hegels Analyse von Moritz' versteckten Botschaften ein jähes Ende bereiten würde. Doch die Tür öffnete sich nicht. Jula sah wieder zu Hegel.

»Sie werden sicher Verständnis dafür haben, dass ich gerade nicht an Ihrem Pubquiz teilnehmen möchte. Also, was für ein Tier ist außer der Krähe noch im Hintergrund?«

Hegel lächelte. »Ein Koala! Sie glauben nicht, wie laut die sein können.«

Jula stemmte die Hände in die Hüfte. »Also Moritz steht gleichzeitig in Flensburg und in Australien, oder was?«

»Wahrscheinlicher wäre ein Zoo, aber das führt zu einem logischen Problem, denn die Haltung von Koalas ist extrem aufwendig und teuer. Sie müssen zum Beispiel jeden Tag massenhaft frischen Eukalyptus bekommen und der wächst in Deutschland nicht gerade am Wegesrand. Und weil der Koala auf dieser Aufnahme Brunftlaute von sich gibt, dürfen wir annehmen, dass sich Weibchen in seinem Gehege befinden. In ganz Deutschland gibt es nur einen Zoo, der eine größere Koala-Population inklusive Weibchen hält. Und der ist nicht in Flensburg, sondern in Duisburg!«

Jula verstand die Welt nicht mehr. Was passierte hier gerade? Erklärte Hegel ihr ernsthaft die Charakteristika von Salondampfer-Signalen und Koala-Brunftlauten? Eingesperrt in einem stillgelegten Labor inklusive schalltoter Kammer, irgendwo in oder um Berlin. Bedroht von einem ebenso skrupellosen wie wortkargen Killer und einer ganz offensichtlich psychisch gestörten Frau, die an ihrer Entschlossenheit keinen Zweifel ließ, dass sie von Hegel und Jula nicht ablassen würde, bevor diese ihr Moritz ans Messer geliefert hatten? Jula konnte sich schon vorstellen, dass diese sehr spezifischen und ausgefallenen Geräuschphänomene unter Phonetikern wohlbekannt waren, aber was war es denn nun bitte, worum es Hegel dabei ging? *Also gut, nicht durchdrehen. Ganz offensichtlich hat sich Moritz bei diesen absurden Hintergrundgeräuschen etwas gedacht.*

»Okay, was denken Sie?« Jula konzentrierte sich wieder.

»Moritz hat diese spezifischen Geräusche in den Hintergrund seiner Aufnahme gebaut, weil er mir damit etwas verraten will.«

»Und das wäre?«

Hegel schüttelte den Kopf. »So funktioniert das nicht, Jula. Es geht hier um viel zu viel, als dass es einfach damit getan wäre, dass ich den Koala heraushöre und diese Leute nach Duisburg schicke. Moritz hat nicht nur mir eine geheime Botschaft geschickt. Sie haben auch eine bekommen. Und was immer die Lösung seiner Rätsel ist, wir können sie nur gemeinsam finden! Also: Wer ist diese ominöse *Bonbon-Frau?*«

Jula schwieg und blieb ruhig vor Hegel stehen, wenn es auch in ihr brodelte. Konnte sie Hegel vertrauen? Oder war das schon wieder nur eine Falle? Sie setzte gerade dazu an, etwas zu entgegnen, als mit Poltern und Krachen die Tür von außen aufgestoßen wurde und die Frau mit festen Schritten in den Raum trat. Sie sah zuerst Jula, dann Hegel an, bevor sie fragte: »Was haben Sie herausgefunden?«

Hegel ergriff das Wort, bevor Jula es konnte: »Die Stunde ist noch lange nicht rum! Aber ich habe erste Hinweise darauf, wo Moritz sich versteckt hält. Ich muss dazu beide Nachrichten unter die Lupe nehmen.«

Die Frau wendete sich ihrem Kollegen zu und stellte ihm in fließendem Spanisch eine Frage, die dieser lediglich mit einem Kopfschütteln beantwortete.

»Ich erfahre gerade, dass Sie nicht den Eindruck gemacht haben, als wäre Ihr kleines Hörproblem so gravierend, dass Sie ohne Frau Ansorge hier nicht arbeiten könnten.«

»Wir haben doch eindeutig ausgemacht, dass …« Weiter kam Hegel nicht.

»Mit Abmachungen ist das so eine Sache. Manchmal hält man sich daran, manchmal nicht. Ich habe jetzt etwas mit Frau Ansorge vor, daher müssen Sie ab jetzt ohne ihre wahnsinnig wichtige Hilfe auskommen.«

»Was meinen Sie?« Jula sah die Frau an, als versuche sie, diese mit ihrem Blick zu töten.

Die Angesprochene lächelte nur, und unheimlicherweise hatte Jula den Eindruck, dass es sich um ein aufrichtiges Lächeln handelte. *Was bereitet einer Sadistin wie dieser Frau denn so gute Laune?*

»Liebe Frau Ansorge, wir machen jetzt etwas, auf das ich mich schon den ganzen Tag freue!«

KAPITEL 33

ELYAS

»Tegel war der beste Flughafen der Welt!« Friedrich hatte seinen Porsche direkt vor dem Haupteingang unter der Überdachung des Außengeländes vor dem stillgelegten Terminal geparkt. »Reingehen, direkt ins Flugzeug steigen, zurückkommen, raus aus dem Flugzeug, sofort am Gepäckband stehen, rausgehen – und bereits mitten in Berlin sein. Von mir aus hätten die Schönefeld komplett abreißen können! So was wie Tegel wird nie mehr irgendwer auf der Welt bauen!«

Elyas sah ebenso verwundert wie befremdet zu seinem besten Freund, der voll Wehmut auf das menschenleere Areal blickte. Mit seinem Vater, dem millionenschweren Unternehmer Ernst von Würzburg, war Friedrich vermutlich seit frühester Kindheit an von Tegel aus in die ganze Welt gereist. Elyas selbst hatte es bislang gerade einmal zu einer einzigen Flugreise gebracht, und zwar zur Familie seiner Mutter nach Tunesien. Und die lag sieben Jahre zurück.

»Können wir dem Flughafen vielleicht ein anderes Mal nachheulen, Alter?« Elyas sah seinen Freund an, als sei dieser komplett verrückt geworden. »Vielleicht wenn Jula nicht mehr von Killern gejagt wird? Wäre das okay für dich?«

»Ist ja schon gut!« Friedrich schlug mit Entschlossenheit die Tür seines Wagens zu und streckte den Körper durch. »Was suchen wir?«

»Erst mal die Karre, mit der Sanchez unterwegs ist!«

Elyas wandte sich von dem sechseckig angelegten Hauptgebäude ab und machte sich zunächst daran, das vordere Außengelände des Flughafens zu überblicken. Gemeinsam mit Friedrich sah er sich von der Zufahrtsbrücke aus im weiten Rund des Areals um. Die zahlreichen Parkplätze im Zentrum des Vorplatzes waren fast allesamt verwaist. Hier und da stand noch ein Fahrzeug, schließlich würden Handwerker, Architekten oder wer auch immer mit der Abwicklung des Flughafens beschäftigt war, durchaus noch zu tun haben. Doch Gordons schwarzen BMW, mit dem Sanchez geflohen war, konnte Elyas weit und breit nicht entdecken.

»Ich frage noch mal Hadrian!« Elyas gab etwas auf seinem Handy ein. »Wenn wir wissen, wo der Wagen steht, haben wir zumindest einen Punkt, an dem wir unsere Suche ansetzen können. Besser als nichts.«

Friedrich schüttelte langsam den Kopf. »Dir ist schon klar, dass es hier mehr ober- und unterirdische Räume gibt als im Weißen Haus? Und die richtig abgelegenen davon sind vermutlich gar nicht zugänglich. Außerdem, wenn hier wirklich irgendwelche krassen Gangster Geiseln gefangen halten, dann werden die wohl in der Lage sein, ihr Versteck angemessen gegen uns zu verteidigen. Oder denkst du, wir spazieren da einfach rein und nehmen Jula mit?«

Elyas ballte die Hände zu Fäusten. Aber nicht, weil Friedrichs Worte nicht eben seine Zuversicht darin gestärkt hatten, dass er seine Schwester rechtzeitig würde finden und retten können. Die Tatsache, dass er am liebsten laut losgeschrien hätte, lag daran, dass Friedrich recht hatte. »Ja, verdammte Scheiße!« Es brach förmlich aus Elyas heraus. »Ich weiß es ja selbst! Diese verschissene Organisation hat sich Jula geschnappt und dabei rücksichtslos um sich geballert. Die sind international vernetzt und haben ihre Leute überall, sogar in Regierungen und bei der Polizei. Die werden sich nicht gerade in die Hose scheißen, wenn hier ein Vierzehnjähriger aufkreuzt und auf der Suche nach einem professionellen Killer durch stillgelegte Flughafenterminals streift. Ich habe es kapiert! Aber hast du einen besseren Vorschlag?«

Friedrich sah Elyas an, als sei dieser der wiederauferstandene Elvis Presley. »Na ja, schon. Wir haben das Video von der Entführung. Und wir wissen, wo dieser Killer parkt. Ich könnte mir vorstellen, dass die Polizei vielleicht das eine oder andere Einsatzkommando mit topausgebildeten Elitepolizisten herschicken würde. Also, nur mal so in die Tüte gequatscht.«

Elyas sammelte sich, atmete einmal durch und ließ sich Friedrichs Worte durch den Kopf gehen. Selbstverständlich hatte er recht! Ja, Remus verfügte über Spitzel in den Reihen der Polizei. Aber war das wirklich Grund genug, immer mehr und mehr von Julas Zeit verstreichen zu lassen, um sich auf eine Mission zu begeben, die allem Anschein nach nichts anderes als ein von vornherein zum Scheitern verurteilter blinder Aktivismus war? Elyas wusste ja gar nicht, ob Jula überhaupt auf diesem Flughafengelände versteckt war. Genau genommen wusste er nicht einmal, ob sich dieser Sanchez noch hier aufhielt. Ganz davon abgesehen, dass er nicht nur im Begriff war, einen skrupellosen Killer gegen sich aufzuhetzen, sondern gleich auch noch das Leben seines besten – und vermutlich sogar einzigen – Freundes in Gefahr zu bringen. Elyas senkte den Kopf, holte noch einmal tief Luft und setzte mit missmutiger Miene an: »Ich schätze, dieses Mal …« Das Eingehen einer Nachricht unterbrach seine Worte. »Warte, vielleicht hat Hadrian geschrieben!«

Elyas zog sein Handy aus der Tasche seiner viel zu weiten Hose und sah aufs Display. Tatsächlich, Hadrian:

→ ICH HABE DEN BMW NOCH MAL GEORTET. ER BEWEGT SICH JETZT!

→ WO IST ER?

→ IMMER NOCH AUF DEM GELÄNDE DES FLUGHAFENS. ICH LOKALISIERE DEINEN GENAUEN STANDPUNKT.

Sekunden vergingen, während derer Elyas auf sein Handydisplay starrte, als gehe es um Leben und Tod. Was es vermutlich auch tat. Endlich wurde er von Hadrian erlöst:

→ ICH SEHE, WO DU GERADE STEHST. UND ICH SEHE, WO DER BMW HINFÄHRT. SORRY!

→ SORRY WAS???

→ WIE ES AUSSIEHT, FÄHRT DER WAGEN DIREKT AUF DICH ZU!

Und noch ehe Elyas nachfragen konnte, vernahm er auch schon das ihm mittlerweile wohlbekannte Wummern des

307-PS-Motors in seinem Rücken, das sich rasant auf ihn und Friedrich zubewegte. Mit entsetzt aufgerissenen Augen starrte er seinen Freund an. Unter keinen Umständen würden die beiden Friedrichs Porsche noch rechtzeitig erreichen, um fliehen zu können. Elyas deutete auf den Haupteingang des Terminals.

»Schnell, wir müssen ins Gebäude rein! Uns irgendwie verstecken! Fuck, wenn dieser Killer uns hier sieht, knallt der uns ab!«

KAPITEL 34

Elyas hatte hinter sich noch im Weglaufen das Quietschen der abbremsenden Reifen vernommen. Sanchez hatte ihn und Friedrich also gesehen, seine Fahrt gestoppt und würde vermutlich ihre Verfolgung aufnehmen.

»Wir trennen uns da drinnen, der Typ will nur mich!« Elyas sah zu Friedrich, der dicht hinter ihm lief.

»Auf keinen Fall! Zu zweit schaffen wir den locker.« Friedrich klang überraschend selbstsicher.

»Vergiss es! Der hat eine Waffe!«

»Fuck, Alter! Dann weg hier!«

Elyas riss die erstbeste Glastür zum Terminal auf und stürmte blindlings mit Friedrich ins Flughafengebäude. Die schlauchförmigen Gänge waren nicht eben weitläufig und boten kaum Möglichkeiten, sich zu verstecken. So rannten die Jungs ziellos durch die Gänge des Flughafens, vorbei an den verwaisten Gitterbänken und den leeren Snackautomaten, an den Check-in-Schaltern wenig bekannter Fluglinien und den Ständen, wo man noch vor Kurzem mittelmäßigen Kaffee zu hochklassigen Preisen hatte kaufen können. Die beiden waren jung und sportlich, dennoch blieb es nicht aus, dass sich nach einer Weile des kopflosen Davonlaufens Ermüdungserscheinungen einstellten.

»Wohin rennen wir eigentlich?« Friedrich wurde langsamer, und seine Worte klangen keuchend. »Und vor wem zur Hölle rennen wir eigentlich weg?«

Elyas, der bis dahin all seine Energie in die Flucht investiert hatte, verlangsamte seine Schritte und sah sich über die Schulter nach hinten um. Schlagartig verlangsamte auch er seinen Lauf und kam wenige Meter später zum Stehen. Friedrich tat es ihm gleich, ging in die Hocke und atmete schnell und tief durch. Elyas, ebenfalls heftig atmend, sah sich um. Niemand außer ihm und Friedrich war in der Halle zu sehen.

»Er ist uns nicht nachgerannt. Das ist nicht gut.« Elyas sah mit sorgenvollem Blick zu seinem Freund.

»Dass uns *kein* Mafiakiller verfolgt, ist nicht gut? Alter, was ist noch nicht gut? Money und Bitches?« Friedrich ließ sich schwitzend auf den Boden sinken.

Elyas drehte sich im Kreis und versuchte, die Lage einzuschätzen. Überall gab es Glasfronten, zudem war das Gebäude in der Form eines Hexagons angelegt, weswegen man die Gänge jeweils nur bis zur nächsten Ecke überblicken konnte. Die Abfertigungsschalter und leer stehenden Verkaufsstände boten zudem zahlreiche Versteckmöglichkeiten, doch es war eine ganz andere bauliche Eigenschaft des Flughafens, die in den Augen von Elyas das drängendste Problem darstellte: »Das Scheißgebäude ist rund! Egal, wie lange wir rennen, wir kommen immer wieder da an, wo wir losgelaufen sind!«

»Du meinst, der Typ wartet einfach darauf, dass wir ihm direkt in die Arme laufen?« Friedrich atmete noch immer schwer.

»Kann schon sein. Oder …« Elyas stockte.

»Oder was?«

Elyas deutete mit dem Zeigefinger in die Richtung, in die sie gerade gelaufen waren. »Oder er kommt uns einfach von der anderen Seite entgegen!«

Einige bange Sekunden lang sahen die Jungs einander an.

»Fuck, raus hier!«

Friedrich sprang auf, und beide stürzten ohne weitere Worte auf den am nächsten gelegenen Ausgang zu, der sie zurück auf die Brücke im Innenhof bringen würde. Kaum, dass sie das Terminal verlassen hatten und an einem verwaisten Taxistand zum Stehen gekommen waren, vernahmen sie auch schon wieder das Aufheulen des BMW-Motors.

»Wie dreist ist das denn? Der ist uns gar nicht nachgerannt! Der Penner hat einfach nur gewartet, bis wir wieder rauskommen!« Friedrich riss die Augen auf. »Was machen wir jetzt?«

Elyas konnte über die Schulter seines Freundes hinweg sehen, wie sich der BMW rasant auf sie zubewegte. »Los, wieder rein ins Gebäude!«

»Aber da sitzen wir doch in der Falle!«

Der Sportwagen kam immer näher, die Jungs mussten eine Entscheidung treffen. Friedrich deutete auf das Brückengeländer. »Wir rennen die Treppe nach unten und verstecken uns da irgendwo. Hauptsache, raus aus dem Terminal!«

»Und was ist mit Jula? Die steckt hier irgendwo, ich kann sie nicht einfach aufgeben!«

Friedrich schien einer Panikattacke nah zu sein. »Ich sehe gerade nicht so richtig, wie wir Jula damit behilflich sein könnten, dass wir uns hier von einem Killer abknallen lassen!«

Damit stürzte Friedrich auf das Brückengeländer zu, von dem er sich offensichtlich erhoffte, dass es ihn zu einer Treppe nach unten führen würde. Elyas hingegen verharrte auf seiner Position. Was sollte er tun? Sich wie Friedrich in eine blinde Flucht stürzen, hoffend, dass dieser Sanchez von ihm ablassen würde, wenn er nur sah, dass er sich aus dem Staub machte? Oder bleiben, sich stellen? Sich womöglich von dem Killer einfach über den Haufen schießen lassen … *Wozu er in der Gleimstraße aber ja eigentlich schon Gelegenheit hatte – und es nicht getan hat! Im Gegenteil, er hat sogar Gordon einfach so freigelassen.*

Und dann war es auch schon zu spät! Elyas' Zögern hatte ihm die Entscheidung abgenommen, denn ebenso schnell, wie der BMW angerast gekommen war, so schnell bremste er jetzt auch ab. Elyas hob die Hände, streckte sie weit vom Körper weg und fixierte das Cabrio, dessen Verdeck geschlossen war und ihm somit keinen Blick auf den Fahrer ermöglichte. *Hinter mir geht es ins Terminal. Zur Not kann ich noch abhauen. Aber jetzt versuche ich erst mal zu verhandeln. Dieser Kerl ist vielleicht meine einzige Chance, Jula zu finden!* Mit rasendem Herzen, flachem Atem und zitternden Händen sah Elyas zu, wie sich die Tür des BMW öffnete und der Fahrer ohne jede Hektik nacheinander zunächst den linken, dann den rechten Fuß auf die Fahrbahn setzte. Der Mann, der am Steuer des Wagens gesessen hatte, erhob sich, Elyas noch immer den Rücken zugewandt. *Aber das ist doch nicht Sanchez! Das ist eindeutig …*

»Gordon?!« Elyas glaubte, seinen Augen nicht trauen zu können.

Der Angesprochene drehte sich zu Elyas um, rückte seine Krawatte zurecht und zwinkerte dem Jungen zu, bevor er sagte: »Ich schätze, ich habe dir was zu erklären.«

KAPITEL 35

PAUL

»Was ist denn los? Warum gehst du nicht ran?« Paul musste sich zurückhalten, um nicht allzu laut auf Elyas' Mailbox zu sprechen.

Er saß noch immer im Warteraum der Notaufnahme, wenn es natürlich auch nicht die Klinik war, aus der er unter unverantwortlichen Umständen abgehauen war. Vermutlich hätte man ihn dort unter ständige Überwachung gestellt, was so ziemlich das Letzte war, was Paul in seiner jetzigen Lage gebrauchen konnte. Nein, er war in ein anderes Krankenhaus gefahren, doch noch immer hatte er sich nicht bei den Mitarbeitern der Notaufnahme gemeldet. Aufrecht sitzend und so positioniert, dass man den Blutfleck auf seiner Kleidung nicht sehen konnte, hatte er sich in die hinterste Ecke des Warteraums gesetzt. Seinen Schmerz unter ständiger Beobachtung haltend und unnachgiebig darauf hoffend, dass dieser allmählich nachlassen würde. Dass das Bluten, wenn es auch nicht sehr stark war, stoppen würde und er die Klinik unverrichteter Dinge wieder verlassen konnte. *Ich kann hier nicht bleiben, das geht einfach nicht!* Ein weiteres Mal wählte Paul Elyas' Nummer, doch erneut wurde sein Anruf unmittelbar zur Mailbox umgeleitet. Es schien, als habe der Junge sein Telefon ausgeschaltet, was unter den gegebenen Umständen so ziemlich das Schlimmste war, das er Paul antun konnte. *Was ist denn da los? Ist er diesem verfluchten Killer etwa direkt in die Arme gelaufen?* Paul holte tief Luft, spannte die Bauchmuskulatur an und horchte in sich hinein. Die Wunde war gut vernäht, sein Körper hatte begonnen, sich an den stechenden Schmerz an der Hüfte zu gewöhnen, und auch sein Kreislauf wirkte stabil. Zumindest den Umständen entsprechend. Doch Paul war nun mal eben nicht in der Position, sich seine Umstände aussuchen zu können. So kam er zu der Einschätzung, dass er die Schmerzen vermutlich würde aushalten können. Zumindest so lange, bis dieser verfluchte Tag, an dem bislang so ziemlich alles schiefgelaufen war, sein Ende finden würde.

Paul griff in die Innentasche seiner Jacke und zog eine kleine Schatulle daraus hervor. Er öffnete sie und betrachtete den Ring, den er Jula noch am Mittag hatte an den Finger stecken wollen. *Wie es aussieht, brauche ich den wohl nicht mehr.* Er verstaute den Ring wieder in der Jacke und versuchte ein letztes Mal, Elyas zu erreichen. Erneut ohne Erfolg. *Ich verliere allmählich die Kontrolle über das alles hier. Aber das geht nicht, unter keinen Umständen. Jula wird diesen Tag mit Sicherheit nicht überleben, wenn ich hier meine Wunden lecke und mich auf andere verlasse.* Mit einem prüfenden Blick stellte Paul sicher, dass niemand vom Krankenhauspersonal ihn beobachtete, bevor er sein Hemd über der Hüfte hochzog, den blutgetränkten Verband löste und seine Verletzung betrachtete. *Ich muss das aushalten, es geht nicht anders.* Paul war sich ziemlich sicher, dass er in der Straße einen Kleidungsdiscounter gesehen hatte, kurz bevor das Taxi an der Notaufnahme gehalten hatte. Bargeld hatte er nicht mehr viel bei sich, doch seine Kreditkarten würden ausreichen. *Also dann, es hilft nichts.* Paul erhob sich von der unbequemen Bank und trat mit achtsamen Schritten vorsichtig und bedacht darauf, von niemandem gesehen zu werden, auf den Ausgang zu.

»Kann ich Ihnen helfen?« Der Ruf kam aus der Richtung, in der sich die Anmeldung befand.

Paul drehte sich nicht um. Er hob nur den rechten Arm in die Höhe, deutete ein Winken an und rief so kräftig, wie es ihm seine angeschlagene Verfassung ermöglichte: »Danke, alles gut!«

Ab jetzt, so hatte er entschieden, würde ihn nichts mehr aufhalten. Keine Ärzte, keine Wunden, keine Kugeln. *Ich werde Julas Leben retten, auch wenn es das Letzte ist, was ich tue …*

KAPITEL 36

JULA

Die Maske hatte Jula zurück in die Dunkelheit gestoßen. Die Pranken des Hünen hatten ihre Oberarme umschlossen, als seien sie Streichhölzer, und mit unbezwingbarer Kraft hatte er sie vor sich her durch die Gänge und Räume geschoben, deren Klang und Geruch Jula deutlich gemacht hatten, dass sie sich tief unter der Erde befand. Weit entfernt von Freiheit und jenseits von Hoffnung auf Flucht.

»Wenden wir uns doch jetzt mal Ihrem Treffen mit Moritz zu.« Die Stimme der Frau ließ Jula aufhorchen. »Wie war das noch? *Uhrzeit: Zähle die Stoffteddys, die auf meinem Bett gesessen haben, als wir Kinder waren! Ort: Da, wo du immer Wahnsinn gesagt hast!*«

Am Klacken ihrer Absätze konnte Jula erkennen, dass die Frau ruhig umherlief.

»Was nützt Ihnen der Treffpunkt?« Jula hätte sich selbst nicht erklären können, woher sie noch immer die Kraft nahm. »Wenn Moritz da auftaucht, ist seine Aussage schon gemacht. Das nützt Ihnen gar nichts.«

»Wenn Sie sich da so sicher sind, wird es Ihnen ja nichts ausmachen, uns seine Anweisung zu übersetzen.«

Jula bemerkte einen seltsamen Duft, doch es war nicht der Geruch von Schimmel und Moder, an den sich ihre Nase längst gewöhnt hatte. Auch nicht der herbe Schweiß des Kolosses oder das etwas zu blumige Parfum dieser furchtbaren Frau. Der Geruch, den Jula durch die blickdichte Maske hindurch wahrzunehmen glaubte, war rauchig wie ein erloschenes Lagerfeuer, durchsetzt mit dem Duft von rostigem Metall.

»Hegel wird Ihnen schon erzählen, was Sie wissen wollen.« Jula bemerkte, dass die Frau nicht mehr um sie herumlief. »Er hört zwar nur auf einem Ohr, aber für die akustische Wunderwelt von Dampfern und Zootieren reicht es noch aus.«

Konnte es wirklich sein, dass es Jula gleichgültig geworden war? Was auch immer es bewirkt hatte – die Entführung, die Schüsse auf Paul und den Anwalt, die schalltote Kammer, die Ausweglosigkeit ihrer Lage –, jedenfalls konnte Jula keinerlei Drang in sich spüren, dieser Frau und ihrem stinkenden Vasallen auch nur irgendeine Information über Moritz zu geben. Und ja, das bedeutete wohl wirklich, dass es Jula egal geworden war. Egal, ob die sie folterten. Egal, ob die sie töteten. Einfach egal.

»Wir haben uns im Vorfeld dieses kleinen Aufeinandertreffens eingehend mit Ihnen befasst, Frau Ansorge. Es wird Sie also nicht wundern, dass wir uns auf einen gewissen Widerstand eingerichtet haben.« Die Frau befand sich nun offenbar weiter hinten in dem Raum, der seinem Echo nach ziemlich groß zu sein schien.

»Ich fühle mich geehrt.«

Jula konnte hören, dass sich die Frau langsam in Bewegung setzte, Schritt für Schritt kam sie näher.

»Es wird Sie vielleicht interessieren, dass wir bislang vor allem deswegen so zurückhaltend mit Ihnen umgegangen sind, weil gewisse Menschen uns gewisse Auflagen gemacht haben. Oder glauben Sie nicht, es wäre uns ein Leichtes gewesen, Ihre demente Mutter herzuholen? Oder Ihren Vater? Meinen Sie nicht, dass Sie uns Moritz' Botschaften längst übersetzt hätten, wenn wir Ihrem Bruder Elyas mit einem glühenden Nagel die Augäpfel aus dem Schädel brennen würden?«

Jula biss sich auf die Unterlippe. Was diese Hexe da sagte, war einerseits gut, denn offenbar gab es irgendwelche ominösen Schutzbeschränkungen, die ihr einen gewissen Einhalt geboten. Andererseits wohnte ihrem *bislang* nicht weniger Bedrohliches inne als ihren Konjunktiven. *Okay, du provozierst sie jetzt besser mal nicht noch weiter.*

»Warum erzählen Sie mir das?« Jula sprach etwas defensiver.

»Ich erzähle es Ihnen, damit Sie nicht glauben, dass wir Barbaren sind.«

Jula konnte sich ein bitteres Auflachen nicht verkneifen. »Auf diesen Gedanken wäre ich nie gekommen!«

Sie hörte, wie die Frau wieder näher kam. »Die Menschen, denen Ihr Bruder gefährlich ist, sind gleichzeitig auch die Menschen, die mir gefährlich werden, sollte ich Ihnen nicht die gewünschten Informationen entlocken. Das setzt mich unter einen gewissen Zugzwang.«

Jetzt beschleunigten sich ihre Schritte, und schon konnte Jula wieder das etwas zu blumige Parfüm riechen.

»Hegel ist ziemlich gut, vielleicht sollten Sie es besser bei ihm versuchen. Er hat auch kein persönliches Interesse daran, Moritz zu schützen.«

Jula spürte, wie jemand nach ihrer Maske griff. Mit einem Ruck zog die Frau sie ihr vom Kopf. Sie stand direkt vor Jula und nahm ihr die Sicht auf das, was sich hinter ihr verbarg.

»Seien Sie mir bitte nicht böse, aber der Umstände halber muss ich jetzt leider meine Strategie ändern.«

Damit trat sie beiseite und gab Jula die Sicht auf das frei, was sie zuvor hinter ihrem Körper verborgen hatte. Jula riss die Augen auf, und kaum eine Sekunde später hörte sie sich selbst sagen:

»Ich habe das Strandbad Wannsee immer *Strandbad Wahnsinn* genannt! Und Moritz hatte keine Teddybären, die hat er gehasst. Er will mich also am Tag nach seiner Aussage um 0 Uhr am Strandbad Wannsee treffen!«

KAPITEL 37

Vielen Dank, wer hätte mit so einer spontanen Kooperationsbereitschaft gerechnet? Aber, wie Sie ja selbst bereits festgestellt haben, nützt uns diese Information nichts. Wir brauchen Moritz *vor* seiner Aussage, nicht am Tag danach. Ganz offensichtlich scheint das Entschlüsseln seiner Nachrichten aber deutlich weniger kompliziert für Sie zu sein, wenn man Sie ein wenig motiviert!«

Es war Jula vollkommen egal, was sie redete. Es war auch egal, wie sie redete. Süßlich, freundlich, in diesem sarkastisch hochtrabenden Deutsch, mit dem sie Jula ohnehin nur ihre brillante Intelligenz unter die Nase reiben wollte, und immer mit dieser Note von schwelender Bedrohlichkeit hinter jedem ihrer Worte. Es war auch nicht wichtig, dass der Koloss sich Jula jetzt zielstrebig näherte, und auch die Frage, wo Hegel eigentlich steckte und was er wohl aus Moritz' Nachrichten heraushören konnte, bewegte Jula nicht mehr. Das Einzige, was ihre Aufmerksamkeit weckte, war das Rad. *Was für kranke Schweine machen sich die Mühe, ein mittelalterliches Folterinstrument hierherzuschaffen? Wo haben die das Ding überhaupt her?* Das große, schwere Holzrad war in ein Gestell eingehängt, damit man es drehen konnte. Unter dem Rad konnte Jula zudem die Quelle des Geruchs nach Verbranntem ausmachen. Es waren offensichtlich Vorkehrungen getroffen worden, um unter dem Rad ein Feuer entfachen zu können.

»Hätte es nicht auch ein Hammer getan?« Jula spürte, wie sich ihr Atem beschleunigte.

»Das ist nicht unsere Art!« Die Frau klang beinahe pikiert. »So etwas nutzen vielleicht Geldeintreiber der Mafia, halbherzige Ganoven ohne Ehre und Niveau. Wir dagegen pflegen klare Statements abzugeben.« Sie sah zu ihrem Handlanger, der Jula mittlerweile erreicht hatte und neben ihr stehen geblieben war, und nickte ihm zu. »Wir legen gleich los, Frau Ansorge, aber ich muss Sie um ein wenig Geduld bitten. Es muss noch einiges vorbereitet werden.«

Der Kerl fasste Jula, zog sie mit Leichtigkeit hoch und packte sie mit einem festen Griff am Nacken.

»Wenn Moritz das hier mitbekommt, wird er nicht einfach nur Ihre Bosse hinter Gitter bringen! Er wird Sie persönlich finden, und dann werden Sie es sein, die zur Folterbank geschleift wird!«

Jula hatte das Gefühl, bald das Bewusstsein zu verlieren, vermutlich ein Schutzmechanismus ihres Körpers. Die Frau nickte nur knapp und erteilte dem Kerl dann Anweisungen auf Spanisch. Er machte sich daran, Jula an das Rad zu ketten. Von Julas Rücken aus, der ihr seit der Vergewaltigung in Buenos Aires chronische Schmerzen verursachte, schoss ein Stechen durch ihren Körper, das sie lauthals aufschreien ließ. Mit aller noch verbliebenen Kraft wand sie sich, trat und schlug gegen den massigen Leib ihres Gegners, doch der grobschlächtige Kerl bekam Jula schnell unter Kontrolle und legte ihre Hände und Füße in Ketten. Nachdem Jula nun unfähig zur Gegenwehr war, hatte er leichtes Spiel damit, sie an das Rad zu ketten und so daran zu fixieren, dass sie das massive Holz gegen ihr Rückgrat gepresst spürte. Immerhin, der feste

Druck des massiven Holzes gegen ihr Kreuz vermochte es ironischerweise, zumindest das Stechen im Rücken etwas zu lindern. *Vielleicht sollte ich mir auch so ein Ding anschaffen.* Jetzt machte sich der Kerl daran, das Feuer unter dem Rad zu entfachen. Jula war noch am oberen Ende des Rades positioniert, sodass sie die Hitze der allmählich aufsteigenden Flammen aushalten konnte. Der Rauch jedoch stieg ihr in die Atemwege und ließ sie husten.

»Ich muss Ihnen leider sagen, dass Ihre Zeit ins Straucheln gerät.« Die Frau sah Jula mit Gleichgültigkeit im Blick an. »Sind Sie bereit?«

»Ich werde nicht reden! Sie töten mich ja sowieso!« Jula schrie regelrecht, bevor ihr weiterer Rauch in die Lunge geriet und sie erneut husten musste.

»Sie sollen gar nicht reden. Im Gegenteil, ich wäre Ihnen sogar dankbar, wenn Sie ab jetzt schweigen würden!«

Sie erteilte dem Kerl eine Anweisung auf Spanisch. Jula verstand diese nicht, bekam aber mit, dass sich der Mann vorübergehend von ihr abwandte und etwas im Raum arrangierte. Dann trat er wieder an Jula heran, hob etwas vom Boden auf und zeigte es ihr. Eine schwere Metallstange. *Okay, Jula. Es geht zu Ende. Du hast gekämpft, so gut du konntest. Was auch immer passiert: Gib denen nicht, was sie wollen. Lass sie wenigstens nicht auch noch Erfolg mit ihrer Horrorshow haben!* Jula sah schwer atmend und mit brennenden Augen zu der Frau hinüber, die sich ganz in ihrer Nähe neben dem Rad aufgestellt hatte. Sie griff ihre schwarze Maske aus der Tasche und zog sie sich über den Kopf. Dann sah sie zu irgendeinem Punkt im Raum und streckte den Körper durch, als beabsichtige sie, eine Ansprache zu halten. Tatsächlich begann sie in formellem Ton zu sprechen:

»Was Sie hier sehen, ist eines der ältesten und effektivsten Folterinstrumente der Geschichte: das Rad! Der Verurteilte wurde daran festgebunden, dann wurden ihm zunächst die Knochen gebrochen.«

Jula sah röchelnd zu dem Kerl, der demonstrativ seine Metallstange anhob. *Die machen ein Video davon, wie sie mich foltern!* Die Frau sprach weiter:

»Nachdem die Knochen gebrochen waren, konnte man das Opfer besser und fester aufs Rad binden. Es ging beim Rädern im ersten Schritt nicht um den Tod des Verurteilten, sondern einzig und allein darum, ihm Schmerzen zuzufügen. Die Folter wurde öffentlich auf den Marktplätzen durchgeführt, denn ein wichtiger Aspekt des Räderns war die abschreckende Wirkung. Die Menschen waren damals nicht besonders zurückhaltend, wenn es um Strafe und Folter ging, wir können bis heute noch viel daraus lernen. Um Ihnen das Rädern in all seiner grausamen Kunst demonstrieren zu können, benötigen wir natürlich einen Delinquenten. Darf ich Ihnen vorstellen: Jula Ansorge!«

Sie nickte dem Mann zu, der daraufhin das Rad so weit drehte, dass Jula nun nach vorn ausgerichtet daran hing. Tatsächlich erkannte sie eine Kamera auf einem Stativ im Raum, die das grausame Schauspiel offenbar filmte. Jula war klar, dass jeder, der dieses Video zu sehen bekommen sollte, sie gut würde erkennen können.

»Nachdem wir Frau Ansorge in einer zeitaufwendigen Prozedur sämtliche Knochen gebrochen haben, werden wir damit beginnen, das Rad zu drehen. Das Feuer, das mein Assistent darunter entfacht hat, mag nicht besonders groß sein, denn schließlich wollen wir ja hier nicht ersticken. Es wird aber nicht zu Frau Ansorges Wohlbefinden beitragen, wieder und wieder durch die Flammen und die Glut gerädert zu werden. Wir werden selbstverständlich davon absehen, Frau Ansorge zu töten. Zu einer guten Räderung gehört es nämlich, dass es am Ende die Schmerzen sein werden, die auf die eine oder andere Weise den Tod des Opfers herbeiführen. Ihr Deutschen habt dafür eine sehr schöne Redewendung: Gut Ding will Weile haben!«

Jula spürte, wie Bilder und Gefühle zu ihr kamen, die sie längst vergessen hatte. Sie roch den Duft ihrer Bettwäsche, wenn ihre Mutter diese zum Trocknen draußen aufgehängt hatte, und schmeckte den Saft, den sie mit den Äpfeln aus dem Garten ihres Opas zubereitet hatten. Er war immer braun gewesen, ganz anders als der Saft aus dem Supermarkt. Aber er hatte viel besser geschmeckt. Jula hustete, als ein weiterer Stoß des Rauches in ihre Nase geriet. Das Feuer diente offenbar zunächst nur der Demonstration, ansonsten hätte sie es vermutlich bereits jetzt schon nicht mehr aushalten können. Und natürlich wusste Jula, wer die *Bonbon-Frau* war! Sie hatte im Restaurant am Nebentisch gesessen, als Jula mit Moritz dort Pizza gegessen hatte. Sie war offenbar alleinstehend gewesen, was angesichts ihrer aufdringlichen und unsympathischen Art weder Jula noch Moritz mit Verwunderung erfüllt hatte. Immer wieder hatte sie sich in die Gespräche der Geschwister eingemischt, obwohl sie absolut nichts mit ihnen zu tun hatte. Sie war zunehmend lästig gewesen und aus irgendeinem Grund hatte sie die ganze Zeit über ein Hustenbonbon im Mund gehabt. Noch Jahre später hatten Jula und Moritz kein Restaurant besuchen können, ohne eine Bemerkung dazu zu machen, dass hoffentlich nicht wieder die *Bonbon-Frau* am Nebentisch sitzen würde. Und natürlich wusste Jula noch sehr genau, in welcher Straße die Pizzeria gewesen war. Doch warum sollte sie das jetzt noch preisgeben? Sollte sie doch ihren Spaß haben, diese verfluchte Hexe. Ihre Knochen konnte sie Jula brechen, nicht aber ihren Stolz. Ja, es konnte schon sein, dass sie Moritz finden würde. Hegel würde bestimmt irgendein Räuspern auf Moritz' Sprachnachrichten hören, das ihm verraten würde, wo er sich versteckte. Und nach dem, was diese Sadisten gleich mit ihr anstellen würden, dürfte Hegel wohl auch hoch motiviert sein, Ergebnisse zu liefern. Aber es würde zumindest nicht Jula sein, die Moritz verriet. Und das, obwohl sie genau wusste, wie sie ihn finden konnte. *Das Haus, das so aussieht wie die Strandpromenade von Ahlbeck*. Die Stimme der Frau riss Jula aus ihren Gedanken.

»Die Leiden von Frau Ansorge werden so heftig sein, dass man sie vor dem Monitor mitfühlen kann. Und glauben Sie mir, ich bin gut darin, Menschen lange, lange am Leben zu erhalten, wenn ich das will. Also, Moritz! Du wirst dich uns ausliefern, und zwar sofort! Du hast sicher noch irgendeine Mailadresse. Du kennst noch Kontaktleute und hast deren Nummern. Es dauert vielleicht ein wenig, bis du dieses Video siehst, deswegen gebe ich dir bis Mitternacht Zeit! Bis dahin benötige ich die Information meiner Freunde, dass du dich uns ausgeliefert hast. Dann, und nur dann, binde ich deine kleine Schwester vielleicht wieder von diesem Rad los!«

Sie machte eine Pause, vermutlich, um das Video an dieser Stelle schneiden zu können. Dann wandte sie sich direkt an Jula. »Diese Aufnahme geht jetzt ins Internet und an alle Nachrichtenredaktionen des Landes. In einer Stunde ist es viral, und ganz egal, wo Moritz sich versteckt: Er wird dieses Video sehen. Was sagten Sie noch? *Wenn Moritz das hier mitbekommt, dann wird er Sie persönlich finden*. Um ehrlich zu sein, genau das war mein Plan! Warum sollen wir ihn suchen, wenn wir ihn auch anlocken können?« Sie neigte sich zu Jula hinunter und kam ganz nah an ihr Ohr, bevor sie flüsterte: »Steck dir deine verschissene *Bonbon-Frau* in den Arsch!«

KAPITEL 38

HEGEL

Endlich war er allein. Endlich konnte er Moritz' Tonaufnahmen eingehend analysieren, ohne sich mit dem ebenso leeren wie dummen Blick durch die Maske des Handlangers dieser Frau anstarren zu lassen. Oder, was noch schwerer zu ertragen war, dieser selbstgefälligen Hexe beim Schwadronieren zuhören zu müssen. Das *Todesrauschen* in Hegels rechtem Ohr hatte zumindest ein wenig nachgelassen, und wenn es auch noch eine ganze Weile lang nicht wieder völlig verklungen sein würde, erleichterte ihm diese erste kleine Besserung das Arbeiten doch zumindest etwas. So viel war klar: Moritz hatte sich an die Vereinbarung gehalten, die Hegel mit ihm getroffen hatte! *Sage viel und dann auch wieder nichts. Gib uns Rätsel auf, verstecke Anhaltspunkte, verschleiere die wahre Botschaft, so gut es geht. Und hinterlasse mir den einzig bedeutsamen Hinweis so, dass nur ich ihn finden kann!* Hegel wusste, dass Moritz ihm traute. Oder zumindest hoffte er das. Die beiden hatten nicht oft Kontakt zueinander gehabt, seit Jula in Hegels Leben getreten war, doch immerhin dieses eine Telefonat hatten sie geführt. Verschlüsselt, mehrfach umgeleitet und über das Handy seines Rechtsanwalts, noch aus der Untersuchungshaftanstalt Moabit heraus. Moritz wollte Jula treffen, unbedingt, lieber gestern als heute. Doch es wäre vollkommen unverantwortlich gewesen, das zu arrangieren.

Sie suchen dich überall und sie werden dich auch nach deiner Aussage noch jagen! Du musst vollständig und für immer untertauchen, dein Aussehen noch weiter verändern! Und vor allem: niemals wieder Kontakt zu deiner Familie aufnehmen! Ein *Treffen. Ein einziges, extrem gut vorbereitetes Treffen mit Jula bekommen wir hin, aber dann musst du verschwinden, für immer!*

Hegel rieb sich die Augen. Ja, er hatte damit gerechnet, dass Remus an ihn herantreten würde. Dass man ihm Geld bieten, ihm drohen oder gar Mathilda ins Spiel bringen würde. Es war ganz gleich, ob sie Hegel als Köder oder als Verräter hätten einsetzen wollen, wie auch immer, diesen Leuten war jedes Mittel recht. Dass sie es auf diese Weise tun würden, brutal, gnadenlos, anscheinend ohne jegliche Subtilität – damit hatte Hegel jedoch nicht gerechnet! Aber wie auch immer. Die Dinge waren gekommen, wie sie gekommen waren, und solange er das Privileg genoss, in diesem abgeschlossenen Raum allein zu sein, würde er versuchen, ihn zu finden. Diesen einen Hinweis in Moritz' Sprachnachrichten, der von echter Bedeutung war.

»Ich habe Matthias schon angekündigt, dass ich mich bei dir melden werde. Ich weiß, dass du ihm misstraust, aber dieses Mal musst du ihm bitte glauben. Es stimmt alles, was er sagt!«

Hegel schloss die Augen, lehnte sich in dem unbequemen, knarzenden Stuhl zurück und verschränkte die Arme. *Die Aussage, dass Jula mir glauben soll, könnte eine Markierung sein. Es könnte bedeuten, dass sich an dieser Stelle eine Botschaft versteckt.* Hegel unterdrückte

Moritz' Stimme bestmöglich, um nun besser auf die Geräusche im Hintergrund achten zu können. Es war Wind zu erkennen, beinahe Sturm. Doch das allein war noch nicht von Bedeutung. Immerhin, das Wetter war dieser Tage nicht eben das beste gewesen, es hatte durchaus so einige Böen gegeben. Doch der starke Wind erklärte nicht alle Töne im Hintergrund. Hegel konnte zudem die Geräusche einer stark befahrenen Straße ausmachen, dem Anschein nach weiter in der Ferne. Auch das wäre nicht weiter bemerkenswert gewesen, schließlich befand sich Moritz auf einer andauernden Flucht und würde sich bevorzugt an belebten Orten mit guter Verkehrsanbindung aufhalten. Es war etwas anderes, das Hegel aufhorchen ließ. Etwas, das nicht zu dem Sturm und der Autobahn passen wollte. Die Geräusche im Hintergrund ließen deutlich darauf schließen, dass sich Moritz im Freien befand. Hegel holte mit einigen Klicks dessen Stimme wieder in den akustischen Vordergrund und blendete nun den Sturm und die Straßengeräusche so weit wie möglich aus. Tatsächlich, es war so, wie er es vermutet hatte, die phonetische Analyse von Moritz' Worten ließ keinen Zweifel zu!

Seine Worte erzeugen ein Echo. Es lässt darauf schließen, dass er sich während der Aufnahme in einem geschlossenen Raum von etwa zwanzig bis fünfundzwanzig Quadratmetern Größe befindet. Moritz wusste, dass ich das feststellen würde. Das bedeutet, der Wind und die Autobahn sind nur zur Täuschung eingespielt! Gut, der Dampfer und die Koalas waren auch Täuschungsmanöver, aber in diesen Fällen ging es darum, einen falschen Aufenthaltsort vorzuspiegeln. Warum sollte Moritz aber den ungeübten Hörer einer seiner Nachrichten darüber hinwegtäuschen wollen, dass er sich in einem geschlossenen Raum befindet? Dazu besteht kein sinnvoller Anlass.

»Du wusstest, dass ich mir diese Frage stellen würde.« Hegel lächelte, während er anerkennend nickte.

Moritz war ein aufmerksamer Schüler gewesen. Er hatte viele Fragen zu Hegels Arbeit gehabt und er hatte konzentriert zugehört, wenn dieser ihm über die Möglichkeiten der Phonetik berichtet hatte. Hegel konnte sich noch gut an die Dinge erinnern, die er Moritz erklärt hatte. Und er wusste, dass sich alles, was sich in diesen beiden Nachrichten an ihn und Jula verbarg, an den Erkenntnissen aus eben diesen Gesprächen orientierte.

Der Wind und die Fahrbahngeräusche sind nicht dazu da, jemanden über die räumliche Größe seines Aufenthaltsorts zu täuschen – sie sind Monstertrucks! Es war eine Weile her, dass Hegel mit Julas Bruder über das Phänomen des *Verdeckers*, des *auditory masking*, gesprochen hatte. *Stell dir vor, du fährst einen Kleinwagen auf einen Supermarktparkplatz. Dann fliegst du mit einer Drohne über den Parkplatz und machst Fotos. Du wirst den Kleinwagen auf dem Bild sehen können. Farbe, Marke und Modell kannst du gut erkennen. Wenn jetzt aber ein Monstertruck über den Kleinwagen fährt und ihn einfach unter sich verdeckt, kannst du den Kleinwagen nicht mehr sehen. Er ist durch das größere Fahrzeug komplett unsichtbar gemacht worden. Und das, obwohl der Kleinwagen trotzdem nach wie vor noch ganz genau da steht, wo du ihn abgestellt hattest. So funktioniert unser Ohr! Wir können akustische Monstertrucks nehmen, um einen akustischen Kleinwagen darunter zu verstecken. Das Signal des Kleinwagens ist schon noch da, er hat sich ja nicht in Luft aufgelöst. Aber das Signal des Monstertrucks über-*

deckt das Signal des Kleinwagens, weil unser Gehirn mit dem größeren, stärkeren Signal komplett beschäftigt ist. Oder einfacher gesagt: Das lautere Signal verdeckt das leisere! Sturmböen oder Autobahnen können sehr effektive Verdecker sein, und vor allem: Deren akustische Charakteristik ist einem Profi so weit bekannt, dass er weiß, wie er sie herausfiltern kann. Und natürlich kann ich einen Monstertruck nicht einfach unsichtbar werden lassen, aber das muss ich ja auch gar nicht. Ich muss die Verdeckergeräusche nicht komplett herausfiltern, nur gerade so weit, dass der Kleinwagen darunter wieder zum Vorschein kommt. Und wenn dieser symbolische Kleinwagen nun zum Beispiel eine geflüsterte Botschaft ist, wird man sie ohne technische Analyse hinter dem symbolischen Monstertruck nicht mehr hören können!

Sturmböen und Autobahngeräusche. Das waren exakt die Beispiele gewesen, die Hegel Moritz damals genannt hatte. *Kluger Junge!* Hegel begann, aus dem Knäuel einander überlappender Frequenzen diejenigen herauszufiltern, auf die es ihm ankam. Es würde eine Weile dauern, doch was immer die Hexe und der brutale Trottel mit Jula auch gerade machten, es schien Zeit in Anspruch zu nehmen. Schließlich gelang es Hegel, sowohl den Sturm als auch die Autobahngeräusche zumindest so weit zu unterdrücken, dass tatsächlich etwas darunter zum Vorschein kam. Eine geflüsterte Botschaft hielt sich wohl geschützt unter dem Lärm verborgen. *Er hat das alles wirklich sehr sorgfältig vorbereitet! Wollen wir hoffen, dass es uns etwas nützt.* Es dauerte noch einige Minuten, bis es Hegel gelungen war, die Geräuschinformationen zumindest so weit auseinanderzuregeln, dass er konkrete Worte verstehen konnte:

»Ein … Mittag … trübe … an … traurig.«

Was zur Hölle? Hegel regelte weiter, tat, was er konnte. Doch die Software, die man ihm zur Verfügung gestellt hatte, war in ihren Möglichkeiten nicht mit seiner eigenen auf eine Stufe zu stellen. Moritz' Worte blieben verwaschen, sie waren kaum zu verstehen. Hegel fiel nun etwas ganz anderes auf. *Er spricht in einem besonderen Rhythmus. Nicht so, wie man üblicherweise redet. Der Takt und der Duktus seiner Worte weisen auf ein kunstvolles, theatralisches Sprechen hin. Auf so etwas wie … ein Gedicht!* Hegel rieb sich durchs Gesicht und konzentrierte sich noch mehr. Und wenn es dabei auch gerade nicht hilfreich war, dass er nur mit dem linken Ohr hören konnte, meinte er trotzdem, Moritz jetzt ein wenig besser verstehen zu können:

»Einst … eine Mittag … au … ich trübe sann … traurig.«

Das ist es also! Hegel klatschte ebenso erleichtert wie begeistert in die Hände. Erlöst ließ er sich zurück gegen die harte Lehne dieses blöden, billigen Holzstuhls sinken und lächelte zufrieden.

»Einst, um eine Mittnacht graulich, da ich trübe sann und traulich.« Hegels Stimme war von Anerkennung voll. »Das muss man den Ansorge-Geschwistern schon lassen: Sie sind ziemlich clever!«

Noch einmal versuchte Hegel sich zu erinnern, worüber genau er mit Moritz gesprochen hatte. In der Kantine des BKA, hinter dicken Mauern, versteckt und geheim gehalten. In den Pausen der endlosen Gespräche und Verhöre, damals, in der Zeit nach Buenos Aires, als Moritz seinen Deal mit den Behörden ausgehandelt hatte. Als Hegel stundenlang dabei gewesen war, um jedes

Wort, das Moritz ausgesagt hatte, mit Mitteln der phonetischen Forensik auf dessen Wahrheitsgehalt überprüfen zu können. Als Moritz von Dr. Gunnar Varbelow so brillant juristisch vertreten worden war, dass Hegel diesen fortan selbst als seinen Verteidiger eingesetzt hatte. *Edgar Allan Poe! Ein sehr intelligenter Hinweis auf eine sehr intelligente Verschlüsselung.*

»Also gut.« Hegel sprach seine Worte erwartungsvoll in die Leere. »Dann wollen wir ihn uns doch mal anhören. Den einzig bedeutsamen Hinweis, der so versteckt ist, dass nur ich ihn finden kann …«

KAPITEL 39

ZOLA

»Das Video ist hochgeladen, jetzt kann die Party losgehen!« Zola hatte ihren Vorgesetzten angerufen, unmittelbar, nachdem sie das Video geschnitten, über einen vorbereiteten Verteiler versendet und sich zum Durchatmen nach draußen auf das stillgelegte Gelände begeben hatte. »Es wird überall zu sehen sein, auf allen Medien. Klar, die Typen vom Fernsehen werden natürlich alles verpixeln und schneiden, aber im Internet wird man den ganzen krassen Scheiß zu Gesicht bekommen. Was für ein aufregender Tag für die Medien! Erst kommt Hegel frei, dann wird er entführt, und jetzt wird seine größte Gegnerin Jula Ansorge öffentlich gefoltert, um ihren angeblich toten Bruder unter Druck zu setzen. Die sollten uns Provision bezahlen!«

»Ihnen ist schon klar, dass die Polizei mit einem Großaufgebot überall nach den beiden sucht? Und mit diesem Video haben Sie denen zumindest den Hinweis geliefert, dass sie sich in großer Abgeschiedenheit befinden. Die Zeit drängt, früher oder später werden die bei Ihnen auftauchen, um das Areal abzusuchen.«

»Jetzt bleiben Sie mal ganz ruhig. Bis hier irgendein Bulle auftaucht, weiß ich längst alles, was ich wissen will.«

»Hoffen wir es! Ich werde bald bei Ihnen sein. Darf ich

davon ausgehen, dass ich Frau Ansorge unverletzt antreffen werde?« Der Mann machte keinen Hehl daraus, dass er weit weniger zufrieden mit dem Stand der Dinge war als seine Gesprächspartnerin. »Nur sie kann uns Moritz liefern, kein anderer! Vielleicht liefert er sich uns ja wirklich aus, aber das wird er garantiert nicht ohne einen Beweis dafür tun, dass es seiner Schwester gut geht. Und wenn er sich uns nur im Austausch gegen sie stellt, dann sollte sie lieber wohlauf sein!«

Zola verdrehte die Augen. »Keine Sorge, es läuft alles wie besprochen. Wir legen Ansorge und Hegel erst um, wenn wir Moritz ausgeschaltet haben.«

»Besser ist es! Sollten Sie oder Ihr dämlicher Folterknecht nämlich irgendwelche Scheiße bauen, bin nicht nur ich erledigt. Es ist Ihnen ja wohl hoffentlich klar, dass man Ihnen ein Versagen ebenso wenig verzeihen würde wie mir?«

Zola setzte sich auf eine der verwitterten Bänke, die damals, als das Gelände noch genutzt worden war, im Außenbereich für die Raucher zur Verfügung gestanden hatten. Sie hob ihren Blick in den Himmel, der sich bereits am Nachmittag verdunkelt hatte, und genoss einen tiefen Zug der frischen Luft.

»Wir arbeiten an mehreren Fronten gleichzeitig.« Zola klang etwas erschöpft, schließlich war auch ihr Tag lang und voll von Anstrengung gewesen. »Nicht nur, dass wir Moritz anlocken, Hegel analysiert auch immer noch die Sprachnachrichten. Wenn alles läuft, wie ich es plane, haben wir bald alle Informationen, die wir brauchen.«

Das Schweigen am anderen Ende der Leitung ließ Zola vermuten, dass der Verantwortliche für diese ebenso aufwendige wie beschwerliche Operation mit der Lage haderte. Erst nach einer längeren Pause sagte er: »*Vielleicht* findet Hegel etwas heraus. *Vielleicht* bringen Sie Frau Ansorge noch zum Reden. *Vielleicht* wird sich Moritz uns freiwillig stellen. Das ist doch alles Scheiße!« Es klang, als habe er scheppernd mit der Faust auf einen Tisch geschlagen. »Was macht denn eigentlich die Zeit über den Köpfen der beiden?«

Zola grinste wie ein Kind. »Das ist zwar nur esoterischer Bullshit, den ich mir ausgedacht habe, weil ich es irgendwie cool fand und die Story mal was anderes war. Aber ich kann Ihnen trotzdem sagen, was die Zeit über *Ihrem* Kopf macht!«

»Da bin ich ja mal gespannt!« Er schien wenig vergnügt zu sein.

»Sie wird stehen bleiben, und zwar bald! Und das wird daran liegen, dass Sie an Ihrer verweichlichten, abwartenden Haltung zugrunde gehen!« Zola erhob sich von der Bank und begann, während des Telefonierens über das Gelände zu gehen. »Ich kann alle Informationen, die Jula Ansorge hat, ganz einfach aus ihr rausquetschen. Und Moritz wird sich uns nicht *vielleicht,* sondern *garantiert* ausliefern, wenn Sie mich nur endlich meinen Job machen lassen. Auf meine Art!«

»Ihre Art ist das allerletzte Mittel, das wir einsetzen! Wenn alle, aber auch wirklich alle anderen Möglichkeiten gescheitert sind!«

Zola spannte den ganzen Körper an. Wie gern würde sie diesem Kerl einfach eine Kugel zwischen die Augen jagen, sobald er endlich auftauchte. Wie gern würde sie Julas Befragung auf ihre ganz persönliche Art fortführen, schnell, effizient und dreckig. Doch aus irgendeinem Grund stand dieser Typ unter dem besonderen Schutz von Remus und ihn zu beseitigen wäre Zolas Karriere nicht eben förderlich.

»Und warum *lassen* Sie mich nicht einfach meinen Job machen?«

Wieder vergingen Sekunden, bis Zola eine Antwort erhielt.

»Weil ich in der Lage bin, über den Horizont dieser Operation hinaus zu denken! Jula Ansorge wird uns, sobald wir Moritz endlich in unserer Gewalt haben, noch sehr viel Nutzen bringen. Wenn wir ihr anbieten, sein Leben zu verschonen, wird sie so ziemlich alles für uns tun, was wir möchten.«

Zola entglitten die Gesichtszüge. »Sie haben vor, Moritz am Leben zu lassen?«

Die Antwort ließ nicht lange auf sich warten: »Natürlich nicht! Aber wir können sie es ja glauben lassen!«

KAPITEL 40

PAUL

Noch immer hatte er Elyas nicht erreicht. Das Telefonat, in dem Julas Halbbruder Paul mitgeteilt hatte, dass er sich gemeinsam mit Friedrich zum Flughafen Tegel aufmachen werde, war das letzte Lebenszeichen von ihm gewesen. Und was auch immer dieser Sanchez plante, aus welchem Grund er nach Tegel gefahren war und welche Ziele er mit diesem gefälschten Abschiedsbrief verfolgte – er würde Elyas und Friedrich ganz sicher nicht mit Kaffee und Kuchen empfangen haben.

Paul tastete nach der Ringschachtel in seiner Tasche, bestimmt zum hundertsten Mal, seit er die Notaufnahme unverrichteter Dinge wieder verlassen hatte. *Was für ein beschissener Tag …* Jula brauchte ihn jetzt, unbedingt, von Minute zu Minute mehr! Ganz gleich, ob sie ihn nun heiraten wollte oder nicht. *Ich muss nachdenken, mich zusammenreißen. Was kann ich tun, um sie zu retten?* Die Schmerzen von seiner Schussverletzung waren noch immer deutlich präsent, doch Pauls Sorge um Jula vermochte es, sein körperliches Leiden weit genug in den Hintergrund zu drängen, um ihn wach bleiben zu lassen. Bei Kräften, handlungsfähig. Mehr schlecht als recht, doch es würde reichen müssen.

Paul warf seine blutbesudelte Kleidung in die Mülltonne nahe dem Park, in dem er sich auf einer öffentlichen

Toilette umgezogen hatte. Die Klamotten, die er auf die Schnelle bei dem Mode-Discounter bekommen hatte, saßen nicht besonders gut, und auch ihre Qualität war eher beklagenswert. Doch sie war unauffällig und frei von Blut und Einschusslöchern. *Was kann man von seinem Outfit mehr verlangen?* Gerade griff Paul nach seinem Handy, um mit dessen Hilfe den am Fahrbahnrand abgestellten Smart eines Carsharing-Anbieters zu entriegeln, als es vibrierte. *Ist das Elyas? Hat er was über diesen Sanchez rausgefunden?*

Rudy Constantin hatte ihm einen Link zugesendet. Zusammen mit der Textnachricht *Was ist denn da los? Ist das echt? Kann ich irgendwas tun???*. Paul klickte auf den Link und schon öffnete sich die Website eines Bloggers, der für seine kruden Verschwörungstheorien zu nahezu allen Themen, die in den Medien diskutiert wurden, gleichermaßen bewundert wie verlacht wurde. Das Video trug den Titel *Krasse Folter, krasser Shit!* und war mit einem Vorschaubild beworben, das eine unkenntlich gemachte Frau zeigte, die an ein mittelalterliches Folterinstrument gebunden war. Sofort startete Paul das Video. Es begann mit dem scheinbar endlosen Salbadern des Bloggers, mit dem dieser seine Zuschauer vor dem Betrachten eben des Videos warnte, das er ihnen selbst soeben zugänglich machte. Paul übersprang die Einleitung und kam direkt zum Start des eigentlichen Films.

»Was Sie hier sehen, ist eines der ältesten und effektivsten Folterinstrumente der Geschichte: das Rad! Der Verurteilte wurde daran festgebunden, dann wurden ihm zunächst die Knochen gebrochen.«

Jetzt war Julas Gesicht nicht mehr unkenntlich. Die Frau mit der Maske hatte eine gute Kamera ausgewählt.

Die Bilder waren gestochen scharf und die Belichtung schwach genug, um das Dämonische der Situation nicht zu überleuchten, gleichwohl aber hell genug, um es dem Betrachter sichtbar zu machen. Julas machtlose Wut, ihr verzweifeltes Zerren an den Fesseln und das fassungslose Schnauben wurden von der beiläufigen Moderation der maskierten Frau in einer Weise kontrastiert, die selbst dem hartgesottensten Betrachter eine Gänsehaut bereiten würde. Paul sprang zum Ende der Aufnahme, atmete tief durch und beendete die Wiedergabe, die bereits einige tausend Klicks verzeichnete.

Er lehnte sich mit dem Rücken gegen den Mietwagen, schloss die Augen und dachte nach. *Die Polizei dürfte das Video wohl schon haben.* Er startete den Clip erneut, dieses Mal ohne Ton. Paul versuchte ohne die Ablenkung durch den Vortrag der Frau und das Schnauben von Jula auf den Bildern etwas auszumachen, das den Ort verraten konnte, an dem es aufgenommen worden war. *Wenn Moritz dieses Video sieht, wird er genau dasselbe machen! Er wird nicht einfach zu irgendeinem Remus-Mitglied stiefeln und sich stellen. Er wird Jula persönlich von diesem Rad losbinden wollen! Was könnte er auf diesen Bildern sehen, das ihm verraten würde, wo sie festgehalten wird? Zunächst mal dieses Rad! Wo bekommt man wohl ein solches Folterinstrument her? Die stehen ja schließlich nicht einfach so im Baumarkt rum und ein Museum wird das vermutlich auch eher nicht als Partydekoration verleihen.*

Paul sah auf die Uhr. »Bis Mitternacht gibt sie ihm Frist.« Paul merkte gar nicht, das er gedankenverloren zu sich selbst sprach. »Das sind schon noch ein paar Stunden und bis dahin wird sie Jula nichts tun. Das ist gut.«

Paul raffte sich auf, nachdenken konnte er schließlich

auch im Auto. In Bewegung, handelnd, statt an ein Auto gelehnt Zeit zu vergeuden und sich Videos anzusehen. Noch einmal versuchte er, Elyas zu erreichen, doch dessen Handy war nach wie vor ausgeschaltet. *Er war zuletzt beim Flughafen Tegel. Das ist ein großes Gelände. Da könnte man so einiges machen, und niemand würde es mitbekommen.* Es half nichts, Paul konnte nicht länger abwarten. Er musste in das Geschehen eingreifen, Jula da rausholen, unverletzt! *Wenn ich nur wüsste, wie …*

KAPITEL 41

JULA

Sie hatte sich freiwillig in die schalltote Kammer gelegt. Warum auch nicht? Die gnadenlose Stille darin hatte nicht annährend das Folterpotenzial des Rades, und wenn sich Julas Ohr hinter diesen Wänden auch nicht orientieren konnte, so bot der Raum doch immerhin einen gefederten Boden. Und wenn dieser nur dem Zwecke der Schallabsorption diente, war er Julas schmerzendem Rücken doch ein Untergrund, der ihr mehr Leiden nahm, als die Stille ihr zuzufügen vermochte. Obwohl Jula bereits seit mehr als zehn Minuten in dieser Kammer lag, dachte sie über die Beklemmung und Orientierungslosigkeit darin nicht nach. Die Auswirkungen des Raumes waren für sie jetzt nur so etwas wie ein störendes Schnarchen, an das man sich so weit gewöhnt hatte, dass man erst dann wieder daran dachte, wenn es plötzlich aufhörte.

»Kann ich kurz mit Ihnen reden?«

Jula hatte Hegel nicht eintreten gehört. *Natürlich nicht, wie auch?*

»Ich schätze, ich habe gerade ein bisschen Zeit.« Jula sah demonstrativ auf die Stelle an ihrem Handgelenk, an der man eine Uhr tragen würde. »Zwischen *Rädern* und *Eiserner Jungfrau* mache ich immer gern einen kleinen Powernap.«

Hegel setzte sich zu Jula. »Was haben die denn mit Ihnen gemacht?«

»Noch nicht viel, glaube ich.«

Hegel nickte still. »Passen Sie auf, die Frau ist gerade wieder rausgegangen. Ich schätze, sie hat einiges zu organisieren, wir sind ja eher schwierige Kunden. Der bullige Typ ist noch da, aber der spricht nur Spanisch.«

»Wir müssen nicht reden.« Jula schloss die Augen. »Wir müssen hier abhauen, so schnell wie möglich.«

Hegel neigte sich ganz nah an Julas Ohr heran. »Ich habe etwas in der ersten Aufnahme von Moritz gefunden, das Sie interessieren dürfte.«

Jula wandte den Kopf Hegel zu, sodass ihre Gesichter einander ganz nah waren. »Wie meinen Sie das?«

»Moritz hat seine Sprachnachrichten äußerst professionell vorbereitet. Sie sind mit so vielen akustischen Phänomenen und psychologischen Täuschungsmanövern ausgestattet, dass wir davon ausgehen können, ihm war bewusst, dass Remus sie in die Hände bekommen würde. Zumindest hat er sich gewissenhaft auf diese Eventualität vorbereitet.«

»Sie meinen, der Treffpunkt und das Versteck, das er mir codiert nennt, stimmen gar nicht?«

»Doch, ich glaube schon, dass das stimmt. Ich frage mich nur, welchen Sinn seine geheimnisvolle Codierung hat. Ich habe Sie das bisher nicht gefragt, weil ich dachte, Sie würden es mir sowieso nicht sagen. Aber was hat es mit dem Haus auf sich, das aussieht wie die Strandpromenade von Ahlbeck?«

Jula wandte das Gesicht wieder ab. Konnte sie ihm diese Antwort geben? Einerseits war diesem Kerl nicht zu trauen. Jula konnte noch nicht einmal mit Gewissheit ausschließen, dass Hegel zu dieser Operation dazugehörte. Warum sollte es nicht Remus' Plan sein, sie so lange von diesen Gangstern drangsalieren zu lassen, bis sie sich schließlich ihrem *einzigen Verbündeten* Hegel anvertrauen würde? Warum sollten die nicht einen Deal mit ihm gemacht haben, nach dem sie ihn freilassen oder zumindest Mathilda verschonen würden, wenn er im Gewand des Verbündeten die gewünschten Informationen aus ihr herausholte? Hegel war schließlich nicht nur Phonetiker, sondern auch noch Psychologe, und zuzutrauen war ihm ohnehin so gut wie alles. *Aber eben auch, dass er Moritz irgendwie helfen kann!*

»Wozu wollen Sie das wissen?«

»Das kann ich noch nicht sagen, aber es wäre möglich, dass wir unsere Taktik ändern müssen. Bitte kommen Sie mit nach nebenan. Ich muss Ihnen etwas vorspielen.«

Jula sah erneut zu Hegel. Noch nie zuvor hatte sie in seinem Blick so viel brüderliche Verbindlichkeit erkennen können wie in diesem Moment. Nichts Heimtückisches, Zwiespältiges oder Arrogantes lag darin.

»Also gut.«

Sie versuchte, sich aufzuraffen, doch ein Stechen im Rücken zwang Jula auf den gefederten Boden zurück. Hegel erhob sich und streckte ihr die Hand entgegen, um ihr aufzuhelfen. Sie folgte ihm in den Nebenraum, vor dessen Ausgangstür noch immer der maskierte Koloss stand.

»Hier, an dieser Stelle, habe ich mit meinem verletzten Trommelfell Probleme, die Stimme zu verstehen.«

Hegel zwinkerte Jula zu und sie stieg in die Scharade ein. »Das bekommen wir schon hin.« Sie setzte sich die Kopfhörer auf. »Dann lassen Sie mal hören.«

Hegel betätigte eine Taste und Jula vernahm eine isolierte Tonspur, auf der das Schreien der Krähen zu hören war. Fast vollständig befreit vom Signalhorn des Dampfers und den Brunftgeräuschen der Koalas. Sie setzte die Kopfhörer wieder ab und sah Hegel fragend an. »Was soll ich denn da hören?«

Hegel faltete die Hände ineinander, setzte einen etwas zu theatralischen Blick auf und begann ohne weitere Erklärungen zu rezitieren:

»Einst, um eine Mittnacht graulich, da ich trübe sann und traulich müde über manchem alten Folio längst vergess'ner Lehr – da der Schlaf schon kam gekrochen, scholl auf einmal leis ein Pochen, gleichwie wenn ein Fingerknochen pochte, von der Türe her.«

Jula sah Hegel an, als sei er soeben wahnsinnig geworden.

»Ist das nicht von Edgar Allan Poe? *Der Rabe?*«

Hegel nickte bedeutsam, und seine Mimik wandelte sich von theatralisch zu anerkennend. »Meine Hochachtung, sehr gut! Das ist eines der schönsten Gedichte, die ich kenne. Moritz hat die ersten Zeilen davon verdeckt in eine seiner Nachrichten geschmuggelt.«

Jula verstand noch immer nicht, was Hegel ihr damit sagen wollte. Wenn sie ehrlich war, kannte sie das Gedicht nur deswegen, weil es einmal für eine Halloweenfolge der *Simpsons* adaptiert worden war.

»Meinen Sie, die Vogelgeräusche von seiner Aufnahme kommen gar nicht von einer Krähe, sondern von einem Raben?«

Hegel winkte ab. »Raben und Krähen sind einander sehr ähnlich, darauf kommt es nicht an.«

Irgendetwas war da, Jula konnte es spüren. Es war keine Nebensächlichkeit, kein nutzloser Fakt, den Hegel entdeckt zu haben schien. Er war allem Anschein nach auf etwas Bedeutsames gestoßen. Jula warf einen verstohlenen Blick zu dem Hünen an der Tür. »Denken Sie, er kann uns hören?«

Hegel warf Jula einen bedeutungsvollen Blick zu, bevor er sagte: »Ich denke es nicht. Ich *weiß*, dass er es nicht kann. Er steht weiter als vier Meter von uns entfernt und wir flüstern hier mit maximal dreißig Dezibel. Die Schallenergie unserer Worte verliert sich mit sechs Dezibel pro Verdoppelung des Abstands von der Schallquelle. Es kommen also weniger als achtzehn Dezibel bei ihm an. Damit er unsere Worte verstehen könnte, müssten es schon mindestens zwanzig sein, und weil der Kerl locker über dreißig Jahre alt ist, können wir sogar noch ein paar Dezibel abrechnen. Es ist also vollkommen unmöglich, dass er uns versteht.«

Jula schüttelte den Kopf. Sie trat einen Schritt von Hegel weg und stützte die Hände in die Hüften. »Ist das Ihr verschissener Ernst? Sie sind auf etwas Wichtiges gestoßen und halten mir hier Vorträge über Dezibel?« Sie schrie ihn regelrecht an.

»Aber, was ist denn ...«

»Es reicht mir! Endgültig!«

Und ohne weitere Worte zu machen, stürzte sich Jula auf Hegel und begann, wie wild mit den Fäusten auf seinen Brustkorb zu trommeln. Sie sah zu dem Koloss hinüber, der, anscheinend ratlos, wie er mit der Situation umgehen sollte, die Tür geöffnet, nach draußen in den Flur gesehen und nach der Frau gerufen hatte. Nachdem offenbar keine Reaktion von ihr erfolgt war, rannte er so eilig auf die beiden zu, dass Jula den Boden dabei unter sich vibrieren spürte.

»Hey!«, schrie er. »Qué pasa?«

Als er Jula beinahe erreicht hatte, ließ diese von Hegel ab, griff den Stuhl neben sich und schleuderte ihn dem Kerl mitten in den Lauf. Ungebremst traf das Möbelstück gegen die Beine des Mannes, der mit einem lauten Aufschrei zu Boden fiel und sich dabei überschlug.

»Jetzt oder nie!«

Und ohne dass es weiterer Worte bedurfte, stürzten Jula und Hegel zur Tür und flüchteten in den Gang hinaus.

KAPITEL 42

»Da vorn ist eine Treppe!« Jula sah sich aus vollem Lauf zu Hegel um, der ihr dicht folgte.

Sie hatte es in Gedanken durchgespielt, in den Minuten nach der Folter, während sie allein in der Kammer auf dem weichen Boden gelegen hatte. Nein, dieser Fluchtversuch war keineswegs unbedacht erfolgt, wenn er auf ihren Entführer auch so gewirkt haben mochte. Jula war klar, dass es nicht lange dauern konnte, bis der Hüne sich aufgerappelt und die Verfolgung aufgenommen hätte. Doch er würde viel langsamer als die beiden sein. Und ja, sie konnten hinter jeder Ecke der Frau in die Arme laufen. Doch selbst dann wäre noch nichts verloren. Sie war unbestreitbar von enormer Intelligenz und würde nicht unbedacht das Feuer eröffnen. Ihr war bewusst, dass sie Jula lebend brauchte, jedenfalls so lange, bis sie Moritz in der Gewalt hatte. »Ich habe keine Ahnung, wo wir lang laufen müssen und ob wir von hier überhaupt wegkommen!« Jula sah sich nicht zu Hegel um, sie konnte nur hören, dass er noch immer hinter ihr lief.

»Es gibt keine Fenster, wir sind also im Keller. Immer nach oben laufen, so lange, bis wir Tageslicht sehen!«

Bald hatten sie eine Steintreppe mit flachen Stufen erreicht. Diese wand sich, sodass Jula an deren unterem Absatz nicht erkennen konnte, wohin sie führte. *Egal, sie führt nach oben. Mehr muss sie nicht.* Was für eine Ironie, dachte Jula, dass diese Frau ihr tatsächlich ein Paar Sneaker gegeben hatte. Mit den schicken, aber unbequemen Schuhen, die sie für die Urteilsverkündung angezogen hatte, würde ihr die Flucht jetzt deutlich schwerer fallen.

»Ist der Kerl hinter uns her?« Jula nahm jeweils zwei Stufen auf einmal.

»Ich sehe ihn nicht!« Hegel klang jetzt etwas weiter weg.

Bald waren sie am oberen Ende der Treppe angekommen. Eine Tür versperrte den weiteren Fluchtweg. Jula stürzte zur Klinke und packte sie kraftvoll, doch die Tür ließ sich nicht öffnen.

»Verdammt!« Sie wandte sich zu Hegel um.

Dieser hatte den oberen Treppenabsatz nun ebenfalls erreicht. »Warten Sie! Das hier war ja mal ein Forschungsgelände und offenbar nicht gerade eines des Militärs. Diese Tür ist bestimmt nicht dafür konstruiert worden, Geiseln festzuhalten.«

Hegel nahm einen kurzen Anlauf und stürzte sich mit voller Wucht gegen das Türblatt. Es knackte, Staub wurde aufgewirbelt, und Brocken von Mörtel fielen zu Boden.

»Los, noch mal wir beide!« Jula ging zwei Stufen zurück und wartete auf Hegel, der ihr zügig folgte.

Gemeinsam stürmten sie auf die Tür zu und warfen sich gleichzeitig kraftvoll dagegen. Es krachte, noch mehr Mörtel regnete nieder, und mit großem Poltern durchbrachen die beiden das Hindernis. Sie sahen sich um. Offenbar waren sie auf einem ebenerdigen Stockwerk angekommen, Tageslicht fiel von weiter hinten in die leere Halle.

»Immer dem Licht entgegen!« Jula stürmte los.

Es ging fast zu leicht. Der massige Kerl war noch immer nicht hinter den beiden aufgetaucht, und auch von der Frau war weder etwas zu sehen noch zu hören. Konnte das eine Falle sein? *Einfach weiter laufen! Es gibt sowieso kein Zurück mehr.* Es dauerte nicht lange, bis Jula und Hegel eine Fensterfront erreicht hatten. Jula blieb direkt davor stehen und sah hinaus, bevor Hegel sie nur Sekunden später eingeholt hatte.

»Wir sind hier irgendwo in der Pampa!« So weit der Blick reichte, sah Jula nur staubiges Ödland und Wiesen. Weiter hinten war ein Zaun zu erkennen, der allem Anschein nach weit neuer und schwerer überwindbar war als der Rest der Anlage. »Wie viele solcher schalltoten Kammern gibt es denn in und um Berlin? Sie müssten doch eigentlich wissen, wo wir hier sind!«

»Es tut mir leid, aber solche reflexionsarmen Räume werden vielfach privat gebaut, zum Beispiel von der Industrie. Die entwickeln da zum Beispiel Sounds für neue Produkte, das kann auch mal das Geräusch sein, mit dem eine Autotür zuschlägt. Darüber werden wir Phonetiker nicht per Rundschreiben informiert, ich kenne wirklich nicht jeden dieser Räume. Und hier war ich in meinem ganzen Leben noch nicht.«

»Wie auch immer, wir müssen weg!«

Jula stürmte los, immer an der Fensterfront entlang, bis sie eine Tür erreicht hatten. Sie betätigte die Klinke.

»Offen!« Ohne weitere Worte zu machen, lief Jula auf das freie Feld hinaus, und bald hatte sie in der Ferne ein Tor im Zaun ausgemacht. »Wir müssen es versuchen!«

Da packte Hegel sie am Arm. »Moment! Wenn das der einzige Ausgang ist, dann suchen die uns doch da zuerst.«

»Klar. Aber was sollen wir sonst machen? Einen Tunnel graben?«

Hegel deutete auf einen kleineren Gebäudekomplex, der etwas abseits vom Haupttrakt lag.

»Wir können uns da irgendwo verstecken und abwarten, bis die beiden das Areal verlassen haben, um uns einzuholen.«

Jula wollte schon widersprechen, als sie die Stimme der Frau vernahm, wenn auch aus der Ferne.

»Was soll denn das? Sie kommen doch sowieso nicht von hier weg!«

Hegel schloss die Augen. »Dem Echo nach ist sie noch weit genug entfernt, dass wir es bis da rüberschaffen.«

Ohne auf Julas Antwort zu warten, stürmte Hegel los, und sie folgte ihm. Nach wenigen Sekunden hatten die beiden das Nebenhaus erreicht. Und während die Rufe der Frau von draußen immer näher zu kommen schienen, deutete Hegel auf eine Tür.

»Los, da suchen die uns nicht! Schnell!«

KAPITEL 43

Es war still vor der Tür. Jula und Hegel kauerten in der hinteren Ecke eines muffigen, verstaubten Kabuffs, in dem früher vermutlich ein Lager für Putzmittel oder Werkzeug gewesen war. Kratzspuren auf dem Boden deuteten darauf hin, dass dort einmal Regale gestanden hatten, und Beschädigungen auf dem morschen Linoleum ließen erahnen, dass starke Reinigungschemikalien darauf ausgelaufen waren.

»Bitte sagen Sie es mir.« Jula flüsterte.

»Was?«

Sie sah ihn eindringlich an. »Was wollten Sie mir zu den Vogelgeräuschen sagen? Was war mit den Krähen?« Jula sah Hegel mit einer Eindringlichkeit an, als habe sie damit begonnen, sich auf den Ernstfall vorzubereiten. Darauf, dass sie es vielleicht nicht schaffen würden. Dass ihnen die Flucht nicht gelingen würde, dass diese Psychopathen sie finden und kurzen Prozess mit ihnen machen würden.

Er fasste Julas Hand und drückte sie sanft. »Moritz hat mich mit dem versteckten Zitat aus *Der Rabe* auf das einzige Geräusch hingewiesen, das auf seiner Aufnahme niemandem auffallen würde. Wer achtet schon auf eine stinknormale Krähe, wenn er daneben einen brunftigen Koala knurren hört? Ich habe etwas mit der Aufnahme ausprobiert und bin dabei auf etwas gestoßen.«

»Bitte sagen Sie es mir.« Jula schloss die Augen.

Als nach einigen Sekunden noch keine Antwort erfolgt war, öffnete sie die Augen wieder: »Was ist denn?«

»Sie sollten vorher noch eine Sache wissen.« Er sprach noch leiser. »Wir haben keine Ahnung, in welcher Situation Moritz das aufgenommen hat, und wir wissen auch nicht, inwieweit es nach den heutigen Ereignissen noch Bestand hat. Er hat sich dabei etwas gedacht, aber was das war, kann ich Ihnen zurzeit leider auch nicht sagen.«

Jula sah Hegel ratlos an.

»Das Folgende hat er in der Aufnahme versteckt.« Hegel neigte sich zu Jula vor und flüsterte ihr etwas ins Ohr. Sie hielt schlagartig die Luft an, und ihr Körper verspannte sich. Der tiefere Sinn der Worte erschloss sich ihr noch nicht, dennoch konnte sie sich nicht der Tränen erwehren, die ihr das Gesicht hinunterliefen.

»Was meint er damit?«

Und noch ehe Hegel zu einer Vermutung ausholen konnte, wurde die Tür auch schon von außen aufgestoßen, und die Frau stand gemeinsam mit ihrem bulligen Handlanger vor den beiden.

»Das würde mich allerdings auch interessieren. Könnten Sie das Ganze bitte noch mal etwas lauter wiederholen?«

KAPITEL 44

MORITZ

Die Leiden von Frau Ansorge werden so stark sein, dass man sie vor dem Monitor mitfühlen kann. Und glauben Sie mir, ich bin gut darin, Menschen lange, lange am Leben zu erhalten, wenn ich das will. Also, Moritz! Du wirst dich uns ausliefern, und zwar sofort! Du hast sicher noch irgendeine Mailadresse. Du kennst noch Kontaktleute und hast deren Nummern. Es dauert vielleicht ein wenig, bis du dieses Video siehst, deswegen gebe ich dir bis Mitternacht Zeit! Bis dahin benötige ich die Information meiner Freunde, dass du dich uns ausgeliefert hast. Dann, und nur dann, binde ich deine kleine Schwester vielleicht wieder von diesem Rad los!«

Moritz beendete die Wiedergabe. Allein schon deswegen, weil er nicht gern mit dem Internet verbunden war. Natürlich konnte niemand bei Remus wissen, welches der Milliarden von Handys auf der Welt sein aktuelles war. Doch die Jahre des Sich-Versteckens, des Orte-Wechselns, des Sich-Umsehens und Hinter-jeder-Ecke-eine-Bedrohung-Erwartens hatten nun mal ihre Spuren hinterlassen.

»Zola Marah also …« Er nickte still und erfüllt von ganz und gar nicht wohlmeinender Anerkennung, während er leise in die Leere seines Fahrzeugs sprach. »Ihr habt einen eurer schärfsten Hunde auf Jula angesetzt, das hätte ich mir denken können.«

Noch einmal sah er sich um. Niemand war vor den Fenstern seines Wagens zu erkennen, und wie üblich hatte er einen Parkplatz gewählt, der ihm nicht nur beste Sichtverhältnisse über eine möglichst gut einsehbare und unbebaute Fläche, sondern auch optimale Fluchtmöglichkeiten bot. Mit Zola hatte Moritz es nur ein Mal persönlich zu tun gehabt. Eine Drogenübergabe von beträchtlicher Dimension war zu bewachen gewesen, und Zola bewachte zweifellos glänzend. Ihr Ruf war Zola bereits zu diesem Zeitpunkt weit vorausgeeilt. So hieß es unter anderem, bei einem Einsatz in Reykjavik habe sie einen Dissidenten von Remus bestraft, indem sie ihm Füße und Hände abgeschlagen und den Blutfluss mit Verbrennungen der Wunden gestoppt habe. Danach hatte sie ihm die Zunge herausgetrennt und ihm zum Abschluss beide Augen ausgestochen. So hatte sie ihn zurückgelassen, in dem Wissen, dass er noch Jahrzehnte lang so weiterleben würde, wie sie ihn zugerichtet hatte. Der Überlieferung nach hatte sie das Fleisch der abgetrennten Körperteile an den Hund ihres Opfers verfüttert, um das Tier auf den Geschmack seines Herrn zu bringen, doch dies mochte vielleicht auch hinzugedichtet worden sein. *Okay, ich weiß, dass du Jula nicht tötest, bevor du mich hast. Du musst sie mir am Telefon geben können, wenn ich es verlange.* Moritz sah sich erneut um, obwohl es keinen konkreten Anlass dazu gab. *Aber je länger du warten musst, umso mehr gerätst du unter Druck. Nach der Veröffentlichung dieses Videos ermittelt jetzt auch die Polizei, und früher oder später werden die dein Versteck schon finden. Aber dieser Druck ist nicht gut. Ganz und gar nicht. Unter Druck bist du nämlich imstande, Jula ganz besonders schreckliche Dinge anzutun …*

Moritz war sich der Bedeutung dieses Auftrags für Zola in vollem Umfang bewusst. Es ging hier um nicht weniger, als einen Mann aus dem Weg zu räumen, der mehrere der höchsten Mitglieder von Remus hinter Gitter bringen wollte. Was wiederum für die verbleibenden Mitglieder der Führungsriege bedeutete, dass sie alle zum Judaslohn der Gefassten werden konnten. Der eine würde den anderen verraten, um dadurch den eigenen Kopf aus der Schlinge zu ziehen. Letztlich konnte dies eine Kettenreaktion auslösen, an deren Ende möglicherweise die komplette Auslöschung von Remus stand. Zumal die nicht durch Moritz enttarnten Führungsmitglieder bereits vorbeugend damit beginnen könnten, sich gegenseitig zu töten, damit nur keiner von ihnen den jeweils anderen ans Messer liefern konnte, wenn die Höllentore erst einmal aufgestoßen waren.

Zola wird vor nichts zurückschrecken, keiner von denen wird das!

Moritz sah noch einmal auf das Display seines Handys. *Wohin hat sie dich gebracht?* Das Rad auf dem Foltervideo half ihm nicht weiter. Für eine Operation von dieser Bedeutung würden die von Remus so ein Ding schlicht anfertigen lassen. Warum auch nicht? Es war relativ einfach zu bauen, äußerst einschüchternd, effektiv und selbst nach der mutmaßlich erfolgreichen Jagd auf ihn auch für zukünftige Operationen vielfältig einsetzbar.

Da, etwas regte sich, draußen auf der Straße! Moritz sah von seinem Handy auf und ließ sich intuitiv etwas tiefer in seinen Sitz sinken. *Ich bin es leid, der Gejagte zu sein. Hinter jedem Rascheln im Gebüsch einen Killer zu vermuten.* Weiter vorn an der Fahrbahn sah Moritz einen Kerl, der es offensichtlich eilig hatte. Mit zügigen Schritten trat er an sein Fahrzeug, stieg ein und tat etwas, das Moritz ohne Fernglas nicht erkennen konnte. Vielleicht programmierte er sein Navigationssystem oder telefonierte, was auch immer. *Es ist jetzt endgültig vorbei damit, vor jedem Passanten aufzuschrecken! Es hilft alles nichts, ich werde das jetzt zu Ende bringen! Aber der einzige Weg aus der Hölle führt nun mal mitten durch sie hindurch …* Ein letztes Mal sah sich Moritz das Video von Zola und Jula an, bevor er mit Entschlossenheit im Blick den Motor seines Wagens zündete. *Ich werde kommen! Wie befohlen!*

KAPITEL 45

ZOLA

Es war nicht die Tatsache, dass Jula und Hegel ganz offensichtlich noch immer glaubten, diese Angelegenheit zu ihrem Vorteil wenden zu können. Zwei so sture, von sich selbst überzeugte Nervensägen wie diese beiden hatten sie nichts anderes erwarten lassen, und wenn sie ehrlich zu sich war, gefiel es ihr sogar, endlich einmal auf Opfer zu treffen, die so etwas wie Haltung zeigten, anstatt heulend und flehend vor ihr zu knien und sie mit Rotz und Tränen vollzusauen. Nein, das war es nicht. Das, was Zola so sehr auf die Nerven ging, dass sie selbst nicht hätte sagen können, wie lange sie es noch aushalten würde, war die Tatsache, dass sie das hier alles vollkommen problemlos und innerhalb weniger Minuten zu Ende bringen könnte.

Jula und Hegel waren wieder eingesperrt, und zu einem weiteren Fluchtversuch würde es nicht kommen. Nichts stünde Zola also noch im Wege, die beiden endlich zum Reden zu bringen. Jula wusste, wo sich Moritz in Berlin versteckte, und Hegel stand offensichtlich sogar im persönlichen Austausch mit ihm. Zola konnte diesen dämlichen Killer, den man ihr zur Seite gestellt hatte, einfach zu den Großeltern von Hegels Tochter entsenden, ihn die alten Leute zu ihren Ahnen schicken und Mathilda hierherschaffen lassen. Dann würde sie der kleinen, gekauften Rotzgöre vor den Augen ihres Vaters so lange einen Finger nach dem anderen abhacken, bis Hegel ihr schließlich alles verraten hätte, was er wusste. Und Jula? Der würde sie vielleicht den gebratenen Kopf dieses kleinen Drogendealers Elyas servieren und ihr so lange dessen Fleisch in den Mund stopfen, bis sie sogar ausplaudern würde, in welchem Kiosk Moritz als Kind Schokoriegel geklaut hatte. *Aber nein, wir setzen ja neuerdings auf weiße Folter und auf ganz lieb bitte, bitte sagen!* In ihrer Tasche spürte Zola das Vibrieren ihres Smartphones. Sie zog es hervor und sah mit gespanntem Blick auf das Display. *Endlich!* Die Nachricht, die sie sehnlich erwartet hatte. Schnell öffnete sie die Tondatei und hörte sie ab. Erleichtert atmete sie auf. *Und ich dachte schon, es gibt überhaupt keine vernünftigen Menschen mehr auf dieser Welt …*

Als sie die Geräusche eines von der Landstraße herannahenden Wagens vernahm, der sich offenbar auf sie zubewegte, hob Zola den Blick. Instinktiv vergewisserte sie sich mit einem Kontrollgriff, dass der kurzläufige Revolver, den sie mit einem Spezialholster am rechten Unterschenkel befestigt hatte, noch an seinem Platz war. Auch wenn sie keine Zweifel daran hatte, wer es war, der da gerade auf sie zufuhr. *Oder vielleicht gerade deswegen.* Direkt neben der Bank, auf der Zola gewartet hatte, kam der Wagen zum Stehen. Die Fahrertür wurde von innen geöffnet, und jemand stieg aus dem Fahrzeug aus.

»Sie kommen spät!« Zola verzog keine Miene.

»Ich hatte Stress.« Er sprach so sachlich, als sei er ein Buchprüfer vom Finanzamt.

»Dann sollten Sie den jetzt mal besser abreagieren!« Zola deutete auf den Eingang zu dem stillgelegten Gebäudetrakt. »Da drinnen sitzen zwei Leute, die uns Moritz liefern könnten, mich aber mittlerweile nicht mehr ernst nehmen, weil Sie befohlen haben, dass ich keinen der beiden wirklich verletzen darf. Ich muss Ihnen mitteilen, dass sich diese Methode als ineffektiv erwiesen hat. Die beiden tanzen uns auf der Nase rum!«

»Inwiefern?«

Zola sah den Mann an, als wolle sie ihn mit ihrem Blick töten.

»Ich habe Frau Ansorge Turnschuhe mit einem Peilsender und einer Wanze darin gegeben. Für den Fall, dass sie mit Hegel über Geheimnisse redet oder versucht zu fliehen. Ich habe die beiden aus dem Keller entkommen lassen, und sie haben über eine ominöse Botschaft von Moritz gesprochen, die er auf seiner Aufnahme versteckt hat. Aber die beiden weigern sich, es mir zu sagen. Weil sie mittlerweile verstanden haben, dass ich sie nicht foltern darf!«

Der Mann trat an Zola heran, musterte sie demonstrativ von oben bis unten und erwiderte mit Nachdruck: »Ich verstehe, dass Sie das ärgert. Aber es folgt einem Ziel. Ihre Methoden mögen ja eine abschreckende Wirkung auf andere erzielen. Als Mittel zur Informationsgewinnung sind sie jedoch alles andere als effektiv! Sie wissen es doch wohl selbst am besten. Menschen werden unter Folter immer einfach nur alles sagen, was man von ihnen hören will. Ohne Sinn und Verstand, einfach nur, damit die Schmerzen aufhören. Die so gewonnenen Erkenntnisse sind nicht belastbar! Sie könnten stimmen, sie könnten aber auch erfunden sein. Das bringt uns nichts! Außerdem habe ich Ihrem Plan zugestimmt, Moritz mit dieser inszenierten Räderung dazu zu bewegen, von selbst zu uns zu kommen. Auch wenn es noch keinerlei Meldungen dazu gibt, dass er sich bei irgendwem von uns gestellt hätte. Stattdessen steht mittlerweile das halbe Land kopf! Die Medien berichten über nichts anderes mehr.«

»Ich möchte diese Angelegenheit innerhalb der nächsten halben Stunde zum Abschluss bringen.«

Der Mann wippte mit dem Kopf. »Das wäre natürlich wünschenswert, auch mein Tag war lang. Sehen wir mal, was sich tun lässt. Also los, führen Sie mich zu den beiden!«

Zola zog, ohne dass sie dazu aufgefordert worden wäre, eine weitere Maske aus ihrer Tasche und warf sie ihrem Einsatzleiter zu. Dieser streifte sie sich über den Kopf und deutete ihr mit einer Geste an, dass sie vorgehen solle. Zola folgte der Anweisung wortlos und führte den Mann zunächst durch die schwere Eingangstür und schließlich zielsicher durch die stillgelegte Anlage mit ihren verwinkelten Gängen und Etagen bis in den Keller, in dem sich der Raum mit der schalltoten Kammer befand. Vor der Tür gebot der Mann Zola mit einer deutlichen Geste, dass sie stehen bleiben solle. »Ich werde vor den beiden nicht sprechen.« Er flüsterte bereits jetzt, obwohl er wusste, wie massiv die Tür zu dem Vorraum war.

Zola lachte bitter auf und schüttelte ungläubig den Kopf. »Wovor haben Sie denn Angst? Sie wissen doch, dass keiner von den beiden hier lebend rauskommt.«

Er trat so nah an Zola heran, wie es ihm möglich war, neigte sich zu ihr vor und antwortete: »Ich *weiß* es nicht, ich *vermute* es. Wissen Sie, warum ich Ihr Vorgesetzter bei dieser Operation bin? Weil ich mich immer, bei allem, was ich tue, auf die Möglichkeit vorbereite, dass die Dinge vielleicht anders kommen könnten als erwartet.«

Zola schwieg einige Sekunden lang. Schließlich nickte sie und erwiderte: »Ich werde mir das merken und gegebenenfalls darauf zurückkommen. Aber jetzt sehen wir doch erst mal nach unseren beiden Ausreißern.«

Damit öffnete sie die Tür, und die beiden traten ein.

KAPITEL 46

JULA

Als sie hörte, dass die Tür von außen aufgestoßen wurde, wischte sich Jula eilig die Tränen aus dem Gesicht. Wie konnte sie nur so naiv gewesen sein, den Sender und die Wanze in den Laschen der Turnschuhe nicht zu entdecken? Nur gut, dass Hegel geflüstert hatte, obwohl Moritz' Worte für die Entführer vermutlich ohnehin keinen Sinn ergeben hätten. Das hatten sie bislang schließlich nicht einmal für Jula selbst. *Was um alles in der Welt wollte er mir sagen?* Als Moritz seine Sprachnachrichten erstellt hatte, konnte er schließlich nicht gewusst haben, dass man sie und Hegel hierher verschleppen und der Folter aussetzen würde. Bestenfalls eine böse Vorahnung würde er wohl gehabt haben, dass Remus sich die beiden vornehmen könnte, sobald Hegel wieder auf freiem Fuß war. *Vielleicht hat er seine Botschaft auch deswegen so allgemein formuliert.* Wie auch immer, Jula hatte die Worte vernommen, und das unbestimmte Gefühl, dass sie deren Sinn ganz gewiss verstehen würde, sobald es so weit war, gab ihr ein kleines bisschen Hoffnung zurück. Auch wenn das Eintreten der Frau mit diesem maskierten Kerl an ihrer Seite nicht gerade dazu geeignet war, ihr Hoffen zu untermauern.

»Wir haben Besuch!« Die Frau klang, als sei der Dorfpfarrer überraschend zu Kaffee und Kuchen vorbeigekommen. »Man reagiert bei Remus nicht erfreut auf Ihren Fluchtversuch und auch nicht darauf, dass Sie noch immer versuchen, uns hinzuhalten. Deswegen hat mein Vorgesetzter entschieden, unserer kleinen Operation ab jetzt als Zaungast beizuwohnen.«

Der Mann hatte sich neben der Frau positioniert, als sei er ein Feldherr. Mit durchgestrecktem Körper, die Beine so ausgerichtet, als stehe er Spalier, und die Hände hinter dem Rücken verschränkt. Aus welchem Grund er maskiert war, erschloss sich Jula nicht, schließlich hatte sie keine Zweifel daran, dass niemand bei Remus plante, sie und Hegel hier lebend rauskommen zu lassen. Vielleicht, so überlegte sie, war es die Frau, die sein Gesicht nicht sehen sollte. Schließlich schien man bei Remus gern anonym zu bleiben.

»Hat Moritz denn auf Ihr widerliches Internetvideo reagiert?«

»Das wird er! Weil er mich kennt und weil er weiß, dass ich nicht bluffe. Ihm bleibt keine andere Wahl. In diesem Zusammenhang möchte ich übrigens darauf hinweisen, dass es meine Idee war, Ihren Bruder mithilfe meiner Folterandrohung dazu zu bringen, sich uns zu stellen.« Sie wandte sich zu ihrem Vorgesetzten um. »Andere Kräfte in unserer Organisation wollten sich einfach darauf verlassen, dass Sie und Professor Hegel schon reden werden, wenn wir Sie nur lange genug in diese stille Kammer stecken und Ihnen die Orientierung nehmen. Eine Foltermethode, die ganz sicher ihre Stärken hat, der mittelalterlichen Praxis der Räderung jedoch nicht unbedingt ebenbürtig ist. Also, dann wollen wir doch mal herausfinden, wessen Vorgehensweise die effektivere ist. Professor Hegel, ich gebe Ihnen jetzt zum letzten Mal die

Chance, zumindest noch Ihre Tochter aus dieser Nummer herauszuhalten: Was haben Sie uns über die Tonaufnahmen von Moritz zu berichten? Welche Information hat er hinter den Krähen versteckt?«

Hegel sah zu Jula, die ihm mit einem durchdringenden Blick zu verstehen zu geben versuchte, dass er jetzt bloß nicht einknicken durfte. Hegel räusperte sich: »Er hat die ersten Zeilen eines Gedichts von Edgar Allan Poe zitiert, ich bin aber nicht sicher, was er damit …«

Die Frau unterbrach. »Danke, Professor, vielen Dank! Ich nehme an, Sie möchten jetzt über britische Dichtkunst und deren tiefere Bedeutung für Moritz Ansorge referieren, und normalerweise würde ich mir Ihre Versuche, Zeit zu gewinnen, auch sehr gern anhören. Es ist aber so, dass sich zwischenzeitlich eine neue Situation ergeben hat, die das alles hier deutlich beschleunigen wird.«

Nicht die Worte waren es, die Julas Herz noch schneller schlagen ließen. Es war die Reaktion des maskierten Typen neben ihr, der allem Anschein nach dafür verantwortlich war, dass diese Entführung bislang noch einigermaßen glimpflich für sie und Hegel verlaufen war. *Wenn auch nicht für Paul und Dr. Varbelow …* Der Mann hatte sich aus seiner Feldherrenpose gelöst. Seine Körperspannung hatte nachgelassen, und auch sonst glaubte Jula ihm anzumerken, dass er verunsichert war.

»Was für eine neue Situation?«, fragte Hegel.

»Der Kurs des Drohens, Andeutens und Abwartens ist vorbei! Ich setze nicht mehr auf Wanzen und stille Kammern. Ich werde meinen Mitarbeiter gleich einfach nur zu der Adresse schicken, die Moritz seiner Schwester als seinen Aufenthaltsort genannt hat.« Sie deutete auf ihren bulligen Helfer, der dem Geschehen teilnahmslos beiwohnte. »Dazu muss ich nur noch in Erfahrung bringen, was es mit der Strandpromenade von Ahlbeck und der uns allen mittlerweile ans Herz gewachsenen *Bonbon-Frau* zu tun hat. Und ich werde mich nicht mehr hinhalten lassen.«

Sie sah erneut zu ihrem Vorgesetzten, dieses Mal jedoch mit einem breiten Grinsen im Gesicht. Jula entging nicht, dass sich die Körperhaltung des Mannes wieder anspannte. Nur dass sie jetzt nicht mehr stolz und kämpferisch, sondern geradezu gebrechlich wirkte. Und das verstärkte sich noch, als diese schreckliche Frau genüsslich grinsend ein Mobiltelefon aus ihrer Hosentasche hervorzog, offenbar eine App aufrief und sich dann wieder an die Umstehenden richtete.

»Ich habe mir erlaubt, mich mit einem Ersuchen an die *Liga der Ersten* zu wenden. Genauer gesagt an Jana. Das ist die Frau, die bei Remus für Deutschland verantwortlich ist und die den Rest ihrer Tage hinter Gittern verbringen würde, wenn wir Moritz nicht sehr bald aus dem Verkehr ziehen. Ich habe von ihr vor wenigen Minuten die folgende Nachricht erhalten.«

Sie drückte mit dem Zeigefinger auf das Display, und schon erklang eine Voicemail: *»Der sanfte Kurs Ihres Vorgesetzten scheint auch mir nicht geeignet, diese leidige Angelegenheit zügig abzuschließen. Aus diesem Grund entziehe ich ihm hiermit das Kommando über diese Operation! Zola, Sie leiten die Befragung von Frau Ansorge und Herrn Professor Hegel ab sofort nach eigenem Ermessen. Tun Sie, was immer Sie für nötig halten. Aber liefern Sie uns den Kopf von Moritz! Und zwar schnell!«*

Die Frau steckte ihr Handy wieder ein und breitete die

Arme aus, als wolle sie Jula und Hegel umarmen. Dann rief sie so freudig, als sei sie auf einem Kindergeburtstag, in die Runde:

»Ein kluger Mann hat einmal zu mir gesagt, man solle sich immer darauf vorbereiten, dass die Dinge vielleicht anders kommen, als man es erwartet hat. Wie viel Weisheit doch in diesen Worten steckt! Also dann, liebe Frau Ansorge, auf zum Rad! Lassen Sie uns ein bisschen Spaß haben!«

KAPITEL 47

Ehe der Kerl mit der Maske, der soeben von dieser *Zola* entmachtet worden war, reagieren konnte, hatte diese ihrem Henker auch schon ein paar Worte auf Spanisch zugerufen. Der riesige Kerl war daraufhin überraschend zügig an Jula herangetreten und hatte sie gepackt. Hegel war ihr zu Hilfe geeilt, hatte diesen Heldenmut jedoch mit einem Prankenhieb ins Gesicht bezahlt, der ihn gegen die Tresortür hatte prallen und schließlich zu Boden fallen lassen.

»Von mir erfahren Sie gar nichts!« Jula fauchte mehr, als dass sie sprach. »Dann müssen Sie mich halt umbringen, das wird dann allerdings auch Ihr Ende sein!«

Jula versuchte, mit einer ruckartigen Körperdrehung aus der Umklammerung zu entkommen, doch je heftiger sie sich gegen den Kerl zur Wehr setzte, umso kräftiger und schmerzvoller packte er sie. Jula erhaschte noch einmal einen Blick auf den Typen, der Zola bislang anscheinend das Foltern verboten hatte und nun so wirkte wie ein kleiner Junge, dem soeben die Fernsteuerung für sein Modellboot in den Teich gefallen war. Die Frau hingegen strahlte bis über beide Ohren.

»Wir machen das jetzt so: Zuerst bricht mein Kollege Ihnen Arme und Beine. Übrigens unabhängig davon, ob Sie uns nun irgendwas über Moritz verraten oder nicht. Einfach nur so, aus Spaß. Und natürlich auch deswegen, weil Sie mir heute so richtig auf die Nerven gegangen sind! Danach bindet er Sie wieder ans Rad und lässt Sie ein paar Runden durchs Feuer drehen, das er natürlich weit größer entfachen wird als bei unserer kleinen Demonstration. Das ist dann zwar alles andere als gut für Ihre Haut, aber die brauchen Sie ja danach sowieso nicht mehr.«

Zola klatschte vergnügt in die Hände und öffnete die Tür zum Flur. »Danach sind Ihre Rippen dran. Die brechen wir alle ganz in Ruhe nacheinander, wir wollen ja was davon haben. Das dauert zwar ein wenig, aber wir haben heute schon so viel getrödelt, da kommt es auch nicht mehr drauf an. Ich kann die Zeit über Ihrem Kopf noch immer sehr deutlich hören, Jula! Seit mein ehemaliger Vorgesetzter seiner Macht enthoben wurde, strauchelt ihr Fluss. Mir scheint, lange wird sie sich nicht mehr auf den Beinen halten können. Sobald ich höre, dass Ihre Zeit noch weiter ins Stocken gerät, werde ich mir überlegen, ob ich Ihnen Gelegenheit dazu einräume, mir etwas über ein Haus zu erzählen, das so aussieht wie eine Strandpromenade. Aber lassen Sie uns über diese Brücke gehen, wenn wir sie erreicht haben! Mein Kollege wird jetzt erst mal alles mit Ihnen vorbereiten, und dann können wir endlich zur Sache kommen.« Sie warf einen Blick auf den maskierten Kerl, bevor sie mit unmissverständlichem Unterton anfügte: »Wie ich es schon von Anfang an hätte tun wollen.«

Sie gab ihrem Helfer einen Wink, daraufhin setzte der sich mit Jula in der Umklammerung in Bewegung und zwang sie auf den Flur hinaus. Hegel schien sich zwischenzeitlich wieder vom Boden aufgerappelt zu haben, zumindest bemerkte Jula, dass Zola in dessen Richtung blickte.

»Sie brauchen wir übrigens nicht mehr, Professor. Ich werde mir noch überlegen, was wir mit Ihnen anstellen, aber dazu ist später noch genug Zeit. Jetzt ist erst mal Frau Ansorge an der Reihe!«

Dieser Kerl musste mindestens hundertdreißig Kilo wiegen, anders war es nicht zu erklären, dass er Jula durch die Gänge schieben konnte, als sei er eine Lokomotive. Sie versuchte mittlerweile nicht mehr, sich zur Wehr zu setzen. Ihre Ressourcen waren nahezu aufgebraucht, ihr Mut geschwunden, und der anscheinend unbegrenzten Gewaltbereitschaft dieses Killers hätte sie selbst bei bester Fitness nichts entgegenzusetzen gehabt. So wuchtete, schob und schleifte der Kerl Jula ungehindert weiter und weiter mit immer fester werdendem Griff durch die Gänge und Flure. So lange, bis sie den Raum erreicht hatten, hinter dessen Tür sich das Folterrad befand. *Und die Eisenstange, mit der er mir gleich die Knochen zertrümmern wird.* Der Koloss ließ Jula wie eine leere Einkaufstasche zu Boden fallen und machte sich daran, die schwergängige Tür zu öffnen. Als er sie schließlich aufgestoßen hatte, fiel Julas Blick direkt auf das Folterinstrument, das wie ein Dämon im Raum stand und ihr mit dem Grinsen Satans zuzulächeln schien. *Nein! Dieses Mal macht der Kerl ernst! Aber selbst wenn ich denen alles erzählen würde, könnte ich nicht verhindern, dass sie mich foltern. Oder war das nur ein Bluff? Blödsinn, mach dir doch nichts vor! Die wartet schon die ganze Zeit darauf, mich endlich foltern zu können.* Jula musterte den Kerl ein weiteres Mal. Unter keinen Umständen konnte sie einen Kampf gegen ihn gewinnen. Nicht einmal unter diesen, in denen sie nun wahrlich nichts mehr zu verlieren hatte. *Aber das Gute daran, am Ende zu sein, ist, dass man vor nichts mehr Angst haben muss und alles versuchen kann, weil man ja sowieso schon tot ist!*

Gerade als der Typ Jula vom Boden aufheben wollte, rollte sie sich auf den Rücken und verpasste ihm einen heftigen Fußtritt ins Gesicht. Der Koloss zuckte nicht einmal zurück, doch seine Körperspannung ließ erkennen, dass Julas Angriff ihn nicht gerade freundlicher gestimmt hatte. Sie rollte sich seitlich aus seinem unmittelbaren Zugriffsbereich heraus und sprang, nun schlagartig vollgepumpt mit Adrenalin, vom Boden auf.

»Komm doch her, du Wichser!« Sie hob die Fäuste wie ein Boxer im Ring.

Der Kerl entspannte seine Haltung ironischerweise wieder, und auch, wenn sein Gesicht unter der Maske verborgen war, glaubte Jula zu erkennen, dass er lächelte. Sie sah sich hektisch nach allen Seiten um. Wohin konnte sie fliehen? Keine der Türen, die aus diesen Kellergängen hinaus in die Freiheit führen würden, dürfte wohl unverschlossen sein, und diese Frau und ihr Remus-Kollege würden Jula mit allen Mitteln aufzuhalten versuchen. *Und würde ich, wenn ich es könnte, Hegel hier seinem Schicksal überlassen?* Seltsam, dachte Jula, dass sie sich das ausgerechnet jetzt fragte, doch zu einer Antwortfindung kam sie nicht mehr.

»Du wollen Spaß, Chica?« Er zwinkerte ihr durch den Sehschlitz seiner Maske zu.

Dann fasste der Kerl sich in unmissverständlicher Weise in den Schritt, bevor er ganz langsam auf Jula zuging. Ihr schien das Blut in den Adern zu gefrieren. *Buenos Aires. Der Friedhof. Der Kerl, der aus dem Gebüsch kam und mich …* Sie spürte, wie ihr Körper zu Stein zu werden schien, wie ihr Verstand dabei war, in den Stand-by-Modus umzuschalten, wie sich alles in ihr gegen das Funktionieren und das Begreifen wehrte. Sie begann am ganzen Leib zu zittern, wollte weglaufen, konnte sich aber nicht regen. Es war ihr, als kämen die Wände von allen Seiten auf sie zu, bereit, sie zu zerquetschen. Dann hatte er sie erreicht. Jula spürte, wie etwas kraftvoll und lieblos gegen ihre Kehle presste, wie eine Pranke an ihre Brust packte. Und während das kristallene Klirren, das in ihren Ohren zu surren begonnen hatte, sie noch davor schützte, zu hören, roch sie es schon. *Dieser Schweißgeruch. Dieser Haargeruch. Seine Größe, seine Statur, sein Atmen!* Nein, das konnte nicht sein! Es konnte unmöglich sein, dass sie es bisher nicht gemerkt hatte. Nicht einmal, als er sie vorhin aufs Rad geschnallt hatte. Nicht gesehen, gerochen oder gefühlt. Dabei war doch alles so logisch! Remus hatte für jede Aufgabe Leute, die einen für das Denken, die anderen für das Handeln. Dann, als das Gesicht dieses Kerls dem Julas so nah gekommen war, dass sie durch die Maske hindurch seinen Atem riechen konnte, hatte sie schließlich Gewissheit. *Dieser widerliche Atem! Dieser widerliche Körpergeruch! Alles stimmt überein. Das ist der Kerl, der mich damals in Buenos Aires vergewaltigt hat! Und er hat vor, es wieder zu tun …*

KAPITEL 48

Wie oft hatte Jula diesen Moment wohl in ihren Gedanken durchgespielt? Wie oft hatte sie sich in immer wiederkehrenden Szenarien vorgestellt, was sie tun würde, wenn sie endlich das Schwein zu fassen bekäme, das ihr all das angetan hatte? Es waren keine konkreten Bilder oder Erinnerungen, die in bestimmten Situationen zu ihr zurückkamen, keine bewusst geführten Gedankengänge mit intelligent angestellten Überlegungen und Schlussfolgerungen. Es war ein beständiges Rauschen, etwas, das immer da war, sie quälte, jederzeit, mal lauter, mal leiser, aber niemals völlig verstummte.

Einer der Therapeuten, zwischen denen sie eine Zeit lang hin und her gewechselt war, hatte ihr dazu geraten, ihre Erinnerung an die Vergewaltigung mit einer anderen, besseren Version zu überschreiben. Sich immer, wenn die Bilder zu ihr zurückkehrten, vorzustellen, dass sie gar nicht allein auf dem Friedhof zurückgeblieben, sondern gemeinsam mit Moritz ins Hotel gefahren war. *Wenn Sie das nur wieder und wieder machen, wird die echte Erinnerung von Mal zu Mal schwerer unter Ihrer eigenen, besseren Version zu erkennen sein. Am Arsch!* Genau gar nichts war schwerer zu erkennen gewesen, wie denn auch? Dieser Kerl hatte Jula schließlich nicht unaufgefordert und kichernd wie ein Konfirmand an die Brust gefasst und war dann glucksend weggelaufen, um seinen Freunden davon zu erzählen. Er hatte ihre Seele grausam und rücksichtslos in ein Geisterhaus verwandelt, in dem es weder Trost noch Hoffnung noch sonst irgendetwas gab, an das sie sich klammern konnte, wann immer die Bilder vor ihrem inneren Auge auftauchten. Was praktisch immer geschah, jederzeit, überall, hart, kalt, gnadenlos!

Und jetzt? Was war jetzt? Jula hatte nach dem Überfall in Buenos Aires einen Selbstverteidigungskurs absolviert, und sie war gut darin gewesen. Doch das, was sie gelernt hatte, war für den Fall vorgesehen, einen neuen, unbekannten Angreifer abzuwehren. Niemand hatte Jula auf den Fall vorbereiten können, dass es der alte, der echte sein würde, der erneut über sie herfallen würde. Ja, natürlich, sie wusste, was sie tun konnte. Sie hatte viel darüber gelernt, wie man die Kraft eines Gegners gegen ihn selbst verwenden konnte, welche Vorteile es hatte, wenn der Angreifer schwer und groß, man selbst aber klein und wendig war. Doch niemand hatte ihr beigebracht, wie sie die Lähmung lösen konnte. Die Lähmung, die jetzt, im Augenblick der Entscheidung, allein schon der Schweißgeruch dieses Albtraums in Menschengestalt bei ihr bewirkte. Die grausame Machtlosigkeit, die mit der Gewalt einer eigens für sie erschaffenen Apokalypse über sie hereinbrechen und sie wie ein hilfloses Kind in der Wildnis ihrem unabwendbaren Schicksal überlassen würde.

»Und was willst du jetzt machen, mein Engel?« Die Stimme von Julas Mutter ließ keine Spur von Sorge erkennen, sie war liebevoll und warm.

»Ich weiß es nicht. Kannst du mir nicht bitte helfen, Mama?«

Jula wusste, dass es nicht real war. Ihr war klar, dass ihre Mutter in einem Pflegeheim für Menschen mit Demenz untergebracht war und sie jetzt, im Angesicht der bevorstehenden Katastrophe, vermutlich nicht einmal mehr erkennen würde. Doch das war ohne Belang, denn die einzige Zuflucht, die Jula jetzt noch blieb, war ihre Fantasie. Das Ausschalten dessen, was da gerade wirklich geschah. Das Ignorieren der Pranken, die ihr grob und lüstern an den Hintern packten, des Gestanks aus dem Mund, den er unter seiner Maske freigelegt hatte, und dieses röchelnde, keuchende Stöhnen, das sie jede Nacht vor dem Einschlafen in ihrer Erinnerung hörte. Jede! Einzelne! Nacht! Julas Verstand, das Letzte an ihr, das sie jetzt noch selbst kontrollieren konnte, flüchtete sich vor dem Bösen dahin, wo sie sicher und geborgen war. Zurück in ihr Elternhaus, zurück in die Zeit, als sie und Moritz noch klein gewesen waren. Zurück dahin, wo es nichts, aber auch gar nichts zu geben schien, was die wunderbare Welt eines Kindes jemals würde beschädigen können.

»Du kannst dir jetzt nur selbst helfen, mein Schatz.« Julas Mutter schien ebenso frei von Angst zu sein, wie sie voll von Zuversicht war. »Also, wohin kannst du fliehen?«

»Nirgendwohin! Alle Türen sind verschlossen, bis auf die zu dem Raum, in dem das Folterrad steht.«

Und obwohl sie irgendwo, ganz weit hinten, das Packen und Greifen des Hünen an ihrem Körper spürte, war der Ort, zu dem sich ihr Verstand vor ihm geflüchtet hatte, doch noch immer sicher genug, um ihre Intuition spüren zu können.

»Ich glaube nicht, dass da nur das Folterrad steht!« Julas Mutter zwinkerte ihr schelmisch zu. »Denk doch mal nach, mein Engel!«

Und dann, als dieser stinkende Kerl Julas Gürtel zu öffnen versuchte, spürte sie, was ihre Mutter ihr hatte sagen wollen. Der Kerl presste seinen Unterleib gegen ihren, doch das, was sie in seiner Hose fühlen konnte, würde nicht ihr Ende sein. Nicht dieses Mal, nicht wie in Buenos Aires. Ganz im Gegenteil! Denn mit seinem widerlichen, dreckigen Teil hatte dieser Kerl Jula die Antwort auf die Frage ihrer Mutter geliefert.

»Da steht nicht nur das Folterrad.« Jula spürte, wie sich ihre Muskeln darauf vorbereiteten, jeden Augenblick in das letzte, entscheidende Gefecht einzutreten. »Da liegt auch die Eisenstange!«

KAPITEL 49

Es war wieder da. Alles! Gemeinsam mit der Erkenntnis, dass sie diesem skrupellosen Koloss vielleicht doch nicht vollkommen wehrlos ausgeliefert war, kehrte das, was Jula in dem Selbstverteidigungskurs für Frauen gelernt hatte, wie mit Donnerhall zu ihr zurück. Gerade als der Kerl sich daranmachte, an ihrer Hose herumzufummeln, um deren Knopf zu öffnen und den Reißverschluss hinunterzuziehen, gelang es Jula, den rechten Arm aus seiner Umklammerung zu befreien. *Es geht um Leben und Tod! Alles ist erlaubt!* Robin, der Kursleiter, hatte es überdeutlich betont, wieder und wieder. *Das, was ich euch jetzt zeige, ist keine Präventivmethode! Es kann beim Angreifer schwerste Verletzungen bewirken und darf nur angewendet werden, wenn echte Gefahr besteht!* Jula wusste, dass es abscheulich und brutal war, was sie plante. Doch das, was dieser Kerl damals mit ihr angestellt hatte, würde sie ihn nicht ein zweites Mal tun lassen.

»Fahr zur Hölle, du Penner!«

Damit streckte Jula Zeige- und Mittelfinger der rechten Hand aus und rammte deren Kuppen mit aller Kraft direkt gegen die Augäpfel ihres Angreifers. Als sich dieser mit einem Aufschrei wegduckte, schlug sie ihm mit der Handkante kräftig gegen das Nasenbein und presste so stark dagegen, dass dem Kerl keine andere Möglichkeit blieb, als sich nach hinten auf den Boden fallen zu lassen.

Jetzt! Jula lief um ihn herum, rannte durch die offene Tür auf das Folterrad zu, rutschte auf dem staubigen Untergrund aus und stürzte der Länge nach zu Boden. Nach kurzem Schlittern kam sie neben dem Rad zu liegen und sah sich eilig, aber fokussiert um. Tatsächlich lag die schwere Eisenstange auf dem schmutzigen, von Asche bedeckten Fußboden, wenn auch außerhalb ihrer unmittelbaren Reichweite.

Jula sah zur Tür und bemerkte, dass sich der Hüne wieder aufgerichtet hatte. An seinem Gesicht lief etwas herunter, das Blut sein konnte, möglicherweise aber auch Flüssigkeit aus den Augäpfeln. *So genau muss ich es gar nicht wissen.* Immerhin schien er noch etwas sehen zu können, denn unter Schreien und Tosen bewegte er sich zielgerichtet auf Jula zu, zweifellos wild entschlossen, sie mit aller Gewalt zu Tode zu prügeln. Sie sprang auf und stürzte zu der Stange hinüber. Gerade, als sie diese zu fassen bekommen hatte, spürte sie auch schon die Pranke an ihrer Schulter. Der Kerl brüllte etwas auf Spanisch, dessen Bedeutung Jula auch ohne entsprechende Sprachkenntnis gut verstehen konnte, dann wuchtete er sie herum und starrte sie aus blutenden, versifften Augen heraus ebenso fassungslos wie hasserfüllt an. Seine Maske hatte er sich vom Kopf gezogen und so kam es, dass Jula jetzt direkt in das Gesicht des Mannes sah, der ihr Leben innerhalb von wenigen Minuten in einen Albtraum verwandelt hatte.

Und wenn es auch kaum eine einzige Sekunde der letzten Ruhe vor dem alles entscheidenden Sturm war, während derer sie einander regungslos anstarrten, gelang es Jula dennoch, ihn zu sehen. Ihn *wirklich* zu sehen. Nicht sein beliebiges, pausbäckiges, bärtiges Gesicht, das so oder so ähnlich vielleicht ein paar Millionen Männer hatten. Nicht die Narbe unter dem Auge, aus dem gerade nichts herauslief. Nicht dieses unnötige Tattoo am Hals, das noch nicht einmal vorgab, eine *bedeutsame Botschaft* zu haben.

Was Jula erkannte, war die Ebene, die darunter lag. Das, was man nicht mit den Augen sehen konnte. Die schwarze Seele, die Leere in seinem Herzen, das entmenschlichte Böse. Die Schläge, die er als kleiner Junge bekommen, und die, die er als großer Junge ausgeteilt hatte. Die Tränen, die er nie geweint, das Mitleid, das er nie empfunden, und die Wärme, die er nie gefühlt oder gar gegeben hatte. Was für ein armes Schwein dieser Dreckskerl doch war. Und zu was für einem verabscheuungswürdigen Verbrecher er sich entschieden hatte zu werden.

Nein, kein Mitleid. Keine Gnade.

Das Wesen, das Jula innerhalb dieses Bruchteils einer Sekunde in dem Gesicht ihres Vergewaltigers erkennen konnte, hatte sich viel zu weit von allem entfernt, was sich noch irgendwie verstehen oder gar auf einer höheren spirituellen Ebene hätte verzeihen lassen. Und so spürte Jula auch schon, wie sich ihr Arm mit einem kraftvollen Ruck nach vorn bewegte, und kaum, dass die Spitze der Metallstange ein paar der Rippen des Typen gebrochen hatte, sackte dieser auch schon mit einem dunklen Aufschrei auf die Knie.

»Und *das* hier kommt mit den besten Grüßen von jeder Frau, über die sich jemals einer wie du hergemacht hat!« Damit holte Jula aus und schlug ihm die Stange direkt zwischen die Beine.

Mit einem erbarmungswürdigen Winseln brach er wie

ein nasser Sack in sich zusammen. Jula stellte sich über den jetzt vollkommen wehrlosen Kerl und hob die Stange mit beiden Händen hoch über den Kopf in die Luft. Das Metall war schwer und kalt, es lag gut in Julas Händen. Ein einziger gezielter Schlag gegen seinen Schädel sollte wohl ausreichen, um dieses Stück Dreck für immer von der Erde verschwinden zu lassen. Wie viele Menschen er wohl gefoltert und ermordet, wie viele Frauen er vergewaltigt hatte? Nein, diesen Kerl zu töten wäre wahrhaftig nichts, was Julas Karma belasten oder ihr jemals Gewissensbisse bereiten würde. Vielleicht würde es sie sogar von ihrem Trauma befreien.

»Fahr zur Hölle, du Stück Dreck!« Jula spuckte ihm ins Gesicht und holte noch etwas weiter mit der Stange aus.

Seltsam, dachte sie. Es schien keine Angst in dem zu liegen, was noch von seinem Blick übrig war. Auch machte er nicht den Eindruck, noch über Flucht oder Kampf nachzudenken. Vermutlich war seine Seelenlosigkeit so gewaltig, dass sie ihn nicht einmal Mitleid mit sich selbst empfinden ließ. Wie oft hatte sie sich dieses Szenario vorgestellt. Endlich Rache nehmen und ihren Vergewaltiger bestrafen zu können. Tausende Szenarien hatte sie sich ausgemalt, eines grausamer als das andere. *Jetzt ist er endlich da! Der Moment der Abrechnung!*

Und dann geschah es: Jula glaubte tatsächlich so etwas wie ein Lächeln in dem erkennen zu können, was von seinem Gesicht noch übrig war. *Er freut sich auf den Tod!* In der Sekunde, in der sie die Sehnsucht dieses Monsters nach Erlösung auszumachen glaubte, sagte ihr Herz Jula, welche Entscheidung die einzig richtige wäre. Sie senkte die Stange zu Boden und wenn sie auch wusste, dass er kein Wort von dem verstehen würde, was sie ihm zu sagen hatte, sprach sie die Worte, die sie so oder so ähnlich schon unzählige Male in ihrer Vorstellung zu ihm gesprochen hatte. Wann immer sie sich vorgestellt hatte, ihn endlich zu bestrafen, ihn auszulöschen wie ein todbringendes Virus.

»Ich wollte dich töten! Und klar, niemand hätte es mehr verdient als du. Aber völlig egal, was ich mir auch immer vorgestellt habe, dir anzutun, es war nie so grausam und schmerzhaft, dass ich damit zufrieden gewesen wäre. Es liegt einfach keine Größe im Töten, es hat nichts Kunstvolles, es ehrt nicht. In deinem Fall schändet es aber auch nicht! Es ist auch nicht so, dass ich nicht töten könnte. Ich habe es schon getan, gar nicht lange her, einen Kerl namens Miquel. Ein Killer von Remus, so wie du. Aber das war Notwehr, ich hatte keine andere Wahl. Das jetzt hier wäre dagegen einfach nur kaltblütige Rache. Die du verdient hättest! Du hast mich damals in Buenos Aires innerhalb von Sekunden in einen angsterfüllten, leidenden Menschen verwandelt. In einen Menschen, der für andere, die nichts dafür konnten, kaum zu ertragen war. Verbissen, undiplomatisch, misstrauisch. Aber diesen einen letzten Triumph werde ich dir nicht gönnen! Du wirst mich nicht zu einer kaltblütigen Mörderin machen, die dir damit auch noch die Erlösung von den Qualen schenkt, die dich zu dem Stück Dreck gemacht haben, das du bist! Diese Macht hast du nicht über mich!«

Nein, natürlich hatte er kein Wort verstanden. Doch das war Jula egal. Das Einzige, was zählte, war die Tatsache, dass sie ihre Rachefantasien jetzt nicht mehr benötigen würde. Dass sie dem Drachen endlich entgegengetreten war, direkt in dessen eigener Höhle. Dass sie ihn besiegt hatte! Auch, wenn es das Letzte gewesen sein mochte, das sie jemals in ihrem Leben getan hatte. Denn während Jula noch zusah, wie sich dieser Kerl wie ein Mistkäfer auf dem Rücken liegend wand, vernahm sie auch schon den Applaus von der Tür her.

KAPITEL 50

»Was für eine wunderbare Ansprache!« Zola nickte Jula mit einer etwas zu starken Note von Anerkennung zu. »Fast noch beeindruckender als die Tatsache, dass Sie Benito überwältigt haben. Also, zumindest dieses Mal.«

Benito! Das also war der Name des Mannes, der Jula seit mehr als drei Jahren nahezu rund um die Uhr im Kopf herumgespukt war. Was für ein freundlicher und wohlklingender Name, vermutlich war es eine Version von *Benedikt* und bedeutete irgendwas mit *gesegnet.* Kaum zu glauben, dass ihr größter Dämon nach all den Jahren ganz plötzlich, fast schon nebenbei, einen Namen bekommen hatte. Jula deutete auf Benito, als sei er so etwas wie ein Altkleidersack. »Sie können das, was von ihm übrig ist, einpacken!«

Sie hatte keine Angst mehr, das war vorbei. Nicht vor Zola, die plötzlich einen Revolver in der Hand hielt, nicht vor dem maskierten, schweigenden Typen hinter ihr, und schon gar nicht vor dem, was die beiden noch mit ihr vorhatten. Es war Jula einfach nur noch egal. Absolut alles war ihr jetzt egal. Sie würde Moritz so oder so niemals verraten, schon allein deswegen nicht, weil sie das dumme Gesicht dieser Hexe sehen wollte, wenn sie mit ihren geliebten Foltermethoden zum ersten Mal in ihrem Leben scheitern würde. Und Hegel würde Moritz gar nicht verraten können, selbst dann nicht, wenn er es wollte. Und wenn ihr Bruder dieses Video wirklich gesehen und daraufhin entschieden hatte, sich zu zeigen, dann würde er dies mit Planung tun, nicht kopflos und unvorbereitet. Jula hatte den Dämon besiegt, der versucht hatte, ihr Leben zu zerstören. Und jetzt, wie er so jämmerlich blutend und winselnd vor ihr auf dem Boden lag, war ihr allein das schon Triumph genug, um alles, was heute geschehen würde, mit Gelassenheit und innerem Frieden auf sich zukommen zu lassen. *Was soll schon noch geschehen?*

»Sie sind eine bemerkenswerte Frau!« Zola sprach anders als zuvor, sie klang fast aufrichtig. »Wir bei Remus haben viele kluge, fähige Leute auf unsere Seite gezogen. Die einen kamen freiwillig, bei den anderen mussten wir ein bisschen nachhelfen. Aber, auch wenn es vielleicht seltsam für Sie klingt, wir bei Remus sind eine große Familie.«

Jula lachte bitter auf. »Und welche Rolle haben Sie in dieser Familie? Die der netten Tante mit den leckeren Backrezepten?« Sie lehnte sich erschöpft gegen das Folterrad, als sei es ein gewöhnliches Möbelstück.

Zola sah sich zu dem Maskierten um. Dieser nickte ihr stumm zu, woraufhin sie den Revolver senkte und neben sich auf dem Boden ablegte. Sie trat einen Schritt näher an Jula heran.

»Sie haben der Folter standgehalten, Sie haben Benito ausgeschaltet, und sogar jetzt, wo Sie komplett am Ende sind, zeigen Sie noch Haltung und stehen zu Ihren Prinzipien. Ich kann Moritz nicht retten, das geht nicht. Zu viele wichtige Köpfe würden seinetwegen rollen, Remus müsste sich in Europa komplett neu strukturieren. Das können wir schon aus Prinzip nicht durchgehen lassen. Aber Sie müssen nicht unbedingt sterben! Und der Rest

Ihrer Familie auch nicht. Wollen Sie jetzt einfach so getötet werden? Was sollte das denn bitte beweisen, wem würde es nützen? Jula, Sie haben das Potenzial, Großes zu erreichen. Ihr Tod wäre reine Verschwendung, geradezu ein Jammer!«

Zola stieg über Benitos zuckenden Körper, als sei er ein Sofakissen, das ihr im Weg lag.

»Wir leben alle nicht ewig.« Jula spürte, wie die Hormone in ihrem Blut sie von jeglichen Schmerzen und Ängsten befreiten. »Wenn ich tot bin, merke ich das ja nicht. Ja, schon klar, Sie tun mir vorher noch mal so richtig, richtig dolle weh. Aua! Aber wissen Sie was? Die Schmerzen, unter denen meine Seele gelitten hat, all die Jahre nach meiner Vergewaltigung durch das Stück Dreck, das da wimmernd auf dem Boden liegt, könnten Sie mit zehn Folterinstrumenten aus dem Mittelalter nicht überbieten. Sie denken, dass ich zu Remus wechsele? Was glauben Sie eigentlich, wer ich bin? So ein krankes, rückgratloses Miststück wie Sie?«

Zola ließ sich keine Regung anmerken. Erst nachdem sie Jula mehrere Sekunden lang still betrachtet hatte, sagte sie: »Mein Angebot ist ganz simpel: Arbeiten Sie ab sofort für uns! Ihre Familie, abgesehen von Moritz, bleibt dann am Leben. Sie werden sehr viel Geld verdienen und ich sichere Ihnen zu, dass alles, was Sie für Remus machen würden, nichts mit Mord oder Menschenhandel zu tun hätte. Lehnen Sie ab, werden wir an Ihnen und allen, die Sie lieben, ein Exempel statuieren. Zur Abschreckung für andere.«

Jula sah in das wunderschöne Gesicht dieser Frau. Jetzt konnte sie es nachvollziehen. So hatten sie es also gemacht, damals bei Moritz. Sie hatten ihn schlicht vor die

Wahl gestellt, genau so, wie Zola es gerade bei ihr getan hatte. *Komm auf unsere Seite oder stirb*. Aus einem kleinen Fehler hatte Moritz einen größeren werden lassen, der zu einem immer nur noch größeren mutiert war. So lange, bis es keinen anderen Ausweg mehr als seinen scheinbaren Selbstmord gegeben hatte. Was sollte Jula tun? Sicher, ihr eigenes Leben war nicht mehr wichtig. Doch diese Leute stießen keine leeren Drohungen aus, ganz sicher nicht. Konnte Jula wirklich entscheiden, dass sie mit einem wütenden, trotzigen Nein, stolz und laut in das Gesicht dieser Hexe gebrüllt, das Todesurteil über ihre gesamte Familie fällte? Was, wenn sie zum Schein auf das Angebot einging, um erst einmal Zeit zu gewinnen? Vielleicht konnte sie Remus dann ja sogar von innen heraus bekämpfen.

»Sie müssen auch Moritz am Leben lassen!« Jula trat einen Schritt auf Zola zu.

»Nein, das ist nicht möglich.«

»Weißt du was?« Jula warf der Frau eine Kusshand zu. »Du kannst dir dein Angebot in den Hintern stecken!«

Zola nickte noch, als ein Knall erklang, der mit dröhnendem Klang von den nackten Wänden des Kerkers widerhallte, während ihr krankes Gehirn mitten aus ihrem schönen Gesicht herausbrach und sich in seinen Einzelteilen auf dem staubigen Boden mit dem Siff aus Benitos Augen vermischte.

»Die Zeit über deinem Kopf ist zum Stillstand gekommen! Und jetzt halt endlich deine dumme Fresse!« Der Kerl mit der Maske senkte Zolas Revolver zu Boden.

Jula regte sich nicht. Und für einen Augenblick dachte sie auch nicht, wenn es auch nur ein kurzer war. Denn gleich darauf begann das Zittern und das Verstehen folgte ihm auf dem Fuße. Jula wurde es heiß und kalt, während sie fürchtete, jeden Augenblick in Ohnmacht fallen zu müssen wie eine Frau im achtzehnten Jahrhundert. Doch nicht, weil der bislang stumme Kerl mit der Maske dieser Zola soeben vor ihren Augen das Gesicht weggeschossen hatte. Nicht, weil diese Hexe danach noch über eine Sekunde lang mit aufgeplatztem Kopf vor ihr gestanden hatte, bevor sie schließlich doch wie ein nasser Sack in sich zusammengefallen war. Und auch nicht, weil Jula jetzt vermutlich über und über mit Blut und Schädelsplittern besprenkelt war. Es war etwas anderes, das sie erschauern ließ: Sie hatte die Stimme erkannt! Die Stimme des Typen, der offenbar bis zu seiner Entmachtung vor erst wenigen Minuten der Leiter dieser ganzen Operation hier unten in diesem Folterkeller gewesen war! Und ohne dass es zwischen Jula und ihm irgendwelcher Worte bedurfte, griff der Mann sich auch schon an die Maske und streifte sie sich vom Kopf. Jula hätte nicht sagen können, ob ihr zum Weinen oder zum Lachen war, so absurd kam es ihr vor. Jetzt trat er mit unsicheren Schritten an den sich noch immer am Boden windenden Benito heran.

»Das ist dafür, dass du Jula vergewaltigt hast! Und übrigens: Du dumme Sau hast mich heute Mittag wirklich getroffen! Danke dafür!«

Dann vernahm Jula einen weiteren Knall, mit dem das Zucken und Winden ihres Vergewaltigers endete.

»Seit wann bist du schon hinter Moritz her?« Jula starrte ihn an, als sei er ein Fremder.

Paul setzte den vertrauten Blick auf, den er jedes Mal anwendete, wenn er Jula etwas zu beichten hatte. »Wie es aussieht, ist wohl die Zeit für die Wahrheit gekommen.«

KAPITEL 51

Es kam Jula vor, als sei alles, was sie an diesem Tag der Entscheidungen erlebt hatte, nur das Vorprogramm gewesen. Das konnte nicht sein, das durfte nicht sein! Paul? Der Mann, der sich eine gemeinsame Zukunft mit ihr vorgestellt hatte, ein Haus im Grünen, später vielleicht Kinder, war die ganze Zeit über nur hinter Moritz her gewesen? Ein V-Mann von Remus, ein Verräter, ein Feind in ihrem Bett? Regungslos starrte sie in die Augen des Mannes, dem sie noch wenige Monate zuvor die Zehennägel geschnitten hatte, der ihr den Nacken gekrault und ihr am Ohrläppchen geknabbert hatte. Der Mann, der ihr erst Stunden zuvor einen Heiratsantrag gemacht hatte, der so dermaßen bescheuert gewesen war, dass sie es unter anderen Umständen vermutlich sogar lustig gefunden hätte. Und jetzt? Was hatte wirklich hinter seinen zärtlichen Worten gesteckt? Den großen Plänen für die gemeinsame Zukunft, über die er in seiner etwas zu aufdringlichen, aber doch liebenswerten Art fantasiert hatte, eingekuschelt in ihrem Bett, während es draußen geregnet oder geschneit hatte. Was war mit den Schwüren über Liebe, Vertrauen und Zukunft? Alles nur eine Scharade, ein Spiel, eine Tarnung? *Agent Paul meldet gehorsamst, Zielperson hat Moritz Ansorge noch immer nicht ausfindig gemacht. Bericht folgt!*

»Seit wann?« Jula starrte Paul an, als sei er ein Fremder.

»Glaube mir, bitte, meine Liebe war nie gelogen! Die

sind erst zu mir gekommen, als wir schon zusammen waren.« Paul verstaute den Revolver in der Hosentasche. »In der Zeit, als du auf deinem Podcast mehr und mehr Zweifel daran gesät hast, dass Moritz wirklich tot ist. Sie dachten, dass sie über mich an die Informationen rankommen würden, die du ermittelst. Sie haben mir ziemlich genau dasselbe Angebot gemacht, das du gerade bekommen hast. Ich hatte keine Wahl!«

Jula hätte nicht mit Bestimmtheit sagen können, ob das hier gerade alles wirklich geschah. Für einen flüchtigen Augenblick hielt sie es sogar für möglich, dass sie Benito draußen auf dem Flur im Kampf unterlegen war, er sich gerade an ihr verging und das, was sich hier abzuspielen schien, lediglich eine vollkommen absurde Fantasie ihres gequälten Geistes war. *Nein, dafür ist das alles zu real:* der Geruch des Schwarzpulvers, die beiden Leichen auf dem Boden und das Blut, das sich in immer breiterem Schwall ausbreitet. *Und der Mann, dem ich blind vertraut habe, während er mich und meine Familie heimtückisch benutzt und verraten hat.*

»Keine Wahl? Ist das dein Ernst? Dir ist nicht mal die Idee gekommen, mich ins Vertrauen zu ziehen? Du hättest Moritz retten können, wenn du diesen Leuten falsche Informationen zugespielt hättest! Was war das für ein Gesülze von Liebe und Heirat? Wer bist du eigentlich? Wer bin *ich* eigentlich?« Jula presste ihre Worte mit dem Zorn der Verzweiflung hervor.

»Ich habe getan, was ich konnte, um dir zu helfen!« Paul wollte näher an Jula herantreten, hielt jedoch inne, als sie vor ihm zurückwich. »Immerhin konnte ich aushandeln, dass ich die Operation heute leite. Diese beiden Sadisten hätten von dir und Hegel nichts übrig gelassen, wenn ich nicht gewesen wäre. Mehr als das konnte ich nicht tun.«

Jula lachte bitter auf. »Dann bin ich dir wohl zu Dank verpflichtet! Für den größten Verrat, den jemals ein Mensch an mir begangen hat.«

Paul senkte den Kopf. »Wir müssen jetzt die Nerven bewahren. Zola und Benito sind tot, doch diese Sache hier ist noch lange nicht erledigt.«

Jula starrte schweigend den Mann an, von dem sie noch Minuten zuvor gedacht hatte, dass sie ihn kannte. Was sollte sie sagen? Das alles war absolut unfassbar, verletzend, heimtückisch. Und es warf ungefähr eine Million Fragen auf. Wie viel von ihrer Beziehung zu Paul war jemals aufrichtig gewesen? Wie viel von dem, was sie ihm anvertraut hatte, nachts im Bett, Seite an Seite, hatte er am nächsten Tag zu diesen Leuten getragen? Welcher Liebende würde einen solchen Verrat begehen?

»Ich will nichts mehr von dir hören!« Jula setzte sich entkräftet auf den Boden, zwischen die Leichen ihrer Entführer. »Es sind Menschen deinetwegen gestorben. Du wirst deine Quittung noch bekommen.« Jula schloss die Augen. Ein Summen klang in ihrem Kopf, nicht besonders laut, aber deutlich zu vernehmen. So als wolle es mit seinem Klang das allmähliche Plätschern ihres Begreifens untermalen. *Das hier ist noch nicht vorbei.*

»Wo ist Hegel?« Die Worte kamen kraftlos aus Jula heraus.

»Zola hat ihn in dem schalltoten Raum eingesperrt, wir sollten ihn da besser schnell rausholen.«

Jula zuckte mit den Schultern und nickte stumm. Es war jetzt ohnehin alles egal. Wie viel schlimmer konnte es noch werden, was würde wohl noch alles herauskommen? An diesem Tag der Entscheidung, an dem offenbar alles möglich war. Auch das Undenkbare.

»Was ist mit Elyas?« Jula öffnete die Augen wieder und sah zu Paul hinüber.

»Er wollte dich suchen, aber ich konnte natürlich nicht zulassen, dass er dich findet. Zola hätte ihn sofort erschossen, wenn er hier aufgetaucht wäre.«

»Geht es ihm gut?«

Paul zögerte etwas zu lange. Erst als er Julas angsterfüllten Blick bemerkt hatte, sagte er: »Sein Handy ist aus! Ich habe keine Informationen mehr darüber, was er tut und wo er steckt. Aber wir kennen ihn ja, der kommt zurecht.«

Ohne darauf einzugehen, erhob sich Jula, strich ihre Hose glatt und ging an Paul vorbei auf die Ausgangstür der Folterkammer zu. »Du wirst deine Strafe noch bekommen, Paul. Das verspreche ich dir! Jetzt werde ich aber erst mal Hegel befreien und mit ihm überlegen, wie wir vorgehen wollen.« Jula trat mit kurzen, kraftlosen Schritten auf den Ausgang zu. Kurz bevor sie ihn erreicht hatte, blieb sie stehen und wandte sich wieder zu Paul um. »Willst du mich nicht erschießen?«

Paul hob den Blick und sah Jula direkt in die Augen. Und da erkannte sie es. Dieses Verharren, das Retardieren, das Paul immer dann ergriff, wenn er Jula etwas vermitteln musste, von dem ihm klar war, dass es ihr ganz und gar nicht gefallen würde. Und noch bevor sie das Unfassbare denken musste, sagte Paul mit klarer Stimme: »Julchen, es tut mir wirklich sehr, sehr leid. Aber ich kann hier niemanden irgendwohin gehen lassen, bevor Moritz tot ist!«

KAPITEL 52

SANCHEZ

Sein Plan war perfekt aufgegangen. Es hatte keinen Zweifel gegeben, jemand aus Julas oder Hegels unmittelbarem Umfeld musste das geheime Treffen am Löwendenkmal verraten haben. Der Kreis der Verdächtigen war überschaubar gewesen, jeder davon hätte der Maulwurf gewesen sein können, ob er nun ein offenkundiges Motiv gehabt hatte oder nicht. Bei Remus konnte man sehr überzeugend sein, wenn man einen *Berater* zwangsrekrutieren wollte. Sanchez hatte die undichte Stelle schnell und verlässlich finden müssen, und das geistesgegenwärtig aufgenommene Handyvideo der Entführung hatte sich als wahrer Glücksfall herausgestellt.

Ein fantastischer Köder, geradezu unwiderstehlich – wenn er denn nur in die richtigen Hände geraten würde! Der gutmütige Elyas war die optimale Marionette gewesen. Er war wohl der Einzige im Spiel, den man als Remus-Agenten ausschließen konnte, und wenn Sanchez dem Teenager das Video zeigte, würde dieser damit zweifellos früher oder später zu dem Menschen laufen, der den Verrat begangen hatte. Und wer immer es gewesen sein mochte, würde wohl unter keinen Umständen erfreut darüber sein, dass ein freiberuflicher Auftragskiller im Begriff war, ihn um seinen Erfolg zu bringen, vor Remus bloßzustellen und darüber hinaus auch noch die minutiös geplante Operation zu gefährden. Und ja, Elyas hatte den Maulwurf mit diesem Video tatsächlich aufgescheucht, und es hatte auch nicht lange gedauert, bis dieser sich, wie erhofft, durch sein Verhalten selbst verraten hatte. Trotz seiner Schussverletzung war er aus dem Krankenhaus geflohen, zweifellos unter großen Schmerzen. Quer durch Berlin hatte er sich in die Gleimstraße geschleppt, obwohl niemand das von ihm verlangt hatte. Nein, keine Mühe war diesem selbst inszenierten Helden zu groß gewesen.

Nachdem Paul sich schließlich selbst als Remus-Maulwurf enttarnt hatte, war der Rest nicht mehr schwer gewesen. Gordon, der in seiner Todesangst in einen wahren Redeschwall verfallen war, hatte ihm auf dem Weg durch den Hausflur von Hadrian und dessen technischen Möglichkeiten erzählt. Sanchez hatte dem jungen Kerl daraufhin glaubhaft zugesichert, dass er ihn verschonen würde, wenn er ihm bei seiner Flucht behilflich sei. Gordon sollte zum Schein davonlaufen, tatsächlich aber eine Ecke weiter darauf warten, dass Sanchez ihm seinen Wagen zurückgeben würde, mit dem er zuvor unter den Augen von Paul und Elyas davongebraust war. Elyas sollte der Polizei, Paul sollte Remus das falsche Fluchtauto nennen. Eine Finte, die niemand würde entwirren können, bevor er sein Ziel erreicht hatte.

Und noch eine weitere Aufgabe hatte er Gordon für die Garantie auf Unversehrtheit gegeben. *Ich will den Jungen aus dem Spiel halten. Der kann nichts dafür, ich habe ihn nur als Werkzeug benutzt, er hat mit dieser Sache nichts zu tun.* Gordon sollte mit dem Wagen zum Flughafen Tegel fahren und ihn dort abstellen. Nachdem der Wagen der einzige Anhaltspunkt war, würde er Elyas mithilfe von Hadrian auf eine falsche Fährte locken. Weit weg vom eigentlichen Ort des Geschehens, raus aus der Schusslinie. Schließlich war es ja nur Paul gewesen, der ihn interessiert hatte. Nachdem Elyas verblüffend schnell auf die Finte hereingefallen war, hatte Sanchez nur noch warten müssen. Warten darauf, dass Paul endlich in seinen Wagen steigen und ihn zielsicher zu Julas Versteck führen würde. Zu dem Ort, an dem sie alle davon ausgingen, dass Moritz auftauchen würde, sobald er dieses Video im Internet gesehen hatte.

»Muy bien.« Er löste den Gurt und stieg ohne besondere Eile aus seinem Wagen.

Er hatte Paul nicht eine Minute lang mehr aus den Augen gelassen, nachdem er Gordon seinen BMW wiedergegeben hatte und zurück zur Gleimstraße auf seinen Beobachtungsposten geschlichen war. Von dort an war er Paul in sicherem Abstand gefolgt, die ganze Zeit über. So lange, bis dieser ihn über verschiedene Umwege schließlich den ganzen weiten Weg nach hier draußen in die Abgeschiedenheit zu dieser stillgelegten Forschungsanlage geführt hatte. Er vergewisserte sich routiniert davon, dass seine Waffe geladen und entsichert war, bevor er sich mit Umsicht und großem Bedacht der Rückseite des Gebäudes näherte, über die er unbemerkt in das Gebäude einsteigen würde, um Julas Versteck ausfindig zu machen.

Ja, dieses virale Foltervideo hatte sich als nützlich herausgestellt. Es würde Sanchez dabei behilflich sein, seine Suche durch die scheinbar endlosen Weiten dieses stillgelegten Bauwerks deutlich zu verkürzen. Unvorsichtigerweise hatten die Entführer schließlich ein Feuer unter dem Rad angezündet, und es war nicht zu erwarten, dass sich der Geruch des Qualms aus einem fensterlosen Kellerraum allzu bald wieder vollständig verflüchtigt haben würde. Seine Nase würde Sanchez den Weg weisen. Den Weg zu dem Ort, an dem sich alles entscheiden, an dem Blut fließen würde. Und was immer er da unten auch gleich vorfinden würde, Sanchez war darauf vorbereitet. Er würde alles tun, was erforderlich war, um erfolgreich zu sein. Alles!

KAPITEL 53

PAUL

»Es gibt nun mal keine andere Möglichkeit, ich kann es doch auch nicht ändern!« Was redete er da eigentlich? Paul konnte selbst kaum glauben, dass allem Anschein nach noch immer irgendetwas in ihm hoffte, er habe auch nur die kleinste Chance, Jula zu vermitteln, was ihr niemals zu vermitteln sein würde.

»Du bist doch komplett irre.« Jula sah zu ihm mit einem Blick hinüber, als sei er ein Typ in einem Gespensterkostüm, der an Halloween aus einem Gebüsch gesprungen war und *Buh!* gerufen hatte.

Wie sollte Paul es Jula nur jemals erklären? Es war nicht seine Schuld gewesen, im Gegenteil – *er* war das Opfer! Sie selbst hatte Remus doch auf die Idee gestoßen, dass Moritz' Selbstmord in Argentinien vorgetäuscht gewesen sein konnte. Nur deswegen hatten die sich den Menschen vorgenommen, der Julas engster Vertrauter war. Und was hätte Paul tun sollen, als diese Leute damals vor ihm gestanden hatten? Mit Fotos von seinen Eltern, seinem kleinen Bruder und dessen Frau und Kindern? Er hatte keine Wahl gehabt, verflucht noch mal, niemand hatte eine Wahl! Immer tiefer war er in das Netzwerk hineingerutscht. Der angesehene Nachrichtenchef eines beliebten Radiosenders. Einer, der seriös und verantwortungsvoll wirkte, den niemand verdächtigen würde. Der über das Radio verschlüsselte Botschaften an die Mitglieder von Remus senden konnte, vollkommen unverdächtig und ohne dass die Polizei sie abfangen oder entschlüsseln konnte.

Immer mehr Verantwortung hatten sie ihm übertragen, immer neue Aufgaben zugeteilt. Und niemand hatte gefragt, ob er es wollte. Niemals hatte ihn jemand irgendetwas gefragt. Das Geld auf dem Schweizer Nummernkonto war für Paul keine angemessene Gegenleistung gewesen. Was hätte er auch damit tun sollen? Sich einen Bentley kaufen? Tief im Herzen wusste Paul, dass er viel zu weit in die Höhle hineingeraten war, um jetzt noch heil aus ihr herauskommen zu können. Nur dass er sich schon lange abgewöhnt hatte, auf sein Herz zu hören. Nichts von dem, was es ihm gesagt hatte, wäre für ihn umsetzbar gewesen. Nicht mehr, nachdem er so tief in die Spirale von Remus hineingerutscht war. *In einer Krise wie dieser hier rettet man nichts mehr. Es geht nur noch darum, den Schaden so gering wie möglich zu halten*. Seine Bemühungen waren so oder so vergebens, doch er musste es zumindest versuchen.

»Julchen, die lassen niemanden am Leben, wenn sie Moritz nicht bekommen. Und wir reden hier nicht nur von deiner Familie, sondern auch von meiner. Ich habe wie ein Verrückter dafür gekämpft, dass die uns alle in Ruhe lassen werden, wenn sie nur den Kopf von Moritz bekommen. Sein Leben gegen das von uns, unseren Eltern, Geschwistern und Freunden. Das ist das beste Angebot, das überhaupt nur möglich war, und ich habe es für uns alle ausgehandelt. Mehr als das geht nicht!«

»Nenn mich nicht *Julchen!*« Jula sah mit einer fast schon beiläufigen Sachlichkeit zu den Leichen von Zola und Benito, als handele es sich um unsachgemäß im Hausflur abgestellten Sperrmüll. »So läuft das also bei euch? Jeder Mensch ist nur eine Spielfigur, die man beliebig auf dem Feld hin und her schieben kann, wie man es gerade will? Und wenn man eine Figur nicht mehr braucht, nimmt man sie einfach aus dem Spiel? Was passiert jetzt eigentlich, nachdem du deine beiden Kollegen erschossen hast?«

Paul senkte den Kopf und fuhr sich mit beiden Händen durchs Gesicht. Der Schmerz an seiner Hüfte pochte noch immer, und die viel zu vielen und viel zu starken Schmerztabletten beeinträchtigten seine Wahrnehmung.

»Die werden abgeholt und verbrannt. Wie Müll entsorgt. Und wenn du mich fragst, haben die beiden auch nichts Besseres verdient.«

»Wenigstens in dem Punkt sind wir uns einig! Und jetzt werde ich Hegel aus diesem grauenvollen stillen Raum befreien. Er ist zwar ein Arschloch, aber immerhin eins, von dem ich das schon vor dem heutigen Tag wusste.«

Paul dachte nach. Zumindest so gut, wie es ihm unter den gegebenen Umständen möglich war. Dass er Zola erschossen hatte, würde man ihm wohl durchgehen lassen, wenn er mit seiner Mission erfolgreich wäre. Und wenn Benito bei Remus auch durchaus für seine Kombination aus Kraft, Skrupellosigkeit und Dummheit geschätzt wurde, erfreute er sich doch bei keinem der Entscheidungsträger besonderer persönlicher Beliebtheit. Außerdem, Paul konnte ja einfach behaupten, Moritz hätte die beiden erschossen, bevor er dann selbst hatte dran glauben müssen. *Jula wird mich bis ans Ende aller Zeiten hassen. Natürlich wird sie das. Obwohl ich unter den gegebe-*

nen Umständen derjenige bin, der ihr am meisten hilft. Der Tod eines Menschen, der sowieso schon seit Jahren als tot gilt, für das Überleben aller anderen. Und ich habe das alles ja nicht mal zu verantworten.

»Hegel wird auf meiner Seite stehen, das ist dir doch hoffentlich klar?« Er wusste, dass keines seiner Worte zu Jula vordringen würde, dennoch sprach er weiter: »Es geht um seine Tochter. Eher opfert er dich, als dass er zulässt, dass die seiner Mathilda etwas antun.«

Jula sah ihn mit müdem Blick an. »Eine Frage, bitte sei ehrlich.« Sie sprach wie eine Maschine. »Gehört Hegel dazu? War er in diese Nummer hier eingeweiht?«

Paul schüttelte den Kopf. »Das wäre aus Sicht von Remus zu riskant gewesen. Was, wenn er nicht freigesprochen worden wäre? Er hätte sofort Mathilda außer Landes bringen lassen, wenn er gewusst hätte, was Remus vorhatte. Außerdem war schon vorher klar, dass Benito Hegels Anwalt erschießen musste. Als Beweis dafür, dass es seine Entführer wirklich ernst meinen. Nein, da hätte Hegel niemals mitgespielt.«

Jula wandte sich wortlos ab und ging durch die offene Tür in den Flur hinaus. Paul wollte ihr folgen, als er eine Vibration seines Handys bemerkte. Er zog es aus der Tasche und sah, dass Elyas versuchte, ihn zu erreichen. Sein erster Impuls war es, zunächst Jula aufzuhalten, denn die Türen, durch die man aus dem Keller entkommen konnte, hatte er nach seinem Eintreffen noch nicht wieder hinter sich abgeschlossen. Warum auch, schließlich befand sich Hegel eingesperrt in dieser schalltoten Kammer, und Jula konnte ohne Fahrzeug nicht entkommen. Zudem war es eine glückliche Fügung, dass er jetzt Gelegenheit hatte, von Jula unbelauscht mit Elyas zu sprechen. *Okay, der Junge könnte mir sehr nützlich sein.* Er nahm den Anruf entgegen. »Da bist du ja endlich! Wo warst du denn die ganze Zeit?« Paul musste seine Besorgnis nicht einmal spielen.

»Alter, hier ist voll die Scheiße abgegangen!« Elyas schien außer Atem zu sein. »Dieser Typ aus der Gleimstraße hat Gordon gezwungen, mich nach Tegel zu locken und dafür zu sorgen, dass ich mein Handy ausschalte, damit mich keiner orten kann. Aber ich mache das jetzt nicht mehr mit!«

»Willst du damit sagen, dass du diesen Killer gar nicht gefunden hast?« Paul riss die Augen auf.

»Nein, keinen Plan, wo der steckt! Fuck, ich kann hier nicht einfach rumsitzen! Keiner weiß irgendwas, und dieser Penner Hadrian antwortet mir auch nicht mehr. Und selbst wenn, ich wüsste gar nicht, worum ich ihn bitten sollte! Das ist alles so ein Abfuck!«

Der arme Kerl klang völlig verzweifelt, in seiner Hilflosigkeit weinte er fast. Und wenn es Paul auch das Herz brach, es gab keine bessere Lösung als die, die ihm gerade in den Sinn gekommen war. *Also dann!*

»Pass auf, ich kann dir jetzt keine Details erklären, aber ich habe es geschafft, Julas Versteck zu finden.«

»Echt jetzt, Alter?« Elyas' Stimme überschlug sich fast.

»Ja, und ich brauche dich hier. Die haben Jula gefoltert und sie einer Gehirnwäsche unterzogen. Die haben ihr eingeredet, dass ich zu den Entführern gehöre und sie verraten habe. Ich weiß gar nicht, was ich machen soll, sie lässt sich einfach nicht beirren.« Paul legte eine leichte Weinerlichkeit in seine Stimme.

»Dein Ernst? Aber die hätten dich doch fast abgeknallt, und du hast trotzdem alles versucht, um sie zu retten!«

»Die haben ihr und Hegel wohl irgendwelche Psychodrogen gegeben, keine Ahnung. Kannst du schnell herkommen?«

»Klar, ich habe hier voll die krasse Karre stehen! Wo muss ich denn hin?«

Ein letztes Mal überlegte Paul, ob es wirklich nötig war. Schließlich stand der Showdown noch bevor, und da Moritz sich ganz sicher nicht kampflos stellen und ergeben würde, konnte das alles hier noch immer lebensgefährlich werden. *Ich muss jetzt einfach alles versuchen, was möglich ist. Es geht hier nicht nur um ein Leben.*

»Ich sende dir den Standort! Du musst vor Ort zum Haus B gehen und dann runter in den Raum im Keller, zu dem die Schilder mit der Aufschrift *Tonlabor* führen. Und bitte beeil dich!«

KAPITEL 54

HEGEL

Die Kammer konnte ihm jetzt nichts mehr anhaben. Was waren schon ein paar Minus-Dezibel gegen das, was sich aller Wahrscheinlichkeit nach gerade jetzt, in diesen trostlosen Minuten, da draußen abspielte. In der Welt, die nicht schalltot war. Da draußen, wo Jula schutzlos der Willkür und dem Wahnsinn dreier Menschen ausgeliefert war, für die ihr Leben nicht von Wert war. Das quälende Pfeifen in Hegels Ohr verlor sich fast zu einer Nebensächlichkeit im Chor dessen, was ihn sonst noch quälte. Was waren körperliche Schmerzen gegen das Stechen, das Gedanken in der Seele eines Menschen verursachen konnten? Was, so fragte er sich wieder und wieder, würden diese Leute wohl mit Mathilda anstellen, wenn sie mit ihm fertig wären? So etwas wie Skrupel schien diese Zola Marah jedenfalls nicht zu kennen. Und selbst, wenn sie der Kleinen nichts anzutun planten, was würde man Mathilda darüber erzählen, was geschehen war? *Dein Vater ist von einem Killerkommando der Verbrecherorganisation hingerichtet worden, mit der er jahrelang gemeinsame Sache gemacht hat. Die Leute, die das getan haben, kennt man nicht, sie sind höchstwahrscheinlich auch schon längst nicht mehr im Land. Wir gehen allerdings gerade dem Verdacht nach, dass er dich damals über diese Organisation gekauft hat. In diesem Fall müss-*

ten wir dich natürlich zurück zu deinen leiblichen Eltern schicken. Aber keine Sorge, die sind ganz okay, und Russisch lernt sich ziemlich schnell.

Die absolute Stille hinter diesen gnadenlosen Wänden zog Hegel immer weiter hinab in die Grube, die seine Dämonen aus der Vergangenheit tiefer und tiefer für ihn aushoben. Nein, ein guter Mensch war er nicht gewesen, und der Andrang auf seinem Begräbnis würde sich dementsprechend in Grenzen halten. Ja, sicher, Presse und Schaulustige würden kommen. Aber Freunde? Peer Kalinsky, der Mann, der dem Begriff *Freund* in Hegels Leben am nächsten gekommen war, hatte diese Freundschaft bereits mit seinem Leben bezahlt, und die meisten anderen derer, mit denen Hegel im Laufe seines Lebens nähere emotionale Bindungen eingegangen war, hatten sich längst wieder daraus zurückgezogen. *Warum sollte sich jemand für Sie interessieren, wenn Sie sich für niemanden interessieren?*

Wie oft Hegel das schon zu seinen Patienten in der Psychotherapie gesagt hatte. Und von Mal zu Mal war es ihm dabei drängender ins Bewusstsein vorgedrungen, dass er mit dieser zentralen Frage eine Antwort zu seiner eigenen Einsamkeit hätte finden können. *Wenn ich denn den Mut gehabt hätte, danach zu suchen.* Wenn Hegel einmal von Mathilda absah, fand sich tatsächlich kein einziger Mensch auf dem Planeten, von dem er mit Aufrichtigkeit behaupten konnte, dass er sich wirklich für dessen Schicksal interessierte oder gar Liebe für ihn empfand. Es gab niemanden, für den er sich eine Kugel fangen oder dessentwegen er in ein brennendes Haus laufen würde. *Oder etwa doch?*

Ja, er hatte Jula manipuliert, ein ums andere Mal. Gründe hatte es mehr als genug gegeben. Moritz hatte es zu schützen gegolten, und auch Jula selbst hatte er vor den Konsequenzen ihrer Handlungen bewahren wollen. Hauptsächlich war es ihm bei seinen wohldurchdachten Spielchen aber darum gegangen, Mathilda zu schützen. Und mit ihr die Wahrheit um ihre Geschichte, die sie niemals erfahren sollte. Hegel konnte nicht bestreiten, dass Jula gut daran getan hätte, ihn niemals in seiner Zelle aufzusuchen.

»Und jetzt quält dich eine geistesgestörte Sadistin gerade auf schrecklichste Weise zu Tode …« Die Worte verendeten ohne Widerhall im Nichts der erbarmungslosen Stille. »Ich schätze, ich habe mir das hier alles redlich verdient. Schade nur, dass ich Mathilda nie mehr wiedersehen werde. Ich wollte ihr noch so vieles zeigen.« Hegels Stimme wurde brüchig, und er spürte, wie Tränen an seiner Wange hinunterliefen.

Er schloss die Augen und horchte tief in sich hinein. Die Stille ließ ihn das Schlagen seines Herzens hören, das Fließen des Blutes in den Adern. Doch viel lauter noch als das Tönen seiner Organe waren das Schreien und Weinen seines von beständig zunehmender Mutlosigkeit durchwirkten Zorns.

»Es ist Paul!« Die Worte schienen aus dem Nichts zu kommen, und entsprechend schreckten sie Hegel auf.

War das die Stimme von Jula gewesen? Er öffnete die Augen, und im selben Moment, in dem das Licht sie tränen ließ, strahlte sein Gesicht erleichtert auf.

»Die haben Ihnen nichts getan?«

Hegel erhob sich blitzschnell vom Boden und ohne dass er darüber nachdenken musste, nahm er Jula auch schon in die Arme und drückte sie an sich, als sei sie seine eigene Tochter. Jula wehrte sich nicht gegen die Umarmung, signalisierte Hegel jedoch über ihre Körperspannung, dass sie noch keinen Anlass dazu sah, erleichtert zu sein.

»Zola und der Killer sind tot!« Sie löste sich aus der Umklammerung und sah Hegel mit einer Klarheit im Blick an, die ihm Gänsehaut bereitete. »Aber der Dritte im Bunde ist Paul, er gehört zu Remus! Er hat uns verraten, und er will Moritz finden und töten. Ich weiß nicht, was wir machen sollen, aber wir sind zu zweit – und er ist allein!«

Natürlich, Paul! Das passte zu Remus, und wie es passte. *Nutze die Kraft der Liebe, wenn du Menschen kontrollieren willst. Sie ist das beste Druckmittel, das es gibt. Hass ist unzuverlässig, er kann die Lust verlieren und müde werden. Auf Liebe ist Verlass! Die wird dich dazu bringen, bis zum Äußersten zu gehen. Setze also niemals Feinde auf deine Zielperson an, sondern immer jemanden, der sie liebt.*

»Denken Sie an den Raben, Jula!« Hegel strich ihr mit väterlicher Sanftmut übers Gesicht. »Und was Paul betrifft, solange er Moritz nicht gefunden hat, wird er uns nichts tun.«

Gerade schien Jula darauf reagieren zu wollen, als Hegel eine Stimme vernahm, deren Klang sich von der Tür her mühselig durch die schalltote Umgebung zu seinem intakten linken Ohr kämpfte.

»Ich brauche höchstens einen von euch! Aber jetzt erst mal raus aus dieser ätzenden Kammer, die hält man ja nicht aus.«

Hegel sah zur Tür, in der er die Silhouette des dritten Kerls von Remus erkannte, die, wie er nun wusste, zu

Paul Weidenfeller gehörte. Er nickte Jula zu, woraufhin sie beide nach draußen in den Vorraum gingen. Sie fanden Paul gegen die Wand gelehnt vor, das Gesicht schmerzerfüllt verzogen.

»Soll ich mir das mal angucken?« Hegel deutete auf die Stelle, an der mittlerweile selbst durch das Schwarz von Pauls Pullover ein Blutfleck zu erkennen war.

»Wenn Sie näher kommen, erschieße ich Sie!« Paul hob seinen Revolver an, wenn es ihm auch schwerzufallen schien.

»Wir hatten heute alle einen schlechten Tag.« Hegel sah Paul mit einem Blick an, den er in seinen Therapiesitzungen oft eingesetzt hatte, wenn er ein Gefühl von Verbundenheit bei seinem Patienten erzeugen wollte. »Was halten Sie davon, wenn wir jetzt mal damit aufhören, uns gegenseitig umzubringen, und stattdessen versuchen, unsere Probleme zu entwirren und nach Lösungen zu suchen?«

Paul lachte heiser auf. »Kannst du nicht ein Mal damit aufhören, den Klugscheißer zu spielen?« Er zielte auf Hegels Brust. »Meine Probleme lassen sich nicht entwirren. Sie lassen sich nur beseitigen, und bei dir fange ich gleich mal damit an.«

Er schloss das linke Auge und zielte. Hegel vermutete, dass es sich dabei nur um eine Drohgebärde handelte, mit der Paul sich Respekt verschaffen wollte, doch noch ehe er darüber entscheiden konnte, wie er sich verhalten sollte, schob sich auch schon Jula vor ihn und nahm Paul damit das freie Schussfeld.

»Was soll das?« Paul klang zornig. »Geh aus dem Weg, Jula!«

Sie rührte sich nicht. »Es mag ja sein, dass du Hegel

erschießen würdest.« Sie klang so abgeklärt, als könne sie jetzt nichts mehr aus der Fassung bringen. »Aber mich erschießt du niemals!«

Die Stille, die jetzt im Raum stand, war mit der Stille in der schalltoten Kammer nicht zu vergleichen. Sie nahm nicht Zeitgefühl oder Orientierung, schluckte kein Echo, ließ einen nicht den eigenen Herzschlag hören. Diese Stille war auf andere Weise beeindruckend. Sie war nicht technisch, nicht physikalisch. Kein Kind des Zusammenwirkens von Gesetzmäßigkeiten. Sie schien vielmehr weit über die Gesetze der Natur erhaben, voll und ganz erfüllt von dem, was sich nicht greifen oder mit technischem Gerät messen ließ: Menschlichkeit, Erhabenheit, vielleicht sogar Pathos. So war es dann auch nicht mehr von Bedeutung, was genau es sein würde, das diese Stille letztlich brechen musste. Auch wenn es zugegebenermaßen ein Ereignis war, mit dem wohl keiner im Raum gerechnet hatte. Es war kein Schuss, kein Schreien, kein Verhandlungsangebot. Das, was die gerade noch so bedeutungsvolle Stille brach, war vielmehr das Aufspringen der Tür, die zum Gang hinausführte, gefolgt vom Eindringen des Typen, den Hegel noch in Erinnerung hatte, obwohl er ihn heute Mittag lediglich beiläufig dabei beobachtet hatte, wie er Pizza ins Nebengebäude des Landgerichts geliefert hatte. Hegel musste ironischerweise sogar schmunzeln, als er über Julas Kopf hinweg sah, wie der unerwartete Eindringling seine Waffe direkt auf Paul richtete. *Also, langweilig wird es hier zumindest nicht!*

KAPITEL 55

PAUL

»Wer noch hier? Wo ist Frau und dicker Typ von die Video?«

Sanchez hielt seine Waffe mit ruhiger Hand, aber fest umklammert direkt auf Pauls Kopf gerichtet, während er sich mit routinierten Bewegungen wie automatisiert so im Raum positionierte, dass er eine Wand im Rücken und gleichzeitig alle anwesenden Personen im Blick hatte. Ebenso die einzige Tür, über die man von draußen hereinkommen oder einen Fluchtversuch unternehmen konnte.

»Das hier ist nicht dein Job! Geh einfach wieder!«

Paul fixierte den Kerl mit scharfem Blick, während er langsam einige Schritte rückwärts machte, um auch Jula und Hegel in seinem Gesichtsfeld zu behalten. Wie um alles in der Welt hatte dieser Dreckskerl das Versteck bloß gefunden? *Scheiß drauf, was soll mir diese Überlegung jetzt noch bringen? Dieser Sanchez ist offenbar ein international agierender Profikiller, der wird schon seine Methoden haben. Es könnte ja sogar sein, dass es ihm irgendjemand aus der Führungsriege von Remus erzählt hat, denen ist schließlich jedes Mittel recht, um Moritz zu finden und auszuschalten. Aber dass die seine Jäger jetzt sogar aufeinanderhetzen?*

»Ich nicht werde gehen!« Sanchez stand so regungslos

da wie eine Wachsfigur. »Diese Moritz mir bringt mucho Dinero! Er mir gehört!«

Paul wägte ab. Er selbst hatte kein Kopfgeld zu erwarten, wenn er Moritz tötete. Sein Lohn bestand in der Tatsache, dass man ihn, Jula und alle anderen, an denen man ein Exempel statuieren konnte, am Leben lassen würde, falls er erfolgreich war. Und Jula würde, wenn Paul diesen Sanchez die Drecksarbeit machen ließ, nicht auch noch das Bild vor ihrem inneren Auge mit sich herumtragen müssen, wie er ihren Bruder erschoss. Es sprach also eigentlich nichts dagegen, Moritz diesem Latino zu überlassen. *Eigentlich!*

»Elyas und ich haben den Brief in deiner Wohnung gefunden!« Auch Paul blieb vollkommen ruhig und senkte seine Waffe keinen Millimeter.

Sanchez zeigte auf Pauls Worte keine Reaktion, im Gegensatz zu Jula: »Warum Elyas? Und was für ein Brief?«

»Dieser Kerl ist ein Profi, er will das Kopfgeld, das Remus auf Moritz ausgesetzt hat. Elyas und ich waren vorhin in seiner Wohnung, lange Geschichte. Wir haben da einen Abschiedsbrief von dir gefunden. Du gestehst, an allem schuld zu sein, und erklärst, dass du dich umbringen wirst. Das Ganze in deiner Handschrift!«

»Was ist los?« Jula schüttelte den Kopf. »Ich habe seit Jahren schon keinen Brief mehr mit der Hand geschrieben, erst recht keinen Abschiedsbrief!«

Paul war nicht überrascht. »Ich schätze, er hat vor, Moritz zu töten und es dann dir anzuhängen. Aber ohne mich!«

Sanchez erweckte nicht den Eindruck, als sei er in irgendeiner Weise beeindruckt. Unbeirrt fragte er ein weiteres Mal: »Wo ist Frau und dicker Mann von die Video?«

Drängen und Fordern in seiner Stimme wurden deutlicher. Paul musste eine überzeugende Antwort finden. Schließlich wäre es wohl kaum besonders klug, einem Profikiller mitzuteilen, dass seine beiden Helfer nicht mehr am Leben waren. *Ich schätze, dass er mich nur deswegen noch nicht erschossen hat, weil er denkt, dass hier noch meine zwei Kollegen sind.*

»Moritz ist nicht hier.« Paul bemühte sich, klar und verständlich zu sprechen. »Er kann auch nicht kommen, weil er nicht weiß, wo wir sind. Wenn er sich auf dieses Video hin freiwillig stellt, dann geht er zu einem anderen Ort. Zu irgendjemandem von Remus, den er noch von früher kennt.«

Sanchez verzog keine Miene, er machte nur eine Kopfbewegung in Richtung Jula.

»Diese Frau haben Contacto zu Moritz. Mein Preparado für Arbeit immer ist gut! Diese Frau hat ein Nachricht von Moritz, wo in Berlin ist er.«

»Diese Penner von Remus haben dir ja anscheinend wirklich alles erzählt. Super! Aber haben sie dir auch erzählt, dass Jula diese Nachricht nicht entschlüsseln kann?«

Sanchez nickte in Richtung Hegel. »Diese Mann kann sagen, was bedeutet!«

Aus dem Augenwinkel heraus sah Paul, wie Hegel die Arme vor der Brust verschränkte. »Ich würde ganz bestimmt nicht für Sie analysieren, wo Sie Moritz finden können. Selbst dann nicht, wenn ich es könnte. Wie wäre es denn, wenn Sie beide einander jetzt einfach gegenseitig erschießen würden?«

Paul versuchte, einen klaren Gedanken zu fassen. »Also gut, wie es aussieht haben wir beide hier eine Pattsituation. Was wollen wir jetzt tun?«

Etwas veränderte sich im Blick von Sanchez, und ein Lächeln trat auf seine Lippen. »Wir beide?« Die Pause, die dem folgte, war fast noch bedrohlicher als die Frage, die Sanchez schließlich stellte: »Frau und dickes Typ also nicht mehr hier? Muerto? Du unico Mann von Remus aquí?«

Paul dachte nach. Sicher, er konnte jetzt einfach abdrücken und hoffen, dass Sanchez damit Geschichte wäre. Doch er stand hier eben einem Profi gegenüber. Paul Weidenfeller, der Nachrichtenchef von 101.5, der in diese ganze Nummer hineingezwungen worden war, würde diesen Killer gewiss nicht unterschätzen. Denn wenn Sanchez schneller schießen würde, dann wäre nicht nur Pauls Leben verloren, sondern auch das von Jula. *Ruhig bleiben, Zeit gewinnen.*

»Du kannst das Kopfgeld für Moritz haben, das interessiert mich nicht. Aber ich kümmere mich um Jula und Hegel!«

Sanchez lächelte. »Du nicht machen die Regeln!«

Und noch ehe Paul reagieren konnte, hatte Sanchez sich auch schon blitzschnell abgeduckt, sich damit für die Dauer eines Sekundenbruchteils aus der Schusslinie befreit und eben diesen Augenblick genutzt, um mit einem Satz, den Paul dem eher beleibten Latino so nicht zugetraut hätte, an ihn heranzuspringen und ihm mit der Handkante einen Schlag direkt auf seine Schussverletzung zu versetzen. Während Paul aufschrie und zu Boden sackte, griff Sanchez nach dessen Waffe. Paul war vor Schmerzen nicht imstande, diese festzuhalten, und noch im Fallen sah er, wie der Revolver über den Boden bis zur Tür schlitterte. *Jetzt ist alles aus!* Paul spürte, wie der Killer ihn packte, wie dessen Gewicht seinen Körper blockierte, ihn bewegungsunfähig machte und ihn seiner Kräfte ebenso wie seiner Hoffnungen darauf beraubte, hier zumindest noch irgendetwas retten zu können. Die Masse des Latinos begrub ihn unter sich, sodass er nicht einmal mehr einen letzten Blick auf Jula würde werfen können. *Aber habe ich den überhaupt verdient?* Und während Hoffnung und Mut schwanden und sich so etwas wie ein letztes seliges Erinnern an das Gute einstellte, das Paul während seiner Zeit auf Erden erlebt hatte, wartete er darauf, noch den Schuss zu hören, bevor das alles verschlingende Nichts kommen würde. Doch was er hörte, war kein Schuss, sondern die Stimme eines Teenagers, den er nur allzu gut kannte: »Schmeiß sofort die Waffe weg und geh runter von Paul, Alter! Ich ballere dir das Hirn raus, Digga, ich schwöre!«

KAPITEL 56

Erschieß ihn!« Paul lag noch immer unter Sanchez begraben auf dem Boden. »Er will uns alle umlegen, auch Jula!«

Das Tosen der letzten Sekunden war schlagartig beendet. Paul konnte, obwohl noch immer unter Sanchez begraben, einen Blick zu Elyas erhaschen, der mit ebenso ängstlichem wie entschlossenem Gesichtsausdruck den Revolver auf Sanchez richtete.

»Du machen eine große Fehler, Chico!« Der Killer atmete schneller, blieb aber ansonsten ruhig und verharrte in seiner Position. »Du …«

PENG!!!

Ein vollkommen unerwarteter Schuss durchbrach die Worte des Latinos. Sanchez zuckte zusammen und löste sich dabei etwas von seiner Position. Jetzt konnte Paul sehen, dass Elyas' Revolver qualmte, während der Junge mit neu aufgekommener Selbstsicherheit zu Sanchez sah.

»Denkst du, ich habe noch nie eine Pistole in der Hand gehabt, du Penner?« Nie zuvor hatte Paul den Vierzehnjährigen so entschlossen erlebt. »Du gibst Paul sofort deine Waffe und gehst von ihm runter!«

Elyas spannte mit demonstrativer Langsamkeit den Hahn des Revolvers und richtete ihn auf Sanchez' Kopf.

»Elyas, es gibt etwas, das du wissen solltest!« Jula sprach mit sanftem Ton, jedoch mit drängender Dynamik. »Sanchez ist nicht unser Feind. Er …«

Noch ehe Jula Gelegenheit dazu bekam, weitere Erklärungen abzugeben, hatte sich Paul auch schon Sanchez' Waffe gegriffen.

»Los, runter von mir!« Die Schmerzen an der Hüfte waren jetzt wieder von Adrenalin betäubt, nicht vollständig, aber zumindest trübten sie seine Denk- und Handlungsfähigkeit nicht maßgeblich. Sanchez atmete tief aus, bevor er sich widerwillig vom Boden erhob und mit erhobenen Händen drei kleine Schritte rückwärts machte. Er stand jetzt etwa einen Meter von Jula entfernt in der Mitte des Raumes, und sowohl Paul als auch Elyas hielten ihre Waffen auf ihn gerichtet.

»Ich kenne diesen Typen, Jula. Der wollte dich umbringen, hier!« Elyas zog mit der freien Hand ein zerknittertes Stück Papier aus seiner Hosentasche und reichte es Jula, ohne den Blick von dem Killer zu wenden.

Sie überflog die ersten Zeilen und drehte sich zu Sanchez um.

»So gut hat noch nie jemand meine Handschrift gefälscht!«

Was war das *denn?* Nicht Julas Worte oder ihre eher lässige Reaktion auf diesen kruden Abschiedsbrief waren es, die Paul stutzig machten. Er hatte ihr bereits davon berichtet, überraschtes Entsetzen war also nicht mehr von ihr zu erwarten gewesen. Aber Paul kannte Jula seit Jahren, und auch weil sie beide im Radio moderiert hatten, waren ihm sämtliche Facetten ihres Sprechens bestens vertraut. Es gab keinen Unterton, keine Kunstpause, kein Erhöhen oder Vertiefen des Klanges, das er nicht deuten konnte. Und dieses *So gut hat noch nie jemand meine Handschrift gefälscht!* war weder zornig noch ängstlich gewesen. Es klang auch nicht resignativ, überrascht oder feindselig. Der Unterton in Julas Worten war in etwa mit dem zu vergleichen gewesen, den sie seinerzeit auch in den Satz *Liebling, wir brauchen noch Kartoffeln* legte, wenn Paul sich zum Einkaufen aufgemacht hatte.

»Was wolltest du mit Jula machen?« Elyas fixierte immer noch den Killer und atmete schwer ein und aus. »Wolltest du sie umbringen und es wie Selbstmord aussehen lassen?«

»Es gibt etwas, das du nicht weißt, Elyas.« Jula trat einen Schritt näher an ihren Bruder heran. »Paul gehört auch zu denen!«

Elyas sah zu Paul hinüber, der den Blick mit einem besorgten Kopfschütteln erwiderte.

»Jula, wir holen dich hier raus! Aber mach jetzt keinen Scheiß!« Elyas klang fast väterlich.

Was sollte Paul tun? Noch schien Elyas ihm zu glauben, doch seine Scharade würde nicht besonders lange standhalten. Auch Elyas kannte Jula gut, und Blut war ohnehin dicker als Wasser. Ein oder zwei Minuten vielleicht, dann würde sie ihn davon überzeugt haben, dass sie nicht manipuliert war oder unter irgendwelchen Psychodrogen stand. Sollte er Fakten schaffen und diesen Sanchez jetzt erschießen? Er war nicht mehr bewaffnet, und ebenso wie bei Zola und Benito würde Paul der Menschheit damit einen Gefallen erweisen. Sein Gewissen würde es also ganz sicher aushalten. Aber auch Elyas hatte eine Waffe in der Hand, und nach allem, was der Junge durchgemacht hatte, war er trotz seines jugendlichen Alters nicht zu unterschätzen. Jula würde Elyas bald davon überzeugt haben, dass er zu Remus gehörte, und wenn der Schüler sich daraufhin zu einer Kurzschlussreaktion hinreißen ließe, konnte das Ganze hier schnell in einer blindwütigen Schießerei mit ungewissem Ausgang enden.

»Paul wäre heute lieber verblutet, als dich im Stich zu lassen. Der ist ein Ehrenmann!« Elyas wendete seinen Blick keine Sekunde lang von Sanchez.

»Das hat er nur gespielt! Ich erkläre dir alles, wenn du mir die Waffe gegeben hast.« Jula streckte langsam die Hand aus.

»Gib sie ihr nicht!« Paul herrschte Elyas so ruppig an, dass der Junge zusammenzuckte. »Ich habe gesehen, was die hier mit Jula gemacht haben! Die haben sie stundenlanger Psychofolter ausgesetzt, ihr eine Gehirnwäsche verpasst, damit sie auf die Seite von Remus wechselt und Moritz in eine Falle lockt. Wenn du nach nebenan gehst, findest du die Leichen der Entführer. *Ich* habe die beiden erschossen und Jula damit gerettet. Wir müssen nur noch diesen Sanchez ausschalten, dann ist alles wieder gut!«

»Stimmt das, Jula?« Elyas begann, leicht auf den Füßen zu wippen, und sein Finger, der noch immer am Abzug des Revolvers lag, zitterte.

»Frag Hegel, der wird es bestätigen!« Jula versuchte anscheinend, selbstsicher und ruhig zu klingen.

»Hegel hat den Treffpunkt vor dem Gericht verraten!« Paul sah kurz zu dem Professor, der dem Schauspiel bislang schweigend gefolgt war. »Jula wusste ja von Anfang an, dass er sie nur manipuliert.«

Hegel sah zu Elyas und sagte in ruhigem Ton: »Gib die Waffe deiner Schwester. Sie ist die Einzige, die weiß, wo Moritz in Berlin versteckt ist. Wäre sie auf die Seite von Remus gewechselt, hätte sie ihn längst verraten.«

»Jula, warum sollte Paul zu denen gehören?« Elyas führte jetzt auch die linke Hand an den Revolver, der nach wie vor auf Sanchez gerichtet war.

»Woher wusste er denn, wo wir versteckt sind? Wie hat er das rausgefunden?« Julas Atem beschleunigte sich.

»Was weiß ich, von Hadrian vielleicht?«

Julas Augen wurden größer. »Was hat denn Hadrian damit zu tun?«

»Paul hat mir geholfen, ihn über deinen Computer zu kontaktieren.«

»Wie bist du denn auf meine Rechneroberfläche gekommen?«

»Paul kannte das Passwort, du hast es ihm gesagt, als ihr noch zusammen wart.«

Jula drehte sich zu Paul um und sah ihn mit einem ebenso anerkennenden wie ungläubigen Blick an. »Elyas, mein Passwort würde ich niemals irgendwem verraten! Merkst du nicht, dass mit Paul was nicht stimmt? Du zielst auf den falschen Mann!« Jula sah ihren kleinen Bruder eindringlich an. »Sanchez will uns nichts tun, das hätte er längst machen können. Es geht ihm nur um Moritz, und das klären wir, wenn Paul keine Waffe mehr hat.«

Gerade als Elyas etwas darauf antworten wollte, erklang ein Ruf vom oberen Stockwerk her.

»Elyas!? Wo bist du!?«

Der Ruf verhallte in den Gängen.

»Ist das etwa dieser Gordon?« Paul sah zu Elyas hinüber, der immer verunsicherter wirkte. »Was macht der denn hier?«

»Denkst du, ich bin auf dem Rücken einer Wildgans hergeflogen, Digga? Gordon hat mich mit seiner krassen

Karre auf Vollgas hergefahren! Friedrich ist ja abgehauen, der Vollspacken …«

Wieder ertönte ein Ruf von oben. »Ist alles okay? Soll ich Hilfe rufen?«

Paul verdrehte die Augen. »Kommt der jetzt etwa auch noch zu uns?«

»Nein, tut er nicht.« Hegel klang ungerührt. »Der Abstand zwischen dem ersten und dem zweiten Ruf hat sich vergrößert. Er bewegt sich also von uns weg. Bis er auf seiner Suche auf diesem Gelände wieder hier vorbeikommt, sind wir an Altersschwäche gestorben.«

»Wenigstens ein Problem weniger. Also los, Elyas, jetzt gib mir einfach deine Waffe, sonst erschießt du noch jemanden.« Paul klang so verbindlich, wie er konnte. »Ich rufe die Polizei, dann ist das hier endlich überstanden. Ich könnte mir übrigens vorstellen, dass Gordon auch in dieser Nummer drinhängt. Mit dem Tod seines Mannes hat er heute schließlich ein paar Millionen geerbt, da kann man schon mal zum Verräter werden.«

Elyas sah zwischen Paul und Jula hin und her.

»Wer ist denn bitte *Gordon?*«, fragte Jula.

»Das ist der …« Elyas brach ab, und seine Gesichtszüge schienen einzufrieren.

»Ist alles in Ordnung?« Jula sah ihren Bruder besorgt an.

»Die haben deine Schwester bedroht!« Paul bemühte sich noch immer darum, verbindlich und überzeugend zu klingen. »Sie haben ihr gesagt, dass sich in ihrem Umfeld Verräter befinden, die über sie herausfinden wollen, wo Moritz ist. Sie traut niemandem mehr, und ich kann das gut verstehen.«

Paul sah sich noch einmal im Raum um. Sanchez regte

sich nicht und hielt noch immer die Hände oben. Hegel folgte dem Geschehen aufmerksam, aber wortlos. Jula schien vollkommen ruhig zu sein, wenn dies auch daher rühren mochte, dass sie mit ihren Kräften am Ende war. Einzig Elyas schien die Lage zu gefährden. Seine Hände zitterten, der Hahn seiner Waffe war gespannt. Es war nicht auszuschließen, dass er aus reinem Versehen einen Schuss abfeuerte. Noch hatte Elyas die Waffe auf Sanchez gerichtet, doch das konnte sich rasch ändern.

»Was hast du gerade gefragt, als ich gesagt habe, dass der Ruf von Gordon kam?« Elyas sah zu Jula.

»Ich habe gefragt, wer Gordon ist.«

Er nickte knapp. »Das ist der Typ, der bei Gericht neben Hegels Anwalt gesessen hat.«

»Du meinst diesen gelackten Assistenten?« Jula schien sich fast ein Lachen verkneifen zu müssen.

»Er heißt Gordon, aber das wusstest du nicht. Woher auch? Er ist erst nach deiner Entführung ins Spiel gekommen.« Dann sah Elyas zu Paul hinüber. »Als du vorhin in der Gleimstraße in die Wohnung von Sanchez gekommen bist, hast du Gordon zum ersten Mal gesehen.«

»Was soll das? Elyas, wir müssen diesen Sanchez ausschalten, der legt uns sonst alle um!«

»Du hast mit keiner Silbe gefragt, wer der gelackte Typ an meiner Seite eigentlich ist. Und als Sanchez ihn sich geschnappt hat und mit ihm zur Tür raus ist, hast du zu mir gesagt: *Du musst ihn verfolgen! So, wie er aussieht, wird dieser Gordon den Kerl wohl nicht allein packen!*«

»Na und?« Paul wurde lauter.

»Seit ich Gordon an meiner Seite hatte, habe ich ihn genau *einer* Person vorgestellt. Niemand anderer konnte wissen, wie er heißt und wer er ist!«

Paul wurde es heiß und kalt. *Ich hätte ihn fast so weit gehabt. Aber wie es aussieht, ist dieser kleine Ghettojunge gerissener, als ich dachte.*

»Von wem redest du?«

»Das wusste nur Hadrian!« Elyas richtete seine Waffe jetzt ganz langsam auf Paul. »Also los, Alter, was für ein verschissenes Spiel spielst du hier?«

KAPITEL 57

ELYAS

Plötzlich ergab alles einen Sinn. Hadrian war für Jula immer wieder ein nützlicher Helfer gewesen, so etwas wie ein Joker, den sie in jeder Notlage hatte ziehen können. Nie und nimmer wäre sie so nahe an die Wahrheit um Moritz herangekommen, wenn sie nicht dieses ominöse Computergenie an ihrer Seite gehabt hätte. Sicher, Jula hatte zunächst ohne Hadrians Hilfe ihre Erkenntnisse recherchiert. Doch immer dann, wenn sie an einen Punkt gekommen war, an dem sie nicht weiterkam, hatte Hadrian ihr als bereitwilliger Verehrer auf die Sprünge geholfen. Nur durch diese entscheidenden Hilfestellungen war es Jula letztlich möglich geworden, Moritz näher und näher zu kommen. Hadrian hatte für seine Hilfe von Anfang an nur eine Gegenleistung gefordert: Er wollte jeden von Julas neuen Podcasts vor dessen Veröffentlichung exklusiv als Erster hören dürfen. *So war er immer auf dem Laufenden und konnte Remus mit den neuesten Erkenntnissen versorgen. Dieser Penner!*

»Du hast als *Hadrian* dafür gesorgt, dass Jula euch direkt zu Moritz führt! Aber seit wann bist du Radiohonk denn bitte ein Computergenie?«

»Ich schätze, das ist er nicht.« Jula trat hinter Elyas und legte ihm die Hände auf die Schultern. »Paul hat meine Fragen wahrscheinlich einfach nur an echte Spezialisten weitergegeben, und die haben das dann für ihn gehackt. Cyberkriminalität ist einer der großen Geschäftszweige von Remus, die haben erstklassige Computercracks in ihren Reihen.«

Jeder Gedanke brachte eine neue Einsicht hervor. »Alter, du hast Julas Passwort hacken lassen, damit ich an ihren Rechner komme, über den du mich dann als *Hadrian* losschicken konntest. Auf die Suche nach dem Killer, der dir zuvorkommen wollte. Fuck, das heißt ja … Du blödes Arschloch hast mich sogar noch nach Tegel geschickt, obwohl du dachtest, dass Sanchez mich da vermutlich abknallen würde!« Elyas zielte noch immer auf Paul, der seine Waffe weiterhin auf Sanchez richtete.

»Ich war verletzt, sonst hätte ich das selbst erledigt. Und ja, du solltest den Killer finden, der mir Moritz wegschnappen wollte. Ich hatte dir aber ganz klar gesagt, dass du nicht allein in dieses Haus gehen sollst!« Jetzt waren es Pauls Hände, die zu zittern begannen. »Und nach Tegel habe ich dich geschickt, damit du aus der Schusslinie kommst. Ich war zufrieden, dass Sanchez nicht zu Julas Versteck gefahren ist, und das Gelände in Tegel ist riesig. Da hättest du einen Profikiller, der weiß, wie man sich versteckt, niemals gefunden. Ich wollte einfach nur dafür sorgen, dass euch allen heute nichts passiert. Die wollen nur Moritz, mehr nicht!«

Elyas schüttelte energisch den Kopf. »Mehr nicht? Alter, hörst du dir manchmal beim Labern zu? Moritz gehört zur Familie! Scheißegal, ob ich ihn kenne oder nicht – niemand liefert meinen Bruder an Killer aus!«

Was dachte sich dieses Arschloch eigentlich? Moritz war ganz offensichtlich der wichtigste Mensch für Jula. Darüber hatte es niemals einen Zweifel gegeben, und

Elyas hatte es akzeptiert. Der wichtigste Mensch für Elyas war hingegen Jula. Dachte dieser Vollhonk Paul allen Ernstes, dass er und Jula ihm verraten würden, wie er Moritz finden konnte? Vielleicht, so dachte Elyas, wäre es das Beste, Paul zu erschießen, solange es noch möglich war. Er bedrohte schließlich ihn und seine Schwester. Paul über den Haufen zu schießen wäre also nicht mal strafbar oder auch nur moralisch verwerflich. Im Gegenteil, zu Hause in Neukölln würden seine Buddys ihn dafür garantiert feiern, seine *Street Credibility* würde weiter und weiter steigen, und seine Rapvideos auf YouTube würden nach so einer Story zweifellos endlich wieder so richtig krass durch die Decke gehen. *Aber kann ich einen Menschen erschießen, mit allem, was daran hängt? Wird mich dieser Moment verfolgen? Werde ich ihn wieder und wieder erleben, jedes Mal, wenn ich die Augen schließe?*

»Jula, du weißt doch, wo Moritz ist.« Pauls Worte rissen Elyas aus seinem heiklen Gedankengang. »Er sagt es dir codiert auf seiner Sprachnachricht. Sag es mir einfach, dann können wir zu ihm fahren und ihn selbst fragen, was er tun möchte. Ich wette, er opfert sich freiwillig, wenn er euch alle damit retten kann.«

»Okay, das reicht jetzt! Leg sofort die Waffe weg! Niemand wird Moritz ausliefern, und Moritz wird sich auch nicht freiwillig opfern. Das lasse ich nicht zu! Sieh es doch endlich ein: Du hast die Kontrolle über diesen Einsatz verloren! Sogar dein Boss hat dir die Eier abgeschnitten, indem er dieser Zola die Führung übertragen hat. Wir können uns jetzt gern in Ruhe Gedanken darüber machen, wie wir dieses Dilemma hier am besten lösen. Aber sterben wird heute keiner mehr!«

Elyas spürte noch immer Julas Griff im Nacken. Doch

trotz der Sicherheit, die dieser ihm verlieh, sah er mit Besorgnis, wie Paul mit den Schultern zuckte: »Ich bin mir gar nicht so sicher, ob ich die Kontrolle über diesen Einsatz wirklich verloren habe. Es ist ja eigentlich nur der Revolver in Elyas' Hand, der mich davon abhält, wieder das Kommando zu übernehmen. Meine Lösung ist hart, aber sie ist die beste, die es gibt. Elyas, wir können hier nicht bis morgen aufeinander zielen, du musst jetzt entscheiden, wie das hier weitergeht. Es nützt einem nichts, eine Waffe auf seinen Gegner zu richten, wenn man nicht auch bereit dazu ist, sie abzufeuern.«

Paul hob ganz langsam die Hände, ohne dabei seine Waffe von Sanchez weg zu richten. »Also los, erschieß mich!«

Was zur Hölle sollte Elyas tun? Er konnte den schwarzen Peter nicht einfach weiterschieben, indem er seine Waffe einem anderen gab. Denn der bloße Moment des Wechselns von einer Hand in die andere konnte ausreichen, um Paul die Kontrolle über die Lage zu geben. Elyas konnte aber auch nicht einfach stumm stehen bleiben und weiterhin auf Paul zielen. Ja, ein paar Minuten lang würde Paul das vielleicht noch mitmachen, aber unblutig würde das hier dann nicht enden. Es half alles nichts, Elyas konnte es drehen und wenden, wie er wollte. Paul hatte ihn an seine Grenzen geführt.

»Dauert das noch lange?« Paul hatte sich noch immer nicht geregt. »Weißt du, wenn ich Remus nicht Moritz' Leiche präsentiere, legen die mich sowieso um. Du musst aber wissen, dass du, wenn du mich erschießt, damit auch deine Schwester tötest. Und dich selbst. Und deine ganze restliche Familie. Also, was ist jetzt?«

Elyas spürte, wie Julas Hände an seinem Nacken zittrig wurden. Er sah Pauls scheinbar lässigen Gesichtsausdruck, als ihm eine Frage in den Sinn kam, die sich ihm bis eben noch gar nicht gestellt hatte.

»Warum hast du mich eigentlich angerufen? Ich hätte dieses Versteck hier draußen nie gefunden. Ich hätte nie zu deinem Problem werden können, wenn du mich nicht herbestellt hättest. Was sollte das denn?«

Paul schien mit seinem Nicken Anerkennung ausdrücken zu wollen. »Das ist eine sehr gute Frage!« Er führte langsam die Hände nach unten, bevor er seine Waffe hinter seinen Gürtel klemmte. »Ich wusste, dass Jula mir nie freiwillig helfen würde. Deswegen dachte ich, dass es gut wäre, ein weiteres Druckmittel zu haben.« Und schneller, als Elyas reagieren konnte, war Paul auch schon auf ihn zugesprungen, hatte ihm den Revolver entrissen, ihm den linken Arm um den Hals gelegt und ihm die Waffe gegen den Kopf gepresst. »Also, was ist jetzt, Jula? Muss ich wirklich erst Elyas erschießen, damit du endlich aufwachst und wenigstens noch den Rest deiner Familie rettest? Verfluchte Scheiße, jetzt entschlüssele mir endlich diese gottverdammte Sprachnachricht!«

KAPITEL 58

JULA

Lass ihn sofort los!« Jula musste sich mit aller Macht beherrschen, um nicht auf Paul zuzustürzen und ihm kurzerhand in die Fresse zu schlagen. »Ich schwöre dir …«

»Du solltest jetzt lieber nichts schwören!« Paul hielt den Revolver mit ruhiger Hand an Elyas' Kopf, während seine Blicke zwischen Jula und Sanchez hin- und herwechselten.

»Mach doch irgendwas!« Elyas keuchte in Pauls festem Würgegriff, und sein Gesicht lief rot an.

Jula sah sich im Raum um und stellte fest, dass weder Hegel noch Sanchez den Eindruck erweckten, sich als Erster regen und damit eine Kugel riskieren zu wollen.

»Paul, es reicht! Elyas kann für das alles hier doch überhaupt nichts!« Sie sah Paul an, als sei er ein Terrorist, der den Finger auf dem Auslöser einer Bombe hatte.

»Lass mich, du Pisser!« Elyas versuchte, sich Paul zu entwinden, doch er war von schlanker Statur, und seine Stärke war eher in seinem Mut als in seinen Oberarmen zu verorten. Es bereitete Paul keine Probleme, den Jungen unter Kontrolle zu halten.

»Das ist es doch, was ich dir die ganze Zeit über sagen will!« Paul schien jetzt, da er der Einzige im Raum mit einer Waffe war, wieder zu seiner Selbstbeherrschung zurückgefunden zu haben. »Wenn Moritz nicht stirbt, sterben alle anderen. Und wenn du mir nicht hilfst, ihn zu finden, kann ich das jetzt genauso gut beschleunigen. Das will ich aber nicht! Es läuft für dich auf die eine simple Frage hinaus: Welcher deiner Brüder soll heute sterben? Der, der sich mit Remus eingelassen hat, der Drogen gedealt hat, der dich jahrelang in dem Glauben gelassen hat, dich vergewaltigt und Selbstmord begangen zu haben? Der Bruder, der so viel Scheiße gebaut hat und uns mit seinem Verhalten alle in seinen Mist hineingezogen hat? Oder soll lieber der Bruder sterben, der absolut nichts für diese ganze Nummer hier kann? Der dir immer geholfen und zu dir gestanden hat, sogar jetzt noch.«

Jula blickte in Elyas' Augen. Es war nicht nur Angst, die sie darin erkannte. Mehr als nur Zorn und verzweifeltes Unverständnis. Jula glaubte dahinter noch etwas anderes zu spüren. Mut, Treue, Vertrauen. Etwas, das größer war als die Angst davor, erschossen zu werden. Etwas, das wichtiger war als Fragen nach Recht, Unrecht, Sinn oder Schuld. Es war ein Gelöbnis, der Schwur, zu ihr zu halten. Ganz gleich, wie sie sich auch entscheiden würde. Sie schloss für einen Moment die Augen, bevor sie den Rücken durchstreckte, Paul zunickte und sagte: »Also gut, ich werde es tun. Ich übersetze dir, welchen Wohnort mir Moritz in seiner verschlüsselten Nachricht mitgeteilt hat.«

»Bist du verrückt?« Elyas ließ davon ab, sich aus Pauls Griff herauswinden zu wollen.

»Glaube mir, ich weiß, was ich tue.« Sie sah den Jungen mit liebevollem Blick an. »Ich habe mit meinen sturen Prinzipien schon viel zu viel Unheil angerichtet. So, wie es aussieht, scheint Moritz sich ja auf dieses Foltervideo hin nirgendwo gemeldet zu haben, es scheint ihm also auch nicht besonders wichtig zu sein, ob ich lebe oder tot bin. Aber so oder so werde ich es nicht zulassen, dass du unter unseren Fehlern leiden musst. Ich werde Paul jetzt sagen, wo in Berlin sich Moritz versteckt. Ab dann liegt es bei ihm, ob er sich erwischen lässt oder nicht.«

Sie wandte sich von Paul und Elyas ab und ging – an Sanchez vorbei, der nach wie vor Pauls Waffe im Blick hatte – zu Hegel hinüber.

»Können Sie die Nachricht noch einmal abspielen?«

»Wie Sie wünschen!« Hegel nickte und verneigte sich dezent.

Er wählte die entsprechende Datei an.

»Ich wohne in der Nähe der Bonbon-Frau! In dem Haus, das so aussieht wie die Strandpromenade von Ahlbeck! Meine Wohnung liegt da, wo auch die Wohnung von Kambert lag!«

Paul hatte Elyas noch immer nicht aus seinem Griff entlassen, hielt ihn aber etwas lockerer. »Also los jetzt, was bedeutet das?«

Jula holte noch einmal tief Luft, bevor sie ansetzte: »*Kambert* war ein Typ, dessen Wohnung im zweiten Stock lag. Erste Tür rechts. Und das mit Ahlbeck geht auf ein Erlebnis aus Moritz' und meiner Kindheit zurück. Wir waren mit unseren Eltern an der Strandpromenade spazieren, und da standen lauter Masten, an denen alle möglichen Nationalflaggen hingen. Das fand ich als Kind seltsam, weil ich immer gedacht hatte, jedes Land hängt immer nur seine eigene Flagge auf. Seitdem habe ich immer, wenn ich irgendwo viele Nationalflaggen nebeneinander gesehen habe, gesagt: Das sieht ja aus wie die Strandpromenade von Ahlbeck!«

»Okay, weiter. Wo war die *Bonbon-Frau?*« Er fasste Elyas wieder etwas fester.

Jula atmete tief aus, setzte eine Kunstpause und trat näher an Hegel heran. »Bevor ich das beantworte, möchte ich Sie bitten, uns zu erzählen, was wir noch in Moritz' Nachrichten gefunden haben. Die Sache mit dem Raben, die Sie mir bei unserem Fluchtversuch in der Kammer zugeflüstert haben. Würden Sie uns das bitte allen noch mal erklären, Herr Hegel?«

Der Angesprochene wahrte sein Pokerface, während er mit dem Tonfall eines Butlers sagte: »Selbstverständlich, nur zu gern.«

KAPITEL 59

Moritz hat seine beiden Sprachnachrichten mit versteckten Hinweisen ausgestattet. Der folgende hat sich dabei als der bedeutsamste herausgestellt.« Hegel bewegte den Zeiger der Maus auf eine von ihm bearbeitete Sequenz der Tonaufnahme.

Jula behielt Paul im Blick und bemerkte, dass dessen Hand zittrig wurde. *Lange hält er wohl nicht mehr durch. Aber in jedem Fall noch lange genug, um abdrücken zu können.*

»Dieses Geräusch hier habe ich isoliert.« Hegel klickte eine Datei an, woraufhin etwas erklang, das sich wie das Rufen eines Raben anhörte. »Wenn man über Fachkenntnis verfügt, stellt man bei genauerem Hinhören fest, dass diese Geräusche zwar denen eines Raben sehr ähnlich sind, ihre Modulation aber zu keiner mir bekannten Art dieser Vögel passt. Es handelt sich also nur scheinbar um einen Raben, was die Frage aufwirft, welche tiefere Bedeutung Moritz wohl damit verbunden haben mag.«

Paul nahm den Revolver von Elyas' Kopf und richtete ihn auf Hegel. »Wenn du nicht sofort zu deiner *tieferen Bedeutung* kommst, beende ich deinen Klugscheißervortrag mit einer Kugel!«

Jula löste sich von Hegels Seite und trat mit sicheren Schritten so nah an Paul heran, dass sie direkt in den Lauf seiner Waffe sehen konnte. »Das hier ist wichtig!« Sie sah Paul an, als sei sie eine Lehrerin, die einen aufmüpfigen

Schüler zur Ordnung rufen musste. »Höre es dir einfach an.«

Paul schwieg einige Sekunden lang. Schließlich richtete er die Waffe wieder gegen Elyas, der seinen Blick zu keinem Zeitpunkt von Jula wendete. »Also gut, dann mach weiter!«

Hegel fuhr fort: »Wenn wir hier also keinen Raben hören, liegt die Vermutung nahe, dass es sich dabei um so etwas wie ein Osterei handelt. Eine versteckte Botschaft, die nur finden kann, wer sich wirklich gut mit phonetischen Methoden auskennt. Wenn wir sprechen, produzieren wir an unseren Stimmlippen ein sehr breites Spektrum an Frequenzen. Artikulation ist also nichts anderes als die Verformung unseres Sprachtrakts auf eine Art, die bestimmte Resonanzfrequenzen entstehen lässt. Wenn wir von jemandem beispielsweise ein *B*, ein *A* oder ein EU hören, identifiziert unser Gehirn ganz genau diese spezifischen Resonanzfrequenzen.«

Paul schloss kurz die Augen und verzog das Gesicht. Jula ahnte, dass seine Kräfte schwanden. Sie trat noch etwas näher an ihn heran.

Paul sah wieder auf. »Also, Hegel, was ist jetzt mit diesen blöden Frequenzen?«

»Wir können sie mit entsprechender Software verändern.« Hegel deutete auf den Monitor. »Wenn wir die Resonanzfrequenzen immer weiter nach oben verschieben, klingt der Sprecher kleiner und kleiner, weil unser Gehirn automatisch annimmt, dass der Sprachtrakt des Menschen kleiner wird. Das kann man so lange machen, bis die Worte vollkommen unverständlich geworden sind und sich die Sprache so anhört wie das Rufen eines Raben.«

Jula bemerkte, wie Paul plötzlich aufhorchte und seine Augen zu leuchten begannen. »Das Krähen ist also in Wirklichkeit eine versteckte Sprachnachricht?«

»Ganz genau! Moritz hat offenbar eine spezielle Software genutzt, als er seine Nachricht erstellt hat. Er wusste ja aus unseren Gesprächen, wie das geht. Und auch, wenn wir seine Worte so nicht mehr erkennen können, sind sie trotzdem noch da. Mit einer ganz einfachen Rückverschiebung der Resonanzfrequenzen können wir die ursprüngliche Nachricht innerhalb von Sekunden wiederherstellen. Und genau das habe ich getan!« Hegel sah zu Jula, die Paul und Elyas nicht von der Seite gewichen war. »Soll ich vorspielen, was Moritz uns hier mitgeteilt hat?«

Jula sah Elyas an. Sie spürte, wie neue Hoffnung und Zuversicht seine Angst zu überwiegen begannen. Dann sah sie zu Hegel. »Ja, tun Sie das bitte.«

Hegel nickte stumm und rief eine bearbeitete Version der Datei auf.

»Wenn Sie es wünschen, dann kommt hier jetzt also die eigentliche Botschaft, die Moritz uns mitteilen wollte.«

Hegel klickte die Datei an, und nur eine Sekunde später erklang Moritz' Stimme. Klar und vernehmlich sagte er:

»Jula, Matthias, das hier ist wichtig! Vergesst alles, was ich da rede, es ist vollkommen ohne Belang. Denkt bitte nur an eine Sache: Wenn ihr mich erkennt – ganz egal, wie schwer es euch auch fallen mag! –, dann lasst euch nichts anmerken. Spielt einfach mit, lasst mich nicht auffliegen. Ich habe alles unter Kontrolle!«

»Was soll das bedeuten?« Paul spannte den Hahn des Revolvers an. »Los, sag mir sofort, wo diese dämliche *Bonbon-Frau* war!«

Jula musste nicht überlegen. »Das war in einem Restaurant in der Gleimstraße. Und in der gibt es offenbar irgendwo ein Haus, an dem viele Nationalflaggen hängen. In diesem Haus versteckt sich Moritz, und zwar im zweiten Stock, erste Tür rechts.«

Jula konnte es sehen. Mit Händen konnte sie es greifen, wie Paul es zu verstehen versuchte. Ungläubig sah er zu Sanchez hinüber, der noch immer kein Wort gesagt und sich nicht von seiner Position gerührt hatte.

»Genau in dieser Wohnung haben Elyas und ich diesen Killer angetroffen!« Er sah wieder zu Jula. »Woher wusste dieser Typ, in welchem Haus er nach Moritz suchen musste?«

Jula zwinkerte Paul zu. »Ich glaube nicht, dass Remus wirklich freie Auftragskiller auf Moritz angesetzt hat. Wozu auch, die haben ja ihre eigenen. Und Sanchez musste auch gar nicht nach Moritz suchen. Er wusste zu jeder Zeit, wo er ist.«

Sanchez trat einen Schritt näher an Paul heran, nahm mit lässiger Geste seine Mütze ab und entfernte sowohl den angeklebten Bart als auch die künstliche Silikonnase. Mit einer dezenten Note von Sarkasmus warf er Paul eine Kusshand zu und sagte: »Überraschung!«

Und während Paul offensichtlich zu verstehen begann, dass er die ganze Zeit über unmittelbar neben Moritz gestanden hatte, fragte Jula ihn: »Weißt du noch, wie dein Heiratsantrag heute Mittag geendet hat?«

Und schon schnellte ihre Hand auf Paul zu, griff nach dem Lauf des Revolvers und drückte ihn nach oben. Dann wand sie die Waffe so ruckartig herum, dass es Paul das Handgelenk verdrehte und er mit einem lauten Aufschrei von ihr abließ.

KAPITEL 60

Elyas hatte nicht gezögert und die Gelegenheit genutzt, um sich ruckartig aus Pauls Umklammerung zu lösen. Noch ehe dieser auch nur Gelegenheit dazu bekam, die zweite Waffe zu ziehen, die nach wie vor hinter seinem Gürtel klemmte, hatte der Junge sie ihm auch schon entrissen. Jula brachte Paul zu Fall, trat einen Schritt von ihm zurück und richtete den Revolver auf ihn. »Und, willst du mich immer noch heiraten?«

Paul versuchte sich nicht an einer Antwort, sondern ergab sich seiner Niederlage mit einem Keuchen, bevor er in voller Länge zu Boden sank. Ein einziger Blick in sein von Schmerz und Entkräftung gezeichnetes Gesicht genügte Jula, um zu erkennen, dass er keinen Widerstand mehr leisten würde. Warum sollte er auch? Sein letzter Trumpf war ausgespielt, seine Identität enttarnt und seine Mission gescheitert. Paul war jetzt nicht mehr wichtig, er bot keinen Anlass mehr, seinetwegen die Fassung zu wahren.

Wenn ihr mich erkennt – ganz egal, wie schwer es euch auch fallen mag! – dann lasst euch nichts anmerken. Spielt einfach mit, lasst mich nicht auffliegen. Ich habe alles unter Kontrolle! Wie einfach es für Moritz gewesen sein musste, diese Worte zu sprechen. Und welche Kraft es Jula dagegen gekostet hatte, sie zu befolgen. Welchen übermenschlichen Akt von Selbstbeherrschung es ihr abverlangt hatte, nicht sofort in eine Mischung aus Tränen und Jubel auszubrechen, als sie hinter der Maske des vermeintlichen Killers *Sanchez* auf den ersten Blick ihren Bruder erkannt hatte. Nein, Paul war jetzt wahrhaftig nicht mehr von Bedeutung, sollte er sich doch auf dem Boden winden. Jula trat auf Moritz zu, der mit seiner nur halb vom Gesicht gezogenen Maskierung und dem umgeschnallten Schmerbauch ein bisschen so wirkte, als habe er sich nichts weiter als einen kleinen Scherz mit ihr erlaubt. Doch obwohl es nichts auf der Welt gab, das ihr jetzt wichtiger als Moritz' Nähe war, beschleunigte sie ihre Schritte nicht. Bloß nicht rennen, unter keinen Umständen stolpern oder gar stürzen. Dem Augenblick nicht die Größe nehmen. Dafür hatte sie zu lange auf diesen Moment gewartet. Immer wieder hatte sich Jula gefragt, wie sie sich wohl fühlen würde, wenn sie wieder vor ihm stünde. Doch nun bebte kein Zorn in ihr, keine Fragen brannten ihr auf den Nägeln, keine Vorwürfe kamen ihr in den Sinn. Nicht jetzt. Nicht hier.

»Ich wollte dich eigentlich heute Mittag vor dem Gericht ansprechen, getarnt als Pizzafahrer.« Moritz bewegte sich nicht von der Stelle. »Meine Nachricht sollte dich ursprünglich nur davon abhalten, auf der Straße meinen Namen zu rufen. Wie es aussieht, haben wir wohl eine bessere Verwendung dafür gefunden ...«

»Weißt du, wie scheißegal mir das alles gerade ist? Willkommen zu Hause!«

Und dann fielen sie einander in die Arme. Der vertraute Familiengeruch, ihn zu spüren, seine Stimme zu hören und sich wieder ein bisschen so zu fühlen, als wären sie für einen seligen Augenblick noch einmal Kinder und die Welt ohne Arg oder Böses darin, überwältigten Jula. Gesetze von Raum und Zeit schienen außer Kraft, und alles, was sie gedacht, getan und gesagt hatte, was sie in den vergangenen Jahren erlebt und versäumt hatte – es war nicht mehr von Bedeutung. Die anderen waren ausgeblendet, zu Statisten degradiert, auf Pause gedrückt. Und wenn Jula auch wusste, dass es noch nicht überstanden war, dass sie Antworten bekommen und Dinge erfahren konnte, die ihr alles abverlangen würden, war zumindest für diesen besonderen Augenblick einfach nur alles für ein einziges, unwiederbringliches Mal perfekt.

»Es ist heute gleich ein paarmal echt knapp gewesen.« Moritz löste sich aus der Umarmung. »Ohne deinen, also, unseren Bruder Elyas wäre ich vermutlich gescheitert. Ich kannte ihn aus dem Internet, aber er kannte mich nicht. Deswegen konnte ich zu ihm fahren, damit er mir hilft, dich zu finden. Wenn auch ohne sein Wissen.«

Moritz' Blick ging zu seinem Halbbruder, der mit einem Schulterzucken erwiderte: »Du hättest auch mal was sagen können!«

Moritz schüttelte den Kopf. »Meine Tarnung war das Einzige, was mich geschützt hat. Und nicht nur mich, vor allem auch euch alle! Es war ja trotzdem schon alles gefährlich genug, und wäre Jula nicht so unglaublich stark, wäre das hier ganz anders ausgegangen. Ich musste dich leider belügen, Elyas. Paul kannte mich ja nur von Fotos, und in meinen drei Jahren im Zeugenschutz habe ich mich äußerlich stark verändert. Die Wohnung in der Gleimstraße war dazu gedacht, die Leute von Remus in die Falle zu locken.« Er sah wieder zu Jula. »Ich dachte mir schon, dass die einen Maulwurf in dein Leben einschleusen würden, der meine Insiderbotschaft entschlüsseln sollte. Ich habe in der Gleimstraße auf der Lauer gelegen und abgewartet, wer auftaucht.« Moritz sah wieder zu Elyas hinüber. »Dein Begleiter Gordon war ein Problem! Hegel und sein Anwalt kannten mich, und Gordon hätte mich theoretisch schon mal gesehen haben können. Wenn er mich erkannt hätte, wäre er vermutlich keine Hilfe mehr für mich gewesen. Er musste denken, dass ich ein böser Auftragskiller bin.«

»Weißt du eigentlich, dass ich deine Sprachnachricht gar nicht bekommen habe?« Jula wich noch immer nicht von Moritz' Seite.

»Nicht? Dann hat Paul sie vermutlich abgefangen und von deinem Handy gelöscht.«

»Und was sollte das mit diesem Abschiedsbrief?« Jula sah Moritz fragend an.

Er griff ihr an die Schultern: »Ich musste mich absichern. Der Brief war für den Fall, dass wir schnell aus Berlin verschwinden und untertauchen müssen. Man hätte gedacht, dass du dir das Leben genommen hast, und nur noch nach einer Leiche gesucht.«

Hegel trat an die beiden heran und klopfte Moritz voll Anerkennung auf die Schulter. »Diese Sprachnachrichten waren sehr gute Arbeit! Und ironischerweise konnten wir unsere Scharade hier nur deswegen durchziehen, weil die von Remus mir die Aufnahmen zur Analyse überlassen haben.«

Jula musste lächeln, und es fühlte sich nach den Jahren des Leidens, Hoffens und Bangens beinahe schon fremd für sie an, die Lippen in dieser Weise nach oben zu ziehen. Nicht, dass sie drei Jahre lang nicht gelächelt hätte. Doch es war niemals ein bedingungsloses Lächeln gewesen. Eins, das frei von Sorgen oder Ängsten gewesen war.

»Ich freue mich ja über euer Wiedersehen.« Pauls Stimme durchschlug die Einhelligkeit wie ein Schwert. »Aber ihr wisst schon, dass diese kleine Sanchez-Maskerade inklusive ambitioniertem Laientheater nicht das Geringste an der Situation verändert hat?«

Jula wandte sich zu Paul um. Er hatte sich weit genug aufgerafft, dass er zumindest auf dem Boden zu sitzen gekommen war. »Du hast hier gar nichts mehr zu melden!«

Paul lachte heiser in sich hinein und wischte sich den Schweiß von der Stirn. »Klar, ihr könnt euch jetzt verstecken, auf den Prozess warten, und Moritz kann seine Aussage machen. Aber mit welchen Konsequenzen? Es wird Blut fließen, und wenn es auch zunächst mal nicht eures sein wird, dann zumindest das der anderen. Ihr könnt nicht jeden Verwandten, Freund, Arbeitskollegen oder Nachbarn schützen. Ihr habt doch heute am eigenen Leib erfahren, wozu Remus in der Lage ist.«

»Du dreckiger Verräter, ich werde dir ...« Jula wollte sich von Moritz lösen und auf Paul zustürzen, als sie wieder die Hand ihres großen Bruders an der Schulter spürte.

»Lass ihn, er hat ja recht! Ich glaube Paul sogar, dass er gar nicht anders handeln konnte. Ich habe gerade die Leichen von Zola und Benito in dem Folterraum gesehen. Warst du das, Paul?«

Der Angesprochene nickte.

»Die hätten Jula gefoltert und ermordet, das musste ich verhindern.«

Moritz nickte Paul anerkennend zu. »Ich allein bin für diese ganze Katastrophe hier verantwortlich. Ich stehe schon lange in Kontakt mit Hegel, der dir übrigens sehr viel mehr über mich gesagt hat, als er eigentlich sollte. Jula, ich weiß, was ich mit meinem angeblichen Selbstmord ausgelöst habe. Was ich dir und unserer Familie damit angetan habe. Es kommt für mich absolut nicht infrage, dass auch nur noch ein einziger Unschuldiger unter meinen Fehlern leiden muss.«

Jula wurde es schlagartig kalt. Sie kannte ihn, diesen Unterton, den sie zuletzt vor vielen Jahren gehört hatte. Diesen Unterton, der weit mehr Aufschluss über Moritz' innere Haltung gewährte als die ausgesprochenen Worte. Jula drehte sich zu ihrem Bruder um und sah ihm mit einer Mischung aus Angst und Fassungslosigkeit in die Augen.

»Du willst jetzt aber doch wohl nicht sagen, was ich gerade denke?«

Dabei wusste Jula genau, es konnte keinen Zweifel daran geben, dass Moritz genau das vorhatte, was sie glaubte. Und ihr war klar, dass es keinen, aber auch wirklich gar keinen Weg gab, ihn von etwas abzubringen, das er mit diesem Unterton, dieser Körperhaltung und diesem Gesichtsausdruck verkünden wollte. Moritz sah für jeweils einen kurzen Augenblick zu Elyas, Paul und Hegel, bevor er sich wieder Jula zuwandte und mit sanftem, aber bestimmtem Ton erklärte: »Wir kommen nicht drum herum. Ich muss sterben!«

KAPITEL 61

JANA, ZWEI TAGE SPÄTER, IRGENDWO IN DEUTSCHLAND

Die Bilder waren nichts für schwache Nerven, doch Jana hatte keine schwachen Nerven. Sie folgte dem Video auf ihrem Mobiltelefon sogar mit einem Gefühl von Freude. Doch es war nicht unbedingt die Freude an den Schreien oder dem Blut. Dessen hätte es nach ihrem persönlichen Geschmack nicht unbedingt bedurft, wenn sie es auch als eine Form von Genugtuung wahrnahm.

Das, was die Frau in ihrem maßgefertigten Businessoutfit dazu brachte, mit einem seligen Lächeln auf den Lippen von ihrem Milchkaffee zu trinken, war die Erleichterung darüber, dass es endlich ausgestanden war. Mit jedem der Schreie, die Moritz an diesem gruseligen Folterrad von sich gab, mit jedem Schlag, den er von Paul versetzt bekam, fühlte sie sich sicherer und sicherer in ihrem Sessel aus duftendem Nappaleder. Das blutverschmierte Gesicht dieses ursprünglich einmal so gut aussehenden blonden, sportlichen Kerls, der so hoffnungsvoll in seine Laufbahn bei Remus gestartet war, gab ihr endlich den Frieden zurück, den sein geplanter Hochverrat ihr für so lange Zeit genommen hatte. Jana selbst hatte es damals befürwortet, Moritz Ansorge in die *Liga der Ersten* aufzunehmen. In den winzigen, hochexklusiven Kreis derer, die einander kannten. Die wenigen, die befugt waren, Befehle zu erteilen, die Kontodaten kannten, Passwörter, Telefonnummern. Die Liga, die man niemals wieder verlassen konnte, wenn man ihr einmal beigetreten war. Es sei denn, tot.

»Dann können wir den Fall also zu den Akten legen?« Sie schaltete das Handyvideo aus.

Mit ungerührter Miene sah sie zu den anderen, die ihr in einer Videokonferenz auf ihrem Computermonitor zugeschaltet waren. Zum Beispiel Marco, der in Italien die Fäden in der Hand hielt, Angelina, die für die Beneluxstaaten zuständig war, oder Dominik, der Skandinavien leitete. Nahezu alle führenden Mitglieder der *Liga der Ersten,* soweit sie der Sektion Europa angehörten, waren zu der Darknet-Videokonferenz verbunden, die von eben den IT-Spezialisten geschützt wurde, die auch Paul als *Hadrian* zur Verfügung gestanden hatten.

»Ich halte die Operation für erledigt«, sagte Marco. »Moritz Ansorge kann der Staatsanwaltschaft nicht mehr als Kronzeuge zur Verfügung stehen, wir können die Akte also schließen.«

»Sollten wir noch irgendwelche Vergeltungsakte in Auftrag geben?« Jana nahm einen weiteren Schluck von ihrem Milchkaffee. »Insgesamt scheint mir die abschreckende Wirkung der Aktion nicht optimal zu sein. Es war nicht sehr professionell von Paul, Jula Ansorge und Professor Hegel am Leben zu lassen.«

»Wir wollen aber bedenken, dass er genau das vorher mit uns ausgehandelt hat«, sagte Lucien, der für Frankreich zuständig war. »Paul hat seine Operation erfolgreich abgeschlossen, es besteht also aus meiner Sicht kein Grund, von unserer Zusage abzuweichen. Keine weitere Vergeltung an Angehörigen oder Freunden!«

»Aber Jula Ansorge und Matthias Hegel können uns doch als Zeugen gefährlich werden.« Jana stellte die Kaffeetasse auf ihrem Mahagoni-Schreibtisch ab.

»Zola und Benito sind tot, und mehr von unseren Leuten kennen sie nicht. Die Suche nach Moritz hat uns schon genug Zeit und Nerven gekostet, und wir haben dabei ein paar gute Leute verloren. Wir sollten uns jetzt wieder mit voller Energie um unsere eigentliche Arbeit kümmern.«

Jana nickte in sich hinein, während sie ihren Blick von der Videokonferenz abwandte und stattdessen aus dem Fenster ihres Büros in die Ferne hinaussah. *Freiheit!* Die Weite der Stadt und der blaue Himmel, der über ihr hing, waren Jana schon lange nicht mehr so erfüllend vorgekommen wie in diesem Augenblick. Bald würde der Sonnenuntergang einsetzen und die Stadt in warmes Rot tauchen.

Wäre ich wirklich ins Gefängnis gegangen, wenn wir Moritz nicht erwischt hätten? Oder hätte ich meine Pistole genommen und mir diese Erniedrigung erspart? Egal, diese Entscheidung muss ich ja zum Glück nicht mehr treffen.

Moritz konnte während seiner Zeit im Zeugenschutz ausgeplaudert haben, was er wollte. Solange er nicht persönlich vor das Gericht trat und seine Behauptungen glaubhaft wiederholte, würden die Remus-Anwälte schon mit seinen Aussagen fertigwerden. Und ja, das Gericht würde diese Jula befragen, und sie würde aussagen, was sie in der stillgelegten Forschungsanlage erlebt hatte.

Doch diese Gewissheit vermochte Jana nicht zu beunruhigen. Die *Liga der Ersten* konnte Jula Ansorge mit dem, was sie wusste, nicht in Gefahr bringen. Jana lächelte zufrieden, und in ihrer Vorstellung roch sie schon den Rotwein, den sie heute Abend vor dem Kamin trinken würde. Der zwanzig Jahre alte *Château Pétrus,* den sie sich zur Feier eines besonderen Triumphes aufbewahrt hatte, wäre wohl angemessen, um Moritz Ansorges Tod zu begießen.

Gerade, als Jana sich den Duft des Weines vorstellte, vernahm sie von ihrem Computer her ein schwer zu definierendes Poltern. Sie richtete ihren Blick wieder auf die Videokonferenz und stellte fest, dass auch die anderen Teilnehmer überrascht wirkten. Es war schließlich Marco, der die Augen aufriss, Flüche auf Italienisch ausstieß und wie von der Tarantel gestochen von seinem Stuhl aufsprang. Sofort darauf ertönten blechernes Schreien und hektisches Rufen aus dem Hintergrund.

»Was ist denn da los?« Jana sah, wie auch Angelina von ihrem Stuhl aufsprang und schreiend aus dem Bild stürzte.

Das kann doch gar nicht sein! Himmel, was passiert da gerade?

Und da vernahm Jana ein weiteres Mal Krachen und Poltern. Nur, dass es jetzt nicht blechern aus der Ferne klang, sondern ganz präsent war. Nicht irgendwo da draußen, bei den anderen, weit weg. Die Geräusche erklangen bei ihr, in ihrem Büro, ganz unmittelbar. Jana hatte noch nicht verstanden, wie ihr geschah, als sie auch schon die Rufe und Befehle des Einsatzkommandos hörte. *Polizei! Auf den Boden! Hände hinter den Rücken!* Und noch während sie von bewaffneten, maskierten Männern in Schutzkleidung gepackt, zu Boden gedrückt und in Handschellen gelegt wurde, hörte sie, wie das

Schreien und Tosen auch aus ihren Computerlautsprechern immer lauter und lauter wurde, bevor es kurz darauf ganz verstummte. In dem Augenblick, in dem die Beamten sie mit auf den Rücken gebundenen Händen vom Boden hochzogen, erhaschte Jana noch einen letzten Blick auf den Monitor. Alle Teilnehmer der Videokonferenz waren aus dem Bild verschwunden.

KAPITEL 62

JULA, EINEN MONAT SPÄTER

Das Klacken von Julas Absätzen hallte mit jedem ihrer Schritte durch den ebenso weitläufigen wie imposanten Eingangsbereich des *Hotel Adlon,* das sich unmittelbar neben dem Brandenburger Tor am Pariser Platz befand.

»Hegel hat mich zu einem Gespräch eingeladen, total freundlich, wie ausgewechselt.« Sie sprach so leise wie möglich in ihr Handy, immerhin legte das Ambiente des Luxushotels nicht eben nahe, dessen Lobby lauthals telefonierend zu durchqueren.

»Gib hinterher Bescheid, was er wollte. Okay?« Moritz schien sich in der Nähe eines Bahnhofs zu befinden, Jula meinte zumindest, im Hintergrund Lausprecherdurchsagen zu hören. »Er ist nicht ganz so übel, wie du dachtest. Aber blind über den Weg trauen solltest du ihm auf keinen Fall.«

»Keine Sorge, die Gefahr besteht nicht. Aber ich schätze, dieses Gespräch schulde ich ihm irgendwie. Er hat uns schließlich geholfen, das alles zu überstehen.«

Jula ging auf ihrem Weg zu den Fahrstühlen an dem kleinen Springbrunnen vorbei, der mit der Darstellung zahlreicher Elefantenköpfe verziert war. Bei näherem Hinsehen erkannte sie auch Löwenköpfe, die unter denen der Elefanten angebracht worden waren. *Bitte nicht schon wieder ein Löwendenkmal!*

»Zugegeben, die Nummer mit dem inszenierten Foltervideo war clever.« Moritz schien sich ein Lachen zu verkneifen. »Die *Liga der Ersten* hat sich in Sicherheit gewiegt, während wir im Hintergrund den Prozess vorbereiten konnten. Wie die geguckt haben, als ich in den Gerichtssaal gekommen bin …«

»Lass uns später reden, okay?« Jula hatte den Fahrstuhl erreicht. »Kannst du mir sagen, wo du gerade bist?«

»Lieber nicht, wir sollten noch ein paar Wochen abwarten. Wenn es gut läuft, werde ich bald viel mehr Freiheiten haben, dann komme ich auch wieder nach Berlin. Was macht denn Paul?«

»Die Polizei hat ihm das Unschuldslamm geglaubt. Ich denke, es war gut, ihm das anzubieten.«

»Ja, auf jeden Fall. Wir können Remus nicht zerschlagen, aber durch unseren Deal mit Paul sitzt jetzt wenigstens jemand in einer Führungsposition, der uns schützen kann. Vielleicht bekommen wir ihn noch dazu, als Doppelagent gegen diese Leute zu recherchieren.«

Jula nickte, wenn auch nicht mit voller Überzeugung. »Zu hundert Prozent trauen können wir ihm nicht. Wie auch immer, jetzt ist er erst mal in Bayern und leitet die Außenstelle von 101.5. Wir werden sehen, was wird. So, ich muss jetzt zu Hegel, bis später!« Jula beendete das Telefonat, als sich die Fahrstuhltür vor ihr öffnete.

Während der Fahrt ins oberste Stockwerk machte sich Jula wieder einmal bewusst, dass ihr Rücken nicht mehr schmerzte. Nicht einmal beim Sitzen auf einem harten Holzstuhl oder beim Liegen und Strecken. Seltsam, dachte sie, wie schnell man jahrelange chronische Schmerzen einfach vergessen konnte, sobald man nicht mehr an ihnen litt. Wie weggezaubert waren das Stechen und Pochen, das sie seit dem Überfall in Buenos Aires rund um die Uhr gequält hatte. Psychosomatisch sei es gewesen, ein körperlicher Ausdruck ihres seelischen Leidens. Das zumindest hatte ihr Arzt vermutet, und ob diese Theorie nun stimmte oder nicht, war ihr letztlich gleichgültig. Moritz war wieder da, seine Jäger saßen hinter Gittern, und der Kompromiss, den sie mit Paul hatten eingehen müssen, war zwar nicht besonders gut, doch zumindest akzeptabel gewesen.

Du schickst den Bossen ein Video, auf dem du Moritz scheinbar zu Tode folterst. Dann sagst du, dass du seine Leiche zusammen mit denen von Zola und Benito verbrannt hast. Die können an der Asche nicht erkennen, ob das vorher zwei oder drei Leichen waren. Dann lieferst du uns zusätzlich zu Moritz' Wissen auch noch alle Informationen, die er braucht, um die Remus-Leute hochgehen zu lassen, die in der Hierarchie über dir stehen. Und wenn die dann alle im Gefängnis sitzen, steigst du selbst in die Liga der Ersten *auf und übernimmst die Leitung für Deutschland. Aus dieser Position heraus kannst du dafür sorgen, dass wir alle in Ruhe gelassen werden.*

Das warme Läuten zeigte, dass Jula ihr Stockwerk erreicht hatte. Jetzt ging es nicht mehr darum, über das Geschehene nachzusinnen. Es war an der Zeit, den Blick nach vorn zu richten, selbst wenn dies zu einem konspirativen Treffen mit Matthias Hegel führte. Jula trat selbstsicher in den Flur, und dies, ohne sich zuvor misstrauisch umzusehen. Das Gefühl, ihre Dämonen besiegt und das graue, tiefe Tal endlich hinter sich gelassen zu haben, verstärkte sich mit jedem Tag. Irgendwann, so hoffte sie, würde sie gar nicht mehr über das Geschehen der vergangenen Jahre nachdenken, es einfach hinter sich lassen und mit dem Grauen abschließen. *Aber dafür musst du jetzt erst mal mit Hegel abschließen.*

Jula hielt Ausschau nach der Zimmernummer, die Hegel ihr bei seiner Einladung genannt hatte, und stellte fest, dass es hier oben nur wenige, dafür aber ziemlich große Suiten gab. Eine lange Suche nach der Tür, an die sie klopfen würde, stand also nicht zu befürchten. Kaum, dass Jula ihre Suche begonnen hatte, öffnete sich auch schon die Tür, die dem Fahrstuhl am nächsten war.

»Wie schön, dass ich Sie ausnahmsweise mal nicht mit einem Trick anlocken musste.« Hegel sah Jula mit einem Lächeln auf den Lippen an.

»Bilden Sie sich nichts drauf ein! Warum haben Sie sich denn ein Hotelzimmer genommen? Sie haben doch zwei Villen in Berlin.«

»Das erkläre ich Ihnen gleich, kommen Sie doch bitte erst mal rein.« Er trat einen Schritt zurück und ließ Jula in die Suite eintreten.

Jula sah sich mit skeptischen Blicken um. »Größer ging es wohl nicht, oder?«

In dem Bereich des Hotelzimmers, den Jula überblicken konnte, stand nicht mal ein Bett. Offenbar war diese Suite so riesig, dass sie sogar über ein abgetrenntes Wohnzimmer verfügte. Jula war sich unsicher, ob der Raum sie beeindruckte oder abschreckte. Auf dem edlen, glänzenden Parkett lagen geschmackvolle und vermutlich sündhaft teure Teppiche, die Polstermöbel waren sowohl geschmackvoll wie anscheinend auch gemütlich, und die gekonnt platzierten und behutsam ausgeleuchteten Deko-Elemente schufen eine ebenso edle wie behagliche Atmosphäre. Es gab sogar einen Kamin, neben dem eine große Vase mit asiatischen Motiven stand, und auf einem

Glastisch prangten liebevoll hergerichtete Blumen sowie ein Teller mit frischem Obst. Hinzu kam ein wundervoller Duft nach edlen Hölzern.

»Setzen Sie sich doch bitte.« Hegel deutete auf einen Polstersessel, dem ein zweiter direkt gegenüberstand.

Jula folgte der Aufforderung nach kurzem Zögern. »Ich will ehrlich zu Ihnen sein.« Sie überschlug die Beine und sah zu Hegel, der ihr gegenüber Platz nahm. »Meine Vorbehalte gegen Sie sind nicht aus der Welt, nur weil Sie uns geholfen haben, diese Entführung zu überstehen. Ich bin Ihrer Einladung gefolgt, weil Sie damals an Moritz' Schutz mitgewirkt und ihn nie an Remus verraten haben, obwohl Sie mit diesen Leuten dunkle Geschäfte gemacht haben. Betrachten Sie meine Anwesenheit also bitte als Geste des Respekts, nicht als freundschaftlichen Akt.«

Hegel schenkte Jula Wasser aus einer Karaffe ein, in der sich frische Minze und Limettenstücke befanden.

»Ich weiß Ihre Offenheit zu schätzen.« Er klang auf eine Weise freundlich, die Jula noch nie bei ihm erlebt hatte.

»Es gibt noch einen Grund, weswegen ich Ihrer Einladung gefolgt bin.« Jula beugte sich leicht in ihrem Sitz vor. »Ich möchte Ihnen sagen, dass ich Sie nicht mehr wiedersehen will. Vom Mord an Ihrer Frau sind Sie freigesprochen, und ob ich die Wahrheit dazu jemals erfahren werde, ist ungewiss. Mathilda geht es gut, die Ereignisse haben ihr offenbar keinen größeren seelischen Schaden zugefügt. Wie Sie mit der Wahrheit über ihre Herkunft umgehen, müssen Sie selbst entscheiden. Da werde ich mich nicht einmischen, um Mathildas willen. Alles, was wir uns zu sagen hatten, haben wir gesagt, und was es gemeinsam zu tun gab, das haben wir getan. Ich habe Moritz wieder, wenn er auch noch eine Weile unter falschem Namen an geheimen Orten leben muss, mein Podcast ist erfolgreich wie noch nie, und ich fühle mich gesund und kann wieder lachen und Glück empfinden. Letzten Endes haben auch Sie einen Anteil daran, und deswegen werde ich nicht weiter über Sie und Ihre dunklen Geheimnisse recherchieren. Unsere Wege trennen sich heute, und ich bitte Sie, das zu akzeptieren.«

Für einen Moment war es so still im Raum, dass allein das Knistern des Kaminfeuers ihn mit Geräuschen füllte. Jula dachte über Hegels Blick nach. Dieser war nicht von subtiler Erhabenheit gefüllt. Er war auch nicht jovial oder gar herablassend. Im Gegenteil, Hegel sah Jula an, wie es ein Vater, vielleicht auch ein Mentor tun würde. Achtung und Wohlwollen waren zu erkennen, aber auch ein Hauch von Misstrauen. Er hatte Jula schon einige Male so angesehen, und im Rückblick war dem nie etwas Böswilliges gefolgt. Schweigend erhob er sich von seinem Sessel und trat an die großzügige Fensterfront, von der aus er auf den Prachtboulevard *Unter den Linden* sehen konnte. Nach vielleicht zehn oder zwanzig Sekunden griff er schließlich in die Innentasche seines Sakkos.

»Ich habe hier etwas.« Er zog einen Gegenstand hervor, der schmal, schwarz und quadratisch war.

»Haben Sie mir nicht zugehört?« Jula verschränkte die Arme vor der Brust. »Was soll das?«

Hegel hob den seltsamen Gegenstand demonstrativ in die Höhe. »Das ist eine Tonaufnahme, die mir zur Analyse übergeben wurde. Lassen Sie es mich so ausdrücken: Die Sache besitzt eine gewisse Dringlichkeit! Ich habe Sie hergebeten, weil ich Sie darum bitten möchte, sich diese Aufnahme anzuhören und mir Ihre Meinung darüber mitzuteilen.« Er trat von der bodentiefen Fensterfront weg, ging ruhigen Schrittes zu Jula hinüber und legte die schwarze Scheibe vor sie auf den Glastisch.

Jula zögerte einen Augenblick, bevor sie danach griff. »Ist das eine 3,5"-Diskette?« Sie hielt den veralteten Datenträger mit spitzen Fingern, als sei er giftig. »So ein Ding habe ich locker seit zehn Jahren nicht mehr gesehen.«

»Und das ist nicht das einzige Merkwürdige an dieser Sache.« Hegel nahm wieder Platz und lehnte sich in seinem Sessel zurück.

»Was immer da drauf ist, könnte ich nicht mal anhören, wenn ich es wollte.« Jula legte die Diskette auf den Glastisch zurück. »Ich besitze gar kein Gerät, mit dem ich das abspielen könnte.«

»Doch, Sie haben ein passendes Gerät.« Ein vielsagendes Lächeln, schelmisch und hintersinnig, trat auf Hegels Gesicht. »In Ihrem Büro!«

Er deutete auf etwas hinter Jula. Nach einem Augenblick des Zögerns drehte sie sich in ihrem Sessel herum und erkannte, dass an der Tür, auf die Hegel deutete, ein glänzendes Schild befestigt war, auf dem ihr Name stand.

»Was soll das denn jetzt bitte bedeuten?« Julas Ton wurde strenger, und ihre Körperhaltung verhärtete sich.

»Ich habe diese Suite nicht gemietet, ich habe sie gekauft.« Hegel ging an Jula vorbei zu der Tür hinüber, auf der ihr Name stand. »Es gibt hier keine Schlafräume mehr, sondern nur noch Büros. Ausgestattet mit allem, was wir benötigen werden.«

Er öffnete die Tür.

»Es reicht jetzt langsam mal! Ich habe Ihnen gerade erklärt, dass ...« Jula brach den Satz ab, nachdem sie von ihrem Sessel hochgeschossen war und sich zu Hegel herumgedreht hatte.

Der Raum war größer als das Wohnzimmer ihrer Dachgeschosswohnung, und in seiner Mitte stand ein Designerschreibtisch aus edlem Holz, auf dem sich eine technische Ausstattung befand, wie Jula sie bisher nur in professionellen Tonstudios gesehen hatte. Sündhaft teure Mikrophone von höchster Qualität, ein nagelneuer Apple-Rechner mit riesigem Monitor und ein ebenso stylischer wie augenscheinlich bequemer Sessel davor. Doch das, was Jula am meisten beeindruckte, war der Ausblick. Durch die Fensterfront konnte sie direkt auf das Brandenburger Tor blicken.

»Von hier aus können Sie Ihren Podcast betreiben.« Hegel trat in den Raum und deutete Jula an, dass sie ihm folgen möge. »Und nebenbei können Sie mir mit Ihren herausragenden journalistischen und investigativen Fähigkeiten dabei helfen, die Fälle zu bearbeiten, die ich ab sofort annehmen werde.«

Jula roch den Duft von Holz und Leder, und sie hätte lügen müssen, würde sie behaupten wollen, dass ihr dieses Büro missfiel. Doch die Tatsache, dass Hegel ebenso viel Geld wie Geschmack besaß, würde Jula nicht von ihrem Entschluss abweichen lassen.

»Sie glauben doch wohl nicht, dass Sie mich auf diese billige Weise kaufen können? Warum sollte ich denn freiwillig mit Ihnen zusammenarbeiten?«

»Gerade, weil Sie mir nicht trauen.« Hegel setzte sich auf die Kante des Schreibtischs. »Ein Mitarbeiter, der an meinen Lippen hängt und alles glaubt, was ich ihm sage, ist keine Ergänzung. Was ich brauche, ist jemand, der mich hinterfragt, meine Annahmen kritisch überprüft,

Fehler findet oder einfach Dinge sieht und hört, die mir entgehen, weil ich ihnen keine Bedeutung beimesse.«

»Das können Sie vergessen.« Jula steckte die Hände in ihre Hosentaschen.

Hegel schien nicht beeindruckt, im Gegenteil. »Ich möchte mein Investigativbüro gemeinsam mit Ihnen führen. Lassen Sie unsere Kräfte bündeln, denn bei allen zwischenmenschlichen Querelen sind wir gemeinsam nun mal ein unschlagbares Team!«

Damit zog er etwas aus der Tasche und reichte es Jula.

Ruppig griff sie danach. »Ist das eine Schlüsselkarte?«

Hegel nickte. »Damit haben Sie jederzeit Zutritt zu Ihrem Büro.«

Jula betrachtete die Chipkarte in ihrer Hand, als sei diese das Beweisstück in einem Mordfall.

Hegel verließ den Raum, ging zum Glastisch zurück und griff die Diskette. »Diese Angelegenheit kann nicht warten. Bitte hören Sie sich die Aufnahme wenigstens an. Danach können Sie immer noch ablehnen.«

Jula zögerte. *Das darf doch alles nicht wahr sein.* Was fiel diesem Hegel eigentlich ein, sie mit einem derart absurden Angebot zu konfrontieren? Als würde sie ausgerechnet mit dem Mann gemeinsame Sache machen, den sie noch wenige Wochen zuvor zum Teufel gewünscht hatte. Und das auch nur für den Fall, dass er nicht selbst der Teufel war. Jula atmete tief durch, sammelte ihre Gedanken und konzentrierte sich darauf, ihre Emotionen unter Kontrolle zu halten.

»Ich fasse Ihr Angebot als Kompliment auf und bedanke mich für Ihr Vertrauen in meine Fähigkeiten. Aber dem, was ich Ihnen gerade gesagt habe, möchte ich nichts hinzufügen. Das Kapitel *Matthias Hegel* ist für mich endgültig abgeschlossen, und dabei wird es bleiben.« Sie trat an den Sessel heran, neben dem sie ihre Handtasche abgestellt hatte, griff diese und reichte Hegel den elektronischen Schlüssel.

»Bitte behalten Sie die Karte. Und nehmen Sie das hier auch mit.« Ohne Jula zu fragen, steckte Hegel die Diskette in ihre offene Handtasche. »Vielleicht hat ja jemand in Ihrem Umfeld noch einen alten Rechner, auf dem Sie die Aufnahme abspielen können. Bitte hören Sie es sich nur ein einziges Mal an, es würde mir viel bedeuten.«

Jula zögerte. Am liebsten hätte sie diese dämliche Diskette wieder aus ihrer Tasche gefischt und sie Hegel an den Kopf geworfen. Auf der anderen Seite konnte sie nicht leugnen, dass es diesem Kerl gelungen war, sie neugierig zu machen. Denn wenn sie ihn auch nicht als besonders liebenswerten Menschen zu schätzen gelernt hatte, war ihm doch zumindest nicht abzusprechen, dass alles, was seine Arbeit betraf, Hand und Fuß hatte. Zudem war Jula nicht Journalistin geworden, weil sie dazu neigte, sich nicht für möglicherweise bedeutsame Fälle und Schicksale zu interessieren.

»Also gut, ich nehme das mit und schlafe eine Nacht darüber.« Sie steckte auch die Schlüsselkarte ein. »Aber rechnen Sie sich keine großen Chancen aus, dass ich mich noch einmal bei Ihnen melden werde.«

Hegel sah Jula tief in die Augen, und es kam ihr dabei vor, als dringe sein Blick direkt in das Innere ihrer Seele vor. Dann verneigte er sich mit höfischer Geste und sagte: »Sie werden das Richtige tun. So, wie immer.«

KAPITEL 63

Wieder klangen die Geräusche von Julas Absätzen durch die Lobby, wenn auch schneller und lauter als zuvor. Was, so fragte sie sich, war da gerade eigentlich geschehen? Hatte sie ernsthaft diese Diskette und die Schlüsselkarte an sich genommen und somit allem Anschein nach erwogen, sich auf Hegels absurden Vorschlag einzulassen? Auch, wenn die Einlassung zunächst nur darin bestanden hatte, dass sie sich eventuell diese ominöse Aufnahme anhören wollte.

Hegel war allem Anschein nach nicht nur ein genialer Phonetiker, sondern auch ein mit allen Wassern gewaschener Psychologe und Manipulator. Es war vermutlich nicht mal ein Zeichen von Schwäche, auf seine Psychospiele hereinzufallen. *Schließlich ist es auch kein Zeichen von Schwäche, in freier Wildbahn von einem Löwen gefressen zu werden.* Doch dieser Löwe war weit gefährlicher, als es ein echter jemals sein konnte. Und schon gar nicht würde Jula den Fehler machen, ihn mit dem Löwen von diesem Denkmal gleichzusetzen, der zum Schutz seiner Jungen heldenhaft gegen die böse Schlange kämpfte.

Jula blieb mitten in der Lobby stehen und sah sich um. Papierkörbe waren nicht zu sehen, doch das verwunderte sie nicht. Schließlich stand Jula in einem der besten Hotels des Landes, nicht in einer Bahnhofshalle. Sie entdeckte einen Wagen der Zimmerreinigungskräfte, der neben einem Fahrstuhl stand und vermutlich zum Befüllen ins Lager gebracht werden sollte. Sie trat an den Wagen heran und griff in ihre Handtasche, um die Schlüsselkarte herauszuziehen und sie der Müllverbrennungsanlage zu überantworten. Ihre Hand fasste etwas, das sich wie die Chipkarte anfühlte, doch als Jula es hervorzog, stellte sie fest, dass sie nicht den elektronischen Schlüssel gegriffen hatte, sondern die alte Diskette. *Die kann gleich mit in den Müll!* Jula führte ihre Hand mit der Diskette darin bereits zum Papierkorb, als sie plötzlich innehielt. *Das ist eine Tonaufnahme, die mir zur Analyse übergeben wurde. Lassen Sie es mich so ausdrücken: Die Sache besitzt eine gewisse Dringlichkeit!* Konnte sie das wirklich tun? Konnte Jula ein Dokument, das für irgendeinen Menschen, wenn sie ihn auch nicht kannte, möglicherweise von größter Wichtigkeit war, einfach so in den Müll werfen? Ohne zu wissen, worum es dabei ging? *Du kennst die Antwort, also mach dir doch nichts vor.* Sie steckte die Diskette zurück in ihre Tasche und zog stattdessen ihr Handy hervor.

»Yo, Sis, was geht?« Elyas schien bester Laune zu sein.

»Bist du noch bei Friedrich? Nehmt ihr deinen neuen Song auf?«

»Ja, einen richtig geilen über die Entführungsaktion! Gordon ist auch hier, willst du ihn sprechen?«

»Im Moment nicht. Aber grüße ihn von mir. Wann veröffentlichst du denn deinen neuen Song?«

»Sobald es geht! Die Fans warten drauf, und ein paar Labels haben sich auch schon gemeldet. Alter, nach dem ganzen Presserummel hat sich meine Followerzahl verzehnfacht! Ich muss jetzt echt nur noch was Geiles abliefern, dann geht hier die Post ab! Warum rufst du eigentlich an? War nicht heute dein Abschiedstreffen mit Hegel?«

Jula zögerte. Und das, obwohl sie wusste, dass ihr Entschluss längst feststand.

»Hast du nicht mal erzählt, dass Friedrich in seinem Studio auch ganz alte Mischpulte und Computer hat, weil er damit irgendwelche speziellen Effekte erzeugen kann?«

»Auf jeden! Die alten Kästen machen richtig geile Vintage-Sounds!«

Julas Blick fiel gedankenverloren auf die Weite der prachtvollen Eingangshalle des *Adlon,* während sie still in sich hineinnickte, die Augen schloss und schließlich, wenn auch mit einem Anflug von Sorge in der Stimme, fragte:

»Kann er auch alte Disketten abspielen?«

GESPANNT DARAUF, WAS JULA UND HEGEL WEITER IM SCHILDE FÜHREN?

IM **MAI 2022** ERSCHEINT BAND 4 DER AURIS-REIHE!

DANKSAGUNG

Ich schätze, ich bin wohl mittlerweile in einem Alter angekommen, in dem man so Dinge sagt wie: »Kinder, wie die Zeit verfliegt!« Ja, das ist jetzt bereits der dritte Teil der *Auris*-Reihe, und irgendwie fühlt es sich so an, als hätten Sebastian und ich erst vor ein paar Monaten damit angefangen, an den Geschichten rund um Jula Ansorge und Matthias Hegel zu feilen. Bevor es nun aber mit der Arbeit zu Teil 4 weitergeht, möchte ich allen Danke sagen, die mich auf dem Weg zu diesem Thriller begleitet und unterstützt haben.

Sebastian Fitzek hat auch dieses Mal wieder die Grundidee und den grob umrissenen Plot der Story geliefert. Da es in diesem Band zu zahlreichen Auflösungen und Twists kommt, war beim Konstruieren der Handlung sehr viel Bedacht erforderlich. Es musste ja alles zu dem passen, was in den beiden Vorgängern passiert war. Deswegen gab es auch dieses Mal wieder stundenlange Gespräche, Brainstormings und Beratungen. Immer wieder wichen gute Ideen den besseren, und so manche Kaffeebohne musste ihr Leben lassen. Bis zum letzten Kapitel gab es noch Umstellungen, und wer nun eigentlich was wie getan oder nicht getan hat, wussten Sebastian und ich erst so wirklich, nachdem das Buch schließlich fertig war.

Lieber Sebastian, die Zusammenarbeit mit dir ehrt mich nicht nur, sie ist mir auch immer wieder eine große Freude. Vielen Dank für dein Vertrauen in mich, ich weiß es sehr zu schätzen!

Oliver Niebuhr (der Phonetiker und eigentlich Prof. Dr. ist, worauf er aber keinen Wert legt) stand mir bereits zum zweiten Mal als fachlicher Berater zum Thema »Akustische Phänomene« zur Seite. Und es mag ja sein, dass ich mich täusche, aber ich hatte doch während der Zusammenarbeit das sehr starke Gefühl, dass er meine Anliegen mit einer geradezu kindlichen Freude aufgenommen und mit dem Spieltrieb eines zwölfjährigen Jungen auf dem Fußballplatz so lange durchdacht hat, bis er die interessantesten Beispiele zum jeweiligen Thema gefunden hatte. Es reichte schon, dass ich ihm sagte, zu welcher Erkenntnis Hegel am Ende kommen sollte. Oliver hat dann seine umfassende Fachkenntnis eingesetzt und mir genau die Wege zum Ziel vorgeschlagen, die für einen Unterhaltungsroman am besten geeignet waren. Daher darf ich versichern: Was immer Hegel in diesem Thriller über sein Fachgebiet erzählt oder tut – es ist alles sachlich fundiert und könnte ganz genau so wirklich umgesetzt werden.

Vielen Dank, Oliver. Du bist spitze!

Carolin Graehl war wieder als Lektorin an Bord. Und es gehört schon einiges an Nervenstärke dazu, wenn man es mit einem Autorenteam zu tun bekommt, bei dem jede neue Idee – selbst wenn sie gut ist – bereits eine Stunde später nicht mehr aktuell sein könnte. Bei ständigen Änderungen im Plot den Überblick zu behalten, jederzeit im Geschehen zu sein und immer genau die richtigen Fragen zum richtigen Zeitpunkt zu stellen ist eine Kunst, die Carolin geradezu perfektioniert hat.

Liebe Carolin, mit Tosen möchte ich dir zuzwinkern und dabei hauchen: Danke, dass du mir nicht jedes Tosen, Zwinkern und Hauchen rausgestrichen hast. Du bist die Beste!

Regine Weisbrod war wieder für die Redaktion zuständig, was eine Aufgabe ist, an der ich vermutlich verzweifeln würde. Manchmal kam es mir so vor, als kenne sie das gesamte Buch auswendig. Wie sonst hätte sie es beispielsweise merken können, wenn eine Figur ganz am Anfang einen Satz sagt, den eine andere im letzten Drittel der Geschichte so ähnlich dann auch noch mal sagt? Dabei hatte sie auch jederzeit die Hintergrundgeschichte jeder Figur im Kopf, deren Perspektive, Ziele und Wissen. Wie viele unlogische Details man als Autor so in seine Texte bringt, ohne es selbst zu merken, ist schon beachtlich.

Liebe Regine, vielen Dank, dass du aufpasst und mich immer wieder davor bewahrst, wie ein Trottel dazustehen!

Das Team meiner Literaturagentur AVA-International hat mir wieder einmal komplett den Rücken freigehalten. Markus Michalek hat mir zudem in zahlreichen Gesprächen mit Fragen, Hinweisen und Vorschlägen immer dann heldenhaft auf die Beine geholfen, wenn ich mal wieder dachte, in dem Gewirr der Geheimnisse und Ränkespiele der *Auris*-Figuren nicht mehr durchzublicken oder weiterzuwissen. Es ist ein tolles Gefühl, zu wissen, dass man nie allein ist! (Okay, außer unter der Dusche, da ist es ein schönes Gefühl zu wissen, dass man allein ist. Aber sonst nicht.)

Danke an das komplette AVA-Team!

Auch mein Management Raschke-Entertainment stand wieder an meiner Seite. Nachdem die beiden ersten *Auris*-Teile glücklicherweise so viel Zuspruch bekommen haben, hätte ich ohne Manu, Angelina, Sally und Stolli öfter als einmal ziemlich im Regen gestanden. Die PR-Arbeit, das Tour-Management der Lesungen (was in diesem besonderen Jahr natürlich weit komplizierter als üblich war), das Verhandeln zwischen Verlag, Agentur und Partnern oder die Social-Media-Betreuung – müsste ich das alles ohne das Raschke-Team machen, wäre ich aufgeschmissen.

Vielen Dank für alles und ich komme auch in Zukunft immer gern auf einen Kaffee zum Signieren vorbei – aber bitte nicht vor 12 Uhr!

Mein Verlag Droemer Knaur tut seit dem ersten Teil von *Auris* wirklich alles, was man für eine Buchreihe nur tun kann. Doris Janhsen und ihr Team setzen alles daran, dass vom Programmplatz über das Cover bis hin zu Herstellung, Marketing und Presse alle Räder ineinandergreifen. Sämtliche Abteilungen arbeiten mit Engagement und Geschick daran, dass wir immer das bestmögliche Buch in die Läden bringen können.

Vielen Dank dem kompletten Team!

Von Anfang an ist *Auris* eine Zusammenarbeit mit Audible. Sebastians Idee, Thriller um einen Phonetiker zu schreiben, ist ja auf eine Hörspielreihe wie zugeschnitten. Mit hochkarätigen und erstklassigen Schauspielern besetzt, gibt es auch dieses Mal wieder eine separate Hörspielfassung, die den Roman ergänzt. Wundern Sie sich bitte nicht, wenn es zwischen Buch und Hörspiel Unterschiede gibt. Audible produziert die Reihe in adaptierter Form, es gibt also hier und da Abweichungen. Was es übrigens interessant macht, beide Fassungen zu genießen.

Danke an das ganze Team von Audible für die tolle Kooperation!

Die Buchhändler, ohne die *Auris* nicht erfolgreich sein könnte, hat dieses schwierige Jahr sehr getroffen. Umso mehr freue ich mich, dass Sie alle mit großer Kraft und Durchhaltevermögen daran arbeiten, dass wir in Pandemiezeiten zumindest nicht darauf verzichten müssen, mit einem Buch aus der Tristesse von Lockdown und Abstandsregeln fliehen zu können. Auch wenn die Flucht gelegentlich in einen Folterkeller führt ... Ich freue mich, bereits viele Buchhändler auf meinen Lesungen kennengelernt zu haben, und ich hoffe, es kommen noch viele weitere dazu.

Vielen Dank für Ihre Unterstützung!

Mein letzter Dank geht wie immer an Sie, die Sie dieses Buch gelesen haben. Man hört so oft Sätze wie: »Die Leute lesen alle nicht mehr!« Ich mache diese Erfahrung nicht. Ich stehe in regem Austausch mit Lesern, sei es über Social Media oder bei Live-Auftritten, und mache dabei immer wieder die Erfahrung, dass das Buch als Unterhaltungsform alles andere als vom Aussterben bedroht ist. Dafür möchte ich Ihnen allen von Herzen danken, denn ohne Sie und Ihre Treue könnte ich nicht den Beruf ausüben, für den ich glaube geboren zu sein. Ich werde auch in Zukunft alles in meiner Macht Stehende tun, um Ihr Vertrauen in meine Arbeit zu rechtfertigen und Sie gut zu unterhalten.

Vielen Dank!

Vincent Kliesch

LESEPROBE

NEU IM FRÜHJAHR 2022:

DER NEUE GROSSE THRILLER VON **VINCENT KLIESCH** –
DER ERSTE FALL FÜR OLIVIA HOLZMANN!

Ein Kriminalfall, der gegen alle Gesetze der Logik verstößt: Zeitgleich werden von ein und derselben Person an unterschiedlichsten Orten Jugendliche entführt und ihre Eltern getötet. Es scheint fast, als hätte der Täter magische Fähigkeiten. Wie kann das sein?

Für LKA-Kommissarin Olivia Holzmann beginnt der anspruchsvollste Fall in ihrer bisherigen Karriere …

1

»Wenn man will, dass etwas unbemerkt bleibt, dann sollte man es in aller Öffentlichkeit tun. Mit der größten Selbstverständlichkeit, unter aller Augen.« Fjodor Sokolov lehnte sich in dem schmuddeligen, abgenutzten Plastikstuhl zurück, schloss für einen Moment die Augen und faltete die Hände in seinem Schoß. »Das hat mein Vater mir beigebracht. Er war ein großer Zauberer, beim Moskauer Staatszirkus. Er hat mich alles über die Kunst der Täuschung gelehrt!«

Ein Lächeln huschte über Sokolovs Gesicht, und es war ausnahmsweise echt. So wie immer, wenn er sich an seinen Vater erinnerte. Mochten sie doch sagen, was sie wollten, zu Hause in Russland, wo Sokolov als Kind des Kalten Krieges aufgewachsen war. Ein Spion sei sein Vater gewesen, ein Verräter, der seine eigenen Freunde und Kollegen über die Klinge hatte springen lassen. Doch Fjodor Sokolov waren diese Gerüchte gleichgültig. Für ihn war Artjom Sokolov der Mann, der ihm gezeigt hatte, was er brauchte, um in der Welt zu überleben, wie auch immer sie sich wandeln würde.

Am Ende, als der politische Wind sich drehte, war es auch für ihn gekommen, wie es kommen musste. Immerhin, der politische Wandel, der seinen Vater das Leben gekostet hatte, hatte ihn, den Sohn, reich gemacht. Wenn auch nicht auf dem Gebiet der Spionage. Und das, obwohl Sokolov ein sehr aufmerksamer Spion war. Gerade dann, wenn er Menschen traf wie Marc Donder. Und diese Frau, die ihn begleitete, kein Wort sprach und sich ihm nicht vorgestellt hatte.

»Zaubern Sie uns jetzt ein Kaninchen aus dem Hut oder kommen wir zum Geschäft?« Marc Donder zog ebenfalls einen Plastikstuhl zu sich heran und nahm Sokolov gegenüber Platz.

Seine Begleiterin blieb ebenso stehen wie Boris, Sokolovs Assistent, der ihm keine Sekunde lang von der Seite wich. Sokolov würdigte die Frau eines kurzen Blickes. Wie unglaublich gut sie sich darauf verstand, gleichzeitig grimmig und aufmerksam zu wirken. In der UdSSR wäre sie bestimmt eine tolle Sportlerin gewesen. Schlank, sportlich, sogar Muskeln ließen sich durch ihr eng anliegendes Hemd hindurch ausmachen. Eigentlich zu schade für einen Männerjob, aber die Welt hatte sich eben leider nicht nur dort verändert, wo es Sokolov gefiel.

»Was Sie mir vorschlagen, klingt unmöglich. Und mich interessieren Männer, die das Unmögliche wagen.« Sokolov wandte seinen Blick von der Frau ab und sah zu Donder. Was für ein beliebiger Kerl das doch war. Normal groß, durchschnittliche Statur, mit diesem langweiligen Bart, den in Berlin offenbar alle Männer trugen, die älter als siebzehn waren. Ein weiteres Herdentier, das sich an den Versuch wagte, zu den großen Jungs aufzusteigen.

»Sie sind also an unserem Angebot interessiert?« Donder verzog keine Miene.

Die Moby Dick glitt sanft über die ruhige Wasseroberfläche. Es war schon Nachmittag, aber die Temperaturen lagen immer noch über zwanzig Grad. Sokolov wandte seinen Blick von Donder ab und ließ ihn in Richtung Ufer schweifen. Der Geruch von Bier und Bockwurst verblasste, das sichere Festland entfernte sich immer schneller von ihnen, während sie weiter und weiter auf den Tegeler See hinausfuhren.

»Berlin ist in der Hand der Libanesen, und die werden von den Kolumbianern beliefert.« Sokolov senkte seine Lautstärke nicht, obwohl die vier von allerlei Menschen umgeben waren, die auf dem Dampfer hin und her liefen. »Sie haben meinem Assistenten Boris erzählt, dass die Libanesen ihre Ware trotzdem bald nur noch von mir kaufen werden. Da das praktisch unmöglich ist, wollte ich mir gern anhören, wie Sie zu dieser kühnen Behauptung kommen. Also bitte, erzählen Sie mehr.«

Von fern vernahm man das Grölen der Männer, die weiter hinten auf dem Deck des Dampfers versammelt waren, ganz in der Nähe der Schwanzflosse des walförmigen Schiffes. Ihrer Kleidung nach gehörten sie einem Kegelverein an. Sokolov bemerkte in Donders Hintergrund, wie eine ältere Dame, die mit einer Freundin einen Cappuccino trank, mit genervtem Gesichtsausdruck zu den Kegelbrüdern hinübersah, bevor sie sich wieder ihrem Gespräch zuwandte.

»Wir können es möglich machen, dass Sie den Libanesen wesentlich bessere Preise bieten. Und das für Ware von höherer Qualität!«

»Wie sollte das gehen? Unsere Preise sind am Limit kalkuliert, der Markt unterliegt ganz genauso den Gesetzen von Angebot und Nachfrage wie jeder andere auch. Wir können die Kolumbianer nicht unterbieten.«

Donder zuckte mit den Schultern. »Dank uns werden Sie das können. Und trotzdem viel mehr verdienen als vorher!«

Drei Teenager in kurzen Hosen polterten von unten auf das Deck und setzten sich laut lachend an den Tisch, der nur wenige Meter von Sokolov, Donder und deren Begleitern entfernt stand. Die Mädchen mochten vielleicht fünfzehn oder sechzehn sein, eine von ihnen hatte ein Eis in der Hand, die beiden anderen machten Fotos mit ihren Handys. Sokolov sah geringschätzig zu ihnen hinüber und sprach dann ungerührt weiter.

»Also gut, was können Sie mir anbieten?«

Donder lehnte sich zurück. »Wie Sie wissen, schafft es nur etwa die Hälfte der Ware, die in den Produktionsländern verschifft wird, durch die Kontrollen der deutschen Behörden bis in den Hamburger Hafen und somit zu den Abnehmern. Mit diesem Wert kalkulieren alle Beteiligten, und das hält den Verkaufspreis stabil. Genau an diesem Punkt setzen wir mit unserer Organisation an! Wir verfügen über eine Infrastruktur, die es uns ermöglicht, bis zu siebzig Prozent der Ware durch die Kontrollen zu bringen! Und wir allein können entscheiden, welchem Händler wir diesen Service zuteilwerden lassen. Sie könnten durch uns also viel mehr Ware nach Deutschland bringen als die Kolumbianer, und Sie hätten dann entsprechend mehr zu verkaufen. Damit könnten Sie den Libanesen in Berlin bessere Qualität zu günstigeren Preisen bieten.«

Sokolov führte seinen rechten Zeigefinger vor den Mund und schloss die Augen. Ohne sie wieder zu öffnen, fragte er: »Und was wollen Sie für diesen Service haben?«

Auch wenn er Donder jetzt nicht ansah, konnte Sokolov an dessen Stimmklang erkennen, dass er lächelte. Vermutlich siegessicher.

»Wir bekommen eine reine Erfolgsprämie. Zwei Prozent für jedes Kilo, das wir im Vergleich zum bisherigen Standard durch die Kontrollen bringen. Von den Libanesen bekommen wir noch mal ein Prozent auf das, was sie durch uns sparen.«

Sokolov öffnete die Augen. Er sah Donder an, als sei dieser eines der Schulmädchen, die am Nebentisch noch immer lachten und mit ihren Smartphones herumspielten. Und das, obwohl dieser langweilige Deutsche alles andere als dumm zu sein schien. Nichts Bedrohliches hatte er an sich, keine sichtbaren Tattoos, Narben oder sonstige Anzeichen dafür, dass er ein raues Leben außerhalb der normalen Gesellschaft geführt hatte. Einer, dem man beinahe vertrauen könnte. Wenn es nicht so wäre, dass Fjodor Sokolov absolut niemandem vertraute. Und schon gar keinem gelackten Fritzy mit einer anscheinend stummen Amazone im Schlepp, der ihm gerade ein Angebot unterbreitet hatte, das so perfekt klang, dass es gar nicht wahr sein konnte.

»Sie haben also Kontakte zum deutschen Zoll?« Sokolov sprach so ruhig, wie er konnte.

»Wir haben alle Kontakte, die wir brauchen.«

»Aber was werden die Kolumbianer dazu sagen, wenn sie ein paar ihrer besten Kunden an uns verlieren? Oder haben Sie mit denen auch schon verhandelt und wollen nur sehen, wer Ihnen das bessere Angebot macht?«

Donder zuckte nicht einmal mit der Wimper, als er entgegnete: »Wir reden zuerst mit Ihnen. Wenn Sie zuschlagen, sind wir im Geschäft. Um die Kolumbianer kümmern wir uns dann.«

Sokolov atmete tief durch. »Sie wollen sich um die Kolumbianer kümmern?« Er beugte sich zu Donder vor. »Die sind nicht gerade bekannt dafür, dass man sich einfach so um sie kümmert.«

Der Angesprochene wirkte unbeeindruckt. »Ich kann doch wohl davon ausgehen, dass Sie sich eingehend über uns informiert haben?«

Boris, der bis dahin wie eine Wachsfigur dagestanden hatte, streckte sein Kreuz durch und spannte seinen Körper an. Sokolov deutete ihm mit einem Fingerzeig an, dass er die Frage beantworten solle.

»Natürlich haben wir das!« Wie auch sein Chef sprach Boris auffallend gutes Deutsch, wenn auch mit starkem Akzent. »Sie sind sehr gut getarnt, Ihre Spuren sind schwer zu verfolgen. Es scheint, als ob Sie direkt von der Politik geschützt werden. Zumindest von den richtigen Stellen.«

Donder stieß ein schnaubendes Lachen aus. »Deswegen operieren wir von Berlin aus. Kennen Sie den Berliner Senat? Die Stadt ist praktisch führungslos! Die Dealer bekommen von der Regierung Zonen zugewiesen, in denen sie ihre Drogen verkaufen können. Berlin ist politisch ein Witz, und wir haben daraus ein Geschäftsmodell entwickelt. Und natürlich reicht unser Arm bis nach Hamburg, wo die Ware eintrifft.«

»Also gut.« Sokolov rückte seinen Mantel zurecht. »Unsere Lieferungen nach Deutschland werden also ab sofort von Ihnen geschützt. Sie arrangieren außerdem, dass wir in Zukunft auch Berlin beliefern, und Sie kümmern sich darum, dass die Kolumbianer Ruhe geben. Dafür bekommen Sie eine Erfolgsprovision.«

»Ganz genau so! Wann und wo trifft die nächste Fuhre ein?« Donder schlug die Beine übereinander.

»Darüber informiere ich Sie, sobald alle Zweifel aus der Welt sind.« Sokolov verzog sein Gesicht zu einem bitterbösen Grinsen.

»Welche Zweifel dürfen wir denn noch beseitigen?«

Eine sanfte Brise zog vom Wasser zu ihnen herüber.

»Ich habe diesen Dampfer nicht ohne Grund als Treffpunkt gewählt.« Sokolov zwinkerte Donders Assistentin zu, lehnte sich zurück und verschränkte die Hände im Nacken. »Moby Dick ist eine Geschichte, die mich schon als kleiner Junge fasziniert hat. Ein dummer, verbohrter Kapitän, der so blind vor Hass und Zorn ist, dass er sich auf einen ungleichen Kampf mit einem Gegner einlässt, den er gar nicht besiegen kann. Und der dafür sein Leben und das seiner ganzen Mannschaft opfert. Warum ist Ahab nicht mit kühlem Kopf an seinen Plan herangegangen? Dann hätte er erkannt, dass er mit dieser Mission in sein eigenes Verderben läuft. Ich plane nicht, in mein Verderben zu laufen, weil ich blind in irgendeine Mission gehe. Sie werden mir beweisen müssen, dass ich Ihnen die Informationen über meine Lieferungen ruhigen Gewissens anvertrauen kann.«

Sokolov erhob sich von seinem Stuhl, drehte sich um und ließ seinen Blick über das Deck schweifen. Die Kegelbrüder hatten eine weitere Runde Bier bestellt, die Teenagerinnen tippten noch immer auf ihren Handys herum, sechs bunt gekleidete Frauen, die offenbar einen Junggesellenabschied feierten, lachten und tanzten, während ein Liebespaar Händchen haltend ganz vorn auf dem Deck saß und über den Kopf des Wals hinweg verträumt in die Ferne blickte.

»Also gut, was stellen Sie sich vor?«, fragte Donder.

Sokolov drehte sich wieder zu ihm herum. »Lassen Sie mich noch einmal auf meinen Vater zurückkommen. Wie gesagt, er war Zauberkünstler. Er hat mir nicht nur erklärt, dass man in die Öffentlichkeit gehen sollte, wenn man etwas unbemerkt tun möchte. Sondern auch, dass es Dinge gibt, die man besser ohne Öffentlichkeit erledigt …«

»Dann soll es so sein. Wann und wo möchten Sie denn Ihren Vertrauensbeweis haben?«

Sokolov fixierte Donder, als ob er ihm einen Streich gespielt hätte. »Jetzt und hier!«

»Auf diesem Dampfer sind mindestens fünfzig Leute, hier kann man nirgendwo allein sein.«

»Es sind genau dreiundfünfzig! Aber das ist kein Problem, denn mein Vater hat mir auch das Zaubern beigebracht!« Sokolov drehte sich einmal um die eigene Achse und hob mit großer Geste die Hände. »Passen Sie gut auf!«

Er klatschte. Nur einmal, aber klar und kräftig. Und sofort wurde es still. Die Schülerinnen legten gleichzeitig ihre Handys auf dem Tisch ab, an dem sie saßen. Die Kegelbrüder stellten ihre Biergläser ab und hörten auf zu singen, die Mädels vom Junggesellenabschied unterbrachen ihr Trinkspiel, der Kellner rührte sich schlagartig nicht mehr, und auch alle anderen Menschen auf dem Dampfer verfielen in eine Art Starre. So als habe man sie hypnotisiert.

»Was soll das denn jetzt?« Donder sah Sokolov verunsichert an.

Dieser winkte ab. »Nicht so eilig, es geht ja noch weiter!«

Damit drehte er sich ein weiteres Mal im Kreis, hob erneut die Hände und klatschte ebenso laut wie zuvor. Jetzt jedoch zweimal. Und augenblicklich zogen sämtliche Passagiere ihre Schuhe, Hosen und Oberteile aus, unter denen sie allesamt Badekleidung trugen. Dann traten sie an die Reling des Dampfers, ohne Ausnahme. Die einen backbord, die anderen steuerbord. Je nachdem, wo sie gerade gestanden hatten.

»Jetzt kommt der beste Teil!« Sokolov hob die Hände und klatschte nun dreimal. Und dann sprangen sie von Bord. Alle. Die Männer, die Frauen, die Älteren und die Jüngeren. Die Besatzung und die Mitarbeiter. Sie alle sprangen einmütig in den Tegeler See und machten sich zügig daran, nach links und rechts zum Ufer zu schwimmen. Nur Sokolov, Boris, Donder und die Frau an dessen Seite waren jetzt noch an Deck.

»Faszinierend!« Donder versuchte offenbar, keine Regung zu zeigen. »Sie sind wirklich ein Magier! Und wie geht es weiter? Jetzt, wo wir allein sind?«

Sokolov verneigte sich so, wie es sein Vater immer in der Manege getan hatte. Scheinbar demütig, doch in Wahrheit voller Stolz und mit einem Gefühl von Überlegenheit. Dann wandte er Donder den Rücken zu und gab seinem Assistenten einen Wink.

Boris öffnete sein Jackett, zog eine Pistole hervor, lud sie durch und richtete sie direkt auf den Kopf der Frau, die noch immer regungslos neben Donder stand. Klar und deutlich sagte er: »Jetzt werden Sie jemanden töten, der zu viel weiß!«

2

Olivia blickte direkt in den Lauf der Waffe. Ihre Atmung beschleunigte sich leicht, und auch ihr Herz schlug etwas schneller als zuvor. Fast schämte sie sich dafür, doch diese archaischen Körperreaktionen auf eine tödliche Bedrohung ließen sich auch dadurch nicht mildern, dass es wahrlich nicht das erste Mal war, dass sie in den Lauf einer Waffe blickte. Unter ihren Kollegen im LKA galt Olivia als furchtlos. Als eine, die handelte und erst danach über die Risiken nachdachte. Die klug, sportlich und effizient war. Aber eben oft auch stürmisch und impulsiv. Was für ein cleverer Hund dieser Dreckskerl doch ist. Olivia wandte ihren Blick von der Waffe ab und sah mit hochgezogenen Augenbrauen zu Fjodor Sokolov, der mit auf dem Rücken verschränkten Armen über das Deck des Dampfers schritt, als sei er ein Heerführer, der soeben die entscheidende Schlacht begonnen hatte.

Sokolov hatte Olivia und Marc Donder erst in letzter Sekunde zur Anlegestelle der Moby Dick bestellt. Entgegen jeder Absprache. Ich lande in Schönefeld, von da fahre ich direkt nach Mitte. Seien Sie um Punkt sechzehn Uhr vor dem Starbucks am Bahnhof Hackescher Markt, hatte er gesagt. Als Olivia und Donder dort eingetroffen waren, hatte Sokolov sich erneut gemeldet. Gehen Sie zu Fuß zum Fernsehturm. Wenn Sie schnell sind, schaffen Sie es in sechs Minuten. Dort hatte ein augenscheinlich ahnungsloser Taxifahrer auf die beiden gewartet. Der Fahrer war nacheinander zu drei verschiedenen Stationen gefahren. Zunächst hatten sie am Gesundbrunnen-Center gehalten. Nach kurzem Warten war es weiter nach

Wittenau gegangen, wo sie mehrere Minuten lang nahe einem Park hatten warten müssen. Erst dann war der Wagen nach Tegel weitergefahren. Mindestens eine Stunde hatte das Umherfahren gedauert. Besteigen Sie Moby Dick, hatte Sokolov sie schließlich telefonisch instruiert. Es gibt nur noch zwei Plätze, und wir legen in einer Minute ab. Man wird Sie an Bord lassen, aber außer Ihnen niemanden mehr.

Olivia musste anerkennen, dass Sokolov sein Handwerk verstand. Wie auch sonst hätte er es in einem Geschäft wie dem seinen zu einem der einflussreichsten Bosse bringen können? In einem Gewerbe, in dem nur ein einziger Fehler der letzte sein konnte, den man jemals begangen hatte. Ja, er hat das alles wirklich gut durchdacht. Dieser Dampfer war wohl der einzige Ort, an dem Sokolov sicher sein konnte, dass niemand seinen beiden neuen Geschäftspartnern gefolgt war. Denn selbst nach der Irrfahrt durch Berlin wäre es mithilfe von GPS-Systemen noch immer möglich gewesen, dass Donder von verdeckten Ermittlern der Polizei verfolgt wurde. Wie sollten sie dies aber auf einem Dampfer anstellen, der bereits voll besetzt war, bevor Sokolov überhaupt preisgegeben hatte, dass dies der Treffpunkt sein würde? Sicher, mitten auf dem Tegeler See waren auch die Fluchtmöglichkeiten für Sokolov beschränkt, doch Olivia konnte darin keine Schwachstelle in seinem Plan sehen. Vor wem hätte er schließlich flüchten sollen? Es war nicht möglich, der Moby Dick mit Booten oder gar einem Hubschrauber zu folgen, ohne dass Sokolov es bemerkt hätte. Außerdem hatte Boris sie und Donder vor dem Betreten des Dampfers gründlich abgesucht. Dieser kahl rasierte, bis zu den Ohren tätowierte Kerl in seinem blaugrauen Anzug, der offenbar maßgeschneidert und verdammt teuer gewesen war. Und der ihn wirken ließ, als habe das Team eines überambitionierten Modedesigners ihn im Rahmen einer Makeover-Show für die Hochzeit seiner Mutter eingekleidet. Natürlich waren Olivia und Donder unbewaffnet zu dem Treffen erschienen. Alles andere hätte an Selbstmord gegrenzt.

»Was soll das?« Donder hob seine Stimme nicht.

Sokolov blieb stehen und drehte sich langsam um. »Mir ist bewusst, dass Ihre Organisation Verbindungen zur Polizei pflegt. Das ist okay. Ich selbst pflege Verbindungen zur Polizei. Das ist sehr nützlich, es erleichtert die Arbeit und erhöht die Sicherheit. Boris hat Sie sehr genau abgeklopft, und er hat mir letztlich zu Verhandlungen mit Ihnen geraten. Allerdings benötige ich noch eine Absicherung. Man kann ja heute niemandem mehr trauen.«

Noch immer hielt Sokolovs bulliger Assistent seine Waffe ausgestreckt auf Olivias Kopf gerichtet.

»Was für eine Absicherung?«

»Ihre Organisation scheint vertrauenswürdig zu sein. Aber mit dem Vertrauen ist das eben so eine Sache. Deswegen werden Sie jetzt jeden Zweifel daran ausräumen, dass unser geselliges Treffen auf diesem schönen alten Dampfer eine verdeckte Aktion der Berliner Polizei ist.«

»Warum sollte es das sein?« Donder wirkte ratlos.

»Sie haben diese Frau mitgebracht, und wir kennen sie nicht. Das ist nicht üblich, wir müssen jetzt also sicherstellen, dass Sie nichts Dummes planen. Boris, erzähle Herrn Donder doch bitte, was jetzt passieren wird. Ich genieße inzwischen die Aussicht.«

Damit wandte sich Sokolov ab und ging bis ganz nach vorn an den Bug, wo er sich mit Blick aufs Wasser gegen das Geländer lehnte.

»Können wir absolut sicher sein, dass es in Ihrer Organisation keinen Verräter gibt?« Boris zwinkerte Olivia zu und sah zu Donder, senkte seine Waffe dabei aber nicht.

»Natürlich können Sie das. Was denken Sie, mit wem Sie reden?«

»Ich will nicht denken, ich will wissen! Wir treffen niemanden, den wir vorher nicht genau gecheckt haben.« Boris richtete den Blick wieder auf Olivia. »Deswegen mussten Sie leider eine längere Rundfahrt durch Ihre eigene Stadt hinter sich bringen, bevor wir Sie an Bord lassen konnten. Der Chauffeur, mit dem Sie durch Berlin gefahren sind, gehört zu uns. Er hat uns Bilder von der Frau zugeschickt, und wir haben sie von unseren Sicherheitsleuten checken lassen. Das ist Olivia Holzmann, und sie arbeitet für das LKA Berlin!«

Olivia regte sich nicht. Sie hatte seit Beginn der Unterredung kaum eine Veränderung an ihrer Körperhaltung vorgenommen, und auch jetzt spannte sie keinen Muskel an, der nicht bereits angespannt gewesen war, bevor dieser Kerl mit dem groben russischen Akzent seine Waffe auf sie gerichtet hatte.

»Na und?« Donder schien unbesorgt, keine Nervosität war ihm anzumerken. »Sie wissen, dass wir unsere Leistung nur anbieten können, weil wir überall bei Zoll, Politik und Polizei unsere Leute haben.«

»Ja, das kann schon sein. Aber Ihnen muss klar sein, dass wir nichts riskieren können. Frau Holzmann ist von der Mordkommission.« Boris umklammerte den Griff seiner Waffe fester. »Das ist lustig!«

»Warum ist das lustig?« Donder wurde etwas lauter, wenn auch nicht viel.

Boris lachte auf. Laut, schmutzig, Speichel flog dabei

aus seinem Mund. Fast hätte er sich verschluckt. Dann fasste er sich wieder und sagte mit Nachdruck:

»Eine Kommissarin der Mordkommission wird jetzt beweisen, dass sie auf unserer Seite steht, indem sie selbst einen Mord begeht. Welche Ironie!« Er drehte sich um und rief in Richtung des Unterdecks: »Bringt den Typen rauf, es geht los!«